迷走巴士

馬卡 著

感謝

史瓦濟蘭的那一切美好

巴布教授始終都明白，你必須擇善固執、終生不渝。
你必須繼續走過打開的窗口。

——約翰·厄文《新罕布夏旅館》

序曲

AM08:08

若我告訴你，我得以透視過去與未來，而且不費吹灰之力——你相信嗎？

或者我告訴你，我可以操縱／決定他人的人生，例如，我可以一手抓住時間，另一手攫住空間，然後像捏黏土似的，隨便揉捏這兩種虛幻概念——於是，連續、不中斷的問號（印象中是金黃色的）從左耳飄進再從右耳飄出，從頭頂上又字形旋了一圈後又再飄進左耳，不斷的周而復始——最終把人耍得死去活來，搞得他們連自己是誰或者愛誰都茫然不解；唔，我也可以任意玩弄人，你知道的，就把人當玩偶似的蹂躪，拿鋒利的刀、尖銳的針等諸般利器瘋狂亂砍、亂刺，又或者把人的眼睛用湯匙挖出來，死勁的踩，然後放到嘴巴裡咀嚼（我想眼珠子應該嚼不爛的），甚至有時候我也會把人（也許是小孩啊）丟到洗衣機裡瘋狂的亂攪（調最高速），然後再用吹風機（也調最高溫）胡亂的吹一陣，偶爾把人的毛髮（包含陰毛）都給搞焦了——我說，我擁有如此瘋狂／全能／偉大／可怕／變態（無論你如何定義）的能力，你信嗎？

是啊，沒什麼理由的，我只是認定如此很有意思；但你若認爲這個理由缺了一隻腳，站不住，那麼我也沒法子。我想，你可以選擇——我是說在你的心裡——你可以讓跌倒發生，甚至你可以取笑呢！沒什麼大不了的。但你別誤會，我可是很nice的呢，好比閒著沒事做時，我總會駕駛一台黃色巴士，到處接駁落單的行人——是免費的啊，你以爲啊！可是奇怪，有些人就是不領情！我不會勉強的，不像有些人，若對方不接受自己的給予，可是會悍然翻臉的——很多人對於愛情就是如此。或者有時候，當有人一把鼻涕一把眼淚抱怨自己是沒人愛的可憐蟲時，我也會傾力相助——雖然大部分都是幫倒忙。

然而，你知道的，世界是一個很無謂的崇高存在——「崇高」儘管高高在上，卻可有可無，而「無謂」本身雖灑脫，卻顯得必然——而愛情好像這無謂存在上的一個呢……怎麼說呢？像黏在地上的一塊口香糖那般吧！所以，就算我將這塊黏在地上的口香糖給黏得更牢了，又有什麼大不了？道路不會因一塊黏住的口香糖而發生連環車禍，是吧？我說得一點也沒錯吧？

但其實啊，我沒有如此便宜——不是因爲自尊或者放不下身段等諸多大帽子因素——我只是認定我並非如此廉價，然而大部分的人卻也高估了我的價格。若以新台幣估算，我猜想我的價格是21元。沒錯，應該是21元，而且還是全形的21元；也許在7-11會稍微昂貴一些啦，你也知道的，7-11總是比較貴。只是偶爾我容易大汗涔涔（就連紫色手帕也擦不乾呢），別人就認定我不知所措，甚至有些人還以爲我不高興呢！然而，我的情緒與我的價值相仿，僅存在於一定的刻度內；而從遠方來看，那上下刻度所游離的空間，只是一條很窄很窄的水平線，所以我並沒有太多的情緒反應，我只是一個水平的透明情緒者。

啊，不管你信不信或者贊不贊同我，反正現在夜深了，總該來杯咖啡——你要哪種口味？

也許焦糖瑪奇朵吧……？

人生不容易啊，總該來點甜滋滋的咖啡滋潤一下靈魂——儘管也許你們根本沒有靈魂。

坦白說，我無法確知你信我與否，不過也沒差，若你信我，我可能善待你，也許在焦糖瑪奇朵裡替你多加一點焦糖吧；但若你不信我（甚至討厭我），是啊，我不會對你不利的（我的心眼才不小呢）。但你要小心啊，因爲世界的一切形容可都是對比出來的，若沒有得到我的那麼一點點好（我承認這是施捨，而且僅限於乖寶寶才能得到的喲），也許你會覺得倒楣哦。但不要緊，因爲根本沒什麼大不了的（只要我還在，世界末日只是一場電影、一首歌、一幅畫，或是一場沒有高潮的性愛）；儘管也許你會大哭或者大笑，這對我而言沒有太大差別（對你而言更是如此），但眞的，沒什麼大不了的。

你看，前方——

他是誰？

蹲在那兒哭，哭得如此傷心。

空曠的田野裡，風一直吹，那一片在風頭下的竹林有些吵，我幾乎聽不見男孩的哭聲了。有些冷，該死，我忘了加件外套，雞皮疙瘩都站了起來，宛然勃起似的。算了，我們逕自打開空調吧，是啊，就那顆星吧——我們將那顆星調亮一點。往順時鐘方向轉是調高溫度吧，但我不太確定。該死，更冷了！原來是逆時針方向才對呀。

啊，現在好多了，總算溫暖一些了。

那——我們再回到那個男孩吧。

啊，男孩呀，有如此悲慟嗎？哭得連雙頰都在搐動，好像青蛙啊。我知道你爲情而苦，但眞有如此痛徹心腑嗎？（什麼？你埋怨我？但主角根本不是你啊，你這死娘娘腔，給我閉嘴！該輪你時自然會是你，急什麼！）好吧，或許我確實是個惱人的促狹鬼，我不該如此捉弄人。不過這也沒什麼吧！上回我讓一個女孩的母親被公車輾過，還來回輾過咧，眞夠刺激的，她也沒哭呀，只是昏厥而已；而有次我也率性的讓一個女孩失去弟弟，她還滿臉不在乎呢。我想，有些人老愛演戲，我也無法理解他們究竟企圖博取誰的同情，或者拍誰的馬屁。

只是爲了愛？根本沒那麼誇張吧。

得獎的是……頒獎典禮宣布最佳男主角的宣言在我耳旁響起。

噗，不好意思，我笑了。沒必要如此嚴肅看待人生吧？

你知道嗎？人類總有些愚戇，老搞不清楚眞實，好像面前總有一面無論怎麼移動，卻老垂直於眼前、且無邊無垠的馬賽克牆似的。然而，有些人很勇敢，他們願意嘗試——他們會竭力爭取看見人生眞貌的機會，儘管他們知道毫無可能——他們仍會像巨大馬克杯底裡的螞蟻般，不斷的往上爬呀爬的；然而，熱水總得注入的，嘩啦一聲……

啊，說到咖啡，我剛聽見咖啡機響了，他們一群人還在等我呢！失陪了。

1

阿司，電腦前，現在的AM 02:00

嗨，各位，你們好。

呃，其實我有些緊張，因爲這是我初次到這兒貼文。

其實……我並沒有什麼要緊的事要說啦，只是，我想跟你們分享一個故事。前陣子才剛發生的，所以故事還很新鮮哦，而且我不是那種傾向加油添醋的傢伙，所以故事的眞實性是很純的。

呃……這故事大抵可歸類爲愛情故事吧——雖然並不浪漫——我想。然而，這不是我的愛情故事，呃，也並非全然不是我的愛情故事啦，呃，該怎麼說咧……我稱得上是個配角吧。不對，說配角也不太切近的說——對對對，應該說，我是故事的敘述者，只是同時，我也是個配角。所以咧，我是身兼配角的敘述者，就好像A片導演間或身兼男主角那樣的。

而故事的主角是一群陌生人，始於一個年輕的正妹——超正的，我光幻想她衣衫齊整的模樣就足以讓我手淫好幾回了；若她裸體，那我想她會讓很多男人的鼻腔爆炸吧。

而故事發生在一個月前，呃，我想，那是週五晚上十一點多的時候吧——應該。

那晚，我正準備從該死的學校返家。啊，對了，其實我週末從不返家的，但因爲最近我剛結束一段戀情，所以每到週末就乖乖的回家了，因爲唉，失戀，對我而言，最大的痛苦是生活多了很多很多的空白，我無法handle的空白，所以我只好逃避、逃遁、逃回家……

還有啊，老實告訴你們吧，其實我是個怪咖，所以我沒有朋友——眞的，半個也沒有。過去每逢週末，我就是跟阿歡，也就是我前女友，去鬼混。我說的鬼混不是到pub跳舞、喝酒、嗑藥或什麼的，我們倆並不好此道。我們大多只是待在阿歡租賃的小房間裡，裸體，然後瘋狂的抽菸、喝酒、做愛、吃泡麵（我們尤其愛排骨雞麵），還有偶爾，看幾部不知所云的歐洲電影——那全都是阿歡推薦的。

嗯，就是這樣。

讀藝術系的阿歡個性有些瘋癲，而且她極度喜歡性愛、裸體與死亡。我所以認識她，就是因爲這個原因——她上網徵求會表演死亡的裸體模特兒，而缺錢的我去應徵，我們就順理成章的在一起了。

我們初次約定的晤面地點就是她所租賃的小房間——大公寓裡的八樓八號。她的房間裡瀰漫著一股異國香料的味道，後來我才知道，那是來自非洲史瓦濟蘭的一種死亡香料——史瓦濟蘭人（Swazi）在喪禮時會將該香料塗於死亡的人身上；據說塗上該香料後，屍體就不會變臭，但若塗了香料的屍體變臭了，那就代表那個人沒死，不能下葬。阿歡房間的燈管上罩著一層紫色的薄膜，因此儘管開了燈，房間仍有些紫色的昏暗；此外，我無法確切向你們描述阿歡的房間，因爲她的房間每秒都會改變，彷彿有生命似的；偶爾我只是出去買個泡麵，回來後卻發現樣子全改變了——也許每次去她家，她都灌我迷藥吧。因此，在我的印象裡，她的房間是一團紫色的混沌，且瀚瀚無垠，稍不留意，還會迷失呢。我唯一記得的，就是一隻貓頭鷹；是生是死我不明白，我只知道牠會報時，聲音聽來像小朋友故意模仿鬼叫的聲音，呼嚕呼嚕的。

老實告訴你，我頭一次見到阿歡時，我非常恐懼。她外表很冷酷，雙眼打上深深的紫色眼影，就連頭髮也是深紫色的。她左手指間夾著一根看來好似點燃的紫色的菸，右手拿著一支同樣紫色、看來像一根陰莖的長棒子，再加上她身上那一襲深紫色袍子樣的睡衣，她看起來就像那種熟諳巫術還是邪術什麼的怪女孩；我當時老覺得只要她手隨便一揮，我就會成爲一根大陽具似的。不過大抵上，她還算是個有性吸引力的女孩就是了。我在她紫色睡衣底下，看見她的乳頭突起。

「我需要你裸體，塗滿香料，然後躺在地上表演死亡。」阿歡指著地上那桶淡黃色的死亡香料對我說。她說話的聲音有些特別，聽來像從黑暗深處裡發出似的。

「同時我也需要你勃起。」說完，她嘴唇嘟起，開始吐煙。我原本以爲她吐出的煙會是紫色的，但事實上，她根本沒有吐出煙霧，只是在吐氣罷了，同時我也發現，原來她手上的菸根本沒有點燃。

死人還勃起……？我當時深感納悶，不過我還是照做了——這勃起的過程耗費了我不少的時間，因爲你知道的，她房間裡好冷的，再加上我全身塗滿這帶有詭異味道的香料（連龜頭都塗上了），勃起可眞是不容易的。

我後來有問過阿歡，爲何死人還要勃起？阿歡跟我解釋很多，但我根本聽不懂她在說什麼鬼，因爲你知道的，藝術家有時候是會說外星語的。我只記得她說什麼她企圖表現一種死亡與慾望的交錯感什麼鬼的，所以才需要我勃起。

然而，我們初次見面就做愛了，因爲阿歡說，她沒有錢付我（當初我們談妥的價碼是hr/1500元），所以只能陪我做愛來抵換我當模特兒的費用。我原本有些惱怒，但阿歡說：「會很爽！」我後來一轉念，認爲這樣也不錯，畢竟我已經好一陣子沒有做愛了，甚至有時候我都覺得聞到自己身體裡的精液味道了。

老實說，這報酬率很高，阿歡做愛很認眞的，而且她的陰部渾似一只會收縮的吸塵器，簡直就要把你的靈魂都給吸走了。與我前前女友相形之下，那差異可眞是大。我現在回想起與我前前女友做愛的情景，我當時簡直就是跟一攤不會動的油麻糬做愛（前前女友85kg）。而跟阿歡交往後，我才眞正體會到，原來做愛是可以比自慰快樂的。然而，那回性愛的結果卻很可怕，因爲全身沾滿香料的我們，後來簡直臭死了。那味道就像患有嚴重狐臭的人在腐爛的魚堆裡打滾好幾十圈所發出的味道。我洗了三天都洗不掉那味道。

「你該高興，」阿歡說，「那代表我們都沒死——無論是生理還是心理。很多人心理死了都不自知，像個活死人——飄蕩在世界裡嚇人。」

其實，我一開始與阿歡交往時，有些不太適應，因爲她，呃，眞的不是一個正常人。但後來我漸漸習慣了，甚至還喜歡上那種放蕩的墮落——這是阿歡發明的詞。我們最高紀錄一天曾做愛五次，做到我的老二幾乎都沒感覺了，好像呃……變成一種——你知道的，裝飾品那樣的。

因此現在與她分手後，我一下子不知如何是好，簡直就要被空白給壓死了，所以我只好回家，遠離這鬼城市，忘記阿歡與我的一切。

不過，你別以爲阿歡與我如此放蕩，就認定我們之間沒有愛情。

我愛死阿歡了，而阿歡也很愛我。

那分手的原因……？

「人生如此短暫……」有次做完愛，我們在吃泡麵之際，阿歡突然說。她嘴裡還含著麵，因此這話聽起來有些含糊、有點大舌頭。「所以，你確定你只要我嗎？」她問，然後把嘴裡的麵吐在手上，揉爛後，抹在我的老二上。這突如其來的問題讓我愣了一息，而老二上的麵條更是讓我無所適從。

在我還沒來得及回答時，阿歡把手上那碗泡麵甩到一旁。像鋼盔似的碗鏗一聲撞到牆，麵湯灑得整間房都是。

「打一炮吧。」她死死的看著我，「最後一次。」

因此，在結束最後一次的性愛後，我們分手了。

沒有眼淚、沒有叫罵、沒有怒氣、沒有歇斯底里，沒有任何的情緒，我們分手只是因爲阿歡的一句：

人生如此短暫。

三年的戀情一點也不短。眞痛，痛得我幾乎就要去死了。不過，我並不打算眞去尋死啦，我是那種愛把死掛在嘴邊，卻永遠不會去死的人——呃……至少不會主動結束生命啦，因爲你知道的，人生很爛，life sucks，但你永遠得去走，因爲這就是該死的人生。

好了，不再多說我的故事了——那已是過去的事了。人總得往前走，所以現在我要告訴你們另一個故事，就是我前面所說的，那群陌生人的故事。

阿司，火車站附近的7-11，一個月前 PM 10:35

我雙耳掛著耳機，MP3裡裝著Eason的專輯，而正在播放的歌曲是〈倒帶人生〉。我肩上側揹著一只深藍色的書包，裡頭什麼書都沒裝，只裝了五片DVD。

非A片，只是五部電影，分別是《靈魂的重量》、《美國心玫瑰情》、《神秘河流》、《越過死亡線》與《窈窕奶爸》。我是個電影迷，而且也是個非認眞大學生。我不愛讀書，卻是個電影老嗜。我老媽常說我本末倒置。不過她也沒什麼資格教訓我，畢竟她的人生從不按牌理出牌——她從來不工作，這輩子也從未完成什麼值得說嘴的事。唉，年長的人總是這樣，永遠看不見自己的缺點，同時卻愛拿放大鏡檢視別人的人生，然後用一種好像自己很懂人生的口吻來教訓別人。其實我很想跟她說：

妳的人生過得很糟，而我只是在重複妳的命運罷了。

但我從來不跟我老媽頂嘴，畢竟她的人生已經夠糟了。我不忍心在一個全身已泡在化糞池的人頭上再澆屎尿……

人沒有必要如此殘忍。

我打算這禮拜將那五部DVD拿回去還，再不還，我就得賠錢了。那該死的、禿頭的、嘴臭得像屎坑的DVD店老闆，不但片租收得比別的出租店貴上好幾十元，而且他的個性也很討人厭，囉唆得要命。若晚一天還他片子，他不但會扣你錢，還會碎碎唸，唸到你耳根子都會勃起，然後爆炸。除此之外，他還會不斷的推銷你A片，他賣的盜版A片要價好幾百元（我自己下載不就得了，我又不是那些成天想看A片卻蠢得連下載都不會的歐吉桑）。

其實並非我愛跟他租片子，我委實沒辦法，我那愚蠢的老媽規定我一定得跟他租電影。

唉，那禿頭老闆**口臭王**其實是我老媽的姘夫，不過你別誤會，我老媽不是出軌。

哦？其實，我從來就沒有老爸。

可是每回我問我老媽關於我老爸的事……

「都怪我那次自慰太認眞，高潮太強烈，所以才懷孕，生下了你。」她每次都這樣說，「都怪我貪玩，所以才害得你沒老爸……」

「寶貝，你不會怪我吧？」她每次都會這樣問，還誇張得淚光閃閃，同時夾雜飛竄的鼻涕。做兒子的我當然得說一點兒也不介意，然後她就會親我，像瘋了似的親我——搞得我好像被顏射一般——最後她會告訴我，她能夠擁有我這個兒子眞是她這輩子最大的幸福。老天，爲了避免再被她的口水攻擊，我再也不問她關於我老爸的事。

沒錯，我老媽很時髦。

嗯，她是個新新老媽。

不怕告訴你，我第一次打手槍也是她教我的。因爲我是個遲發育的蠢蛋，所以到高二仍不會打手槍。她很擔心，所以就教導我正確的手槍使用守則。不過也是因爲她，害得我到大三，都無法盡興打手槍，因爲我擔心自己會突然懷孕，然後得從屁眼生下一個小孩……

是啊，一直到大三之前，我都相信我老媽那個「自慰、懷孕，然後生下我」的蠢蛋故事是眞的。

唉，人生裡狗屁倒灶的事實在不勝枚舉。

不過除了接受，你又能如何呢？就好像現在，我的火車票掉了，身上的錢不夠買車票，而火車站的提款機又故障了，所以我又得跋涉長途來這間該死的7-11領錢……

□

深夜裡的7-11很亮，亮得有些刻意、亮得有些討厭，好像故意展示自己的摩登似的。從外頭你可以看見櫃檯裡站著一個男生，看來十七八歲、有點蠢蛋樣、有點娘樣的金髮男孩。

我入店時他並未對我喊「歡迎光臨」——他完全忽略我。不過，我喜歡這樣的漠視，因爲我討厭裝飾的和善。我認爲他也沒有必要對我假裝和善；那樣的薪酬根本不値得他背叛自己的自尊。而且事實上，他根本沒有發現我走進來，因爲他正在講手機。而電話的那頭，根據我的猜測，是他的女朋友。他講話的甜蜜樣子差點就要讓我瘋狂嘔吐了。

「妳先掛啦，寶貝。」金髮男孩用一種幼稚愚蠢的聲音說道，眼睛盯著櫃檯桌面，右手不斷的把玩條碼機，「什麼？妳捨不得我？其實我也捨不得掛妳電話呦……」

「可是我在上班呀。」他又說，「老闆在監視器上會看到的，我不能丟了工作呀，這樣我就無法買禮物給妳了，我們也不能去摸貼魯嘿嘿了，若不能讓妳開心，我會難過的呦……」

「什麼？我好壞？……」他無意識的將條碼機拿起放在自己的臉上，同時上下刷動，「我哪有好壞……難道妳不喜歡嘿嘿嗎？什麼？……妳好色呦……」

「有客人進來了。」他突然訝異的說，手上的條碼機摔到桌上，發出刺耳的聲響。他瞥了我一眼，突然大喊：「歡迎光臨。」接著他對著手機說了幾句話後，急忙的將手機放進口袋裡，動作鬼祟得彷彿在偷東西似的。

我側眼瞧了他一眼。

的確像一個蠢蛋。

不過，我們別再談這個蠢蛋，這傢伙不值得我們浪費墨水。

（吸口氣）我們繼續故事。

我到7-11除了領錢之外，其實還想買一杯咖啡。我喜歡一面坐車，一面喝咖啡，同時聽音樂。我待會兒可得坐上兩個小時的火車。在兩個小時的旅程裡，你總得想點辦法打發時間，要不在火車上，你很有可能會被綁住。我說的「綁住」不是指身體上的綁住，而是一種精神的禁錮——那是很可怕的，因爲你會完全沉陷於喪失自我的狀態，彷彿靈魂被膠水凝固似的……

不過，也許只有我會這樣。

因爲，我是個怪咖，我常擁有別人難以理解的困擾。就好像呃……我常擔心自己會突然、毫無緣由的bling一聲就消失在這個世界上，或者有一天早晨起來刷牙時，突然被鏡子裡的自己給謀殺，又或者，被某個穿著黑西裝的人宣告：「嘿，其實你根本不屬於地球，我是來帶你回家的。」甚至有時候，我會擔心自己在打手槍時，被自己的精液子彈給轟死，而且威力強大，連我的頭都不知道滾到哪兒去，咕嚕咕嚕的一直滾……也許滾到未知的異次元空間吧。

哦，不過，不說這麼多了。我想，你關心的絕不是我的神經質，而是我到底打算說什麼故事。

所以，在你咒罵我之前，我想我該回到故事主軸了。

主軸就是——我就是在那時候遇到女孩的，那個「年輕的正妹哦」的女孩。

她就在飲料櫃前呆立著不動，好像因耽溺於琳瑯滿目的飲料而傻了，又好像她遲遲無法決定自己究竟要喝什麼似的。

她身穿白色的襯衫與深藍色的牛仔褲。臀部很翹，牛仔褲穿來很好看。她綁著個小馬尾——沒有用髮圈，只簡單的用了紫色橡皮筋。她未上妝，不過因爲她很白，白到我幾乎得以看見她臉上的細小血管，看來似乎搽了蜜粉。根據我的估計，她大概一百五十公分；不過因爲她的身材比例很好，故看來有一百六十公分。她右耳戴著耳機，左手揣著另一個耳機，而白色、看來像個縮小版保久乳盒子的MP3則用一條黑色的繩子繫在脖子上。

戴一個耳機聽不清楚吧？我暗暗納悶著。

不過這個疑問在我心裡很快退居次位；因爲你知道的，身爲男人的我，關心的絕不會是她的MP3。我開始感到好奇，我很想知道她的長相。因爲從她的側影來看，她似乎是個漂亮的女孩。但沒有見著她正面的臉，誰也說不準她究竟美不美，說不定她只是個「側影殺手」……

不過，看著她的側影，我內心卻感知到一股奇怪的感覺。我突然覺得她身邊有一股悲傷——好深好深的悲傷啊，彷彿有一股陰暗的憂鬱藍光籠罩在她的四周似的。我不知道這感覺從何而來，此時此際正盯著她看的我，只覺得一股低溫的深藍色潮水忽而湧進我的靈魂。我不禁打了個冷顫。

正當我打算拿咖啡，順便瞧瞧她的臉時，她突然轉過身來，面對著我——雙眼迷濛，眉毛挑高，表情有些癡呆、有些失神——好像在問我：「我怎麼會在這裡？」似的。

不過——哇靠，她超級正的啊。

而且，誇張的是……

她沒穿——內——衣。

我可以清楚看見白色襯衫裡的……

可是，就在此際，忽而砰的一聲，她整個人往前傾，摔倒在飲料櫃上。

好多的飲料——像一票對人生徹底絕望、而從高樓奮力往下一躍的人群——紛紛從架上跌落……

2

小龍，愛的小屋電腦前，現在的AM 09:03

咳咳，換我說故事了。

不過，不好意思呦，我說故事的技巧可能不如阿司精湛，而且我才剛結束大夜班，精神因此有些渙散。若寫得不好，還請大家多多見諒呦。

哦哦，對了，你們似乎尚不知道阿司是誰……

阿司是上一篇的敘述者，就是前女友是個迷戀性愛、裸體和死亡的藝術家的那個傢伙啊。沒錯，他叫阿司，今年二十五歲，好像是大六了吧。他剛打電話給我，要我繼續這篇故事；他說他的網路中毒，所以無法上網繼續貼故事。至於爲什麼中毒？我想你們知道的。科科。

我剛稍讀了阿司寫的部分，我發現他好詐呦，竟偷渡了這麼多自己的故事，所以我打算在進入主軸前，也談談自己的故事呦。

那我就先自我介紹一下呦。

我是小龍，就是7-11裡的金髮男孩。不過我最近才剪完頭髮，所以目前是個小平頭。呦，我下個月就得服兵役了，即將去報「笑」國家了。該還的國家債還是得還呦——雖然我也是千百個不願意啊。

老實跟你們說，我是一個沒有國家意識的人呦。我認爲國家意識只是一種殘酷而愚蠢的劃分，不僅未具有意義，甚而就是導致戰爭的根源喲。唉，若每個人都有地球意識就好了，如此世界不復有戰爭，會安靜許多。不過我想，地球意識僅是一種不可能的想像吧，如同踏著隱形樓梯走到眞空宇宙那般。也許吧，當外星人（且必須是邪惡的）突然出現，雙眼冒著火地準備對地球發動攻擊時，人類才會團結吧！沒辦法，人類總是如此愚蠢，總要找到一種限定於同仇敵愾下的崇高目標才能團結一心；然而，這所謂的崇高目標通常都很蠢，且殘忍，還有很怎麼說，就像那個英文單字「desperate」吧！呦，你們別誤會，我愛台灣，愛死台灣了，但我也愛其他國家呀。我是和平愛好者，但愛國並非就得憎恨他國，好像豬肉食用者毫無必要批評牛肉食用者殘忍一樣；這樣不合邏輯，而且很蠢——因此，我反對戰爭，更強烈反對徵兵制。不過說這麼多，我仍得當兵。蠢呦。

還有啊，我並非十七、八歲，我已二十一歲了。我原本也是個大學生，可是唉，沒辦法，誰叫我貪玩，念到大三居然被退學，所以只好提早當兵去了。我家還因此鬧起了家庭革命。哭哭。

我老爸氣得用家裡的一根老球棒把我狠狠揍了一頓（球棒都打歪了），然後打算將我趕出家門；那傢伙無法容忍家裡有敗類的存在，他是一個求全責備的人，堅持家裡一切都得符合他的要求，所以動輒看見任何事物落在他的要求框架外，就會抓狂。可是我老媽涕淚滂沱的，不肯我老爸趕我走；她甚而威脅我老爸，若要趕我走，就連她也一併趕走吧。聽見我老媽如此哀號，那傢伙總算冷靜下來，看來似乎恢復了些許人性。坐在沙發上的他，滿頭大汗的喘著大氣，好像一頭剛獵捕失敗的獅子。

退學又不是世界末日，我鬆了口氣想道，沒那麼嚴重吧。

然而在當晚，我在房裡打線上遊戲時，我老爸突然衝進我的房間。理智全失的他，雙手抓起我桌上的鍵盤，就往我臉上砸，砰砰砰，連砸了三次，我幾乎看見三顆金星在我眼前旋轉——我仔細看了一下，還是逆時鐘方向旋轉的——我鼻子隨即流出鮮血；接著他拿起滑鼠狠狠敲我的腦袋瓜子，咚咚咚咚，這次是四下，滑鼠都打爛了，最後，他毫不留情分的、好像我是他的多世夙仇似的，將我狠狠踹出門外。我整個人毫無尊嚴恍若隻狗似的摔在玄關上，雙膝都磨得破皮流血了。趴在地上的我當時回看了他一眼，我感到一股深刻的恐懼；並非因爲怒氣、疼痛等諸般因素，而是在那股盛怒之下的漠然，好像他眞的一點也不在乎我的死活似的。

說眞的，我不埋怨我老爸，儘管他在半夜把僅著四角褲的我踹出門外，儘管當時的氣溫只有八度，儘管當時的我不名一文……

但我眞的恨他——因爲他是殺了我老哥的混帳。

我老哥因同志身分被他發現，被他痛揍一頓後，就被逐出家門。我從來不明白，爲何他對同志如此敏感。自從國小，我老爸就開始恨我，他認爲我是同性戀——我瘦白、有點娘的樣子讓他這麼以爲。但事實上我並不是；相當有男子氣概，課業一把罩，且超有藝術天分的我老哥才是；關於我老哥的同志情事，我知之甚詳，我甚至見過我老哥男朋友的照片，是一個非常帥氣的男孩。

在我老哥被逐出家門的第六天，我們收到了一封署名給我老媽的掛號信，裡頭裝的是一張寫滿「對不起」的血書。我老哥他自殺了，是的，他死了，只是屍體迄今仍未找著。不知何故，在我心裡，我不相信我老哥是自殺的。這「對不起」的字跡並不像他的；此外，我也找不出我老哥自殺的理由。告訴你呦，我痛恨自殺的人呦，我覺得自殺的人不但懦弱，且自私；他們把一切問題留給仍在世上爲他們痛哭的自殺遺族——自殺眞的不僅蠢，且自私、太自私了。但就以我所了解的我老哥而言，我不認爲他會自殺；我深心認爲，**他也許是被謀殺的**。

呦，我很心疼我老媽，因爲她很想見我，我老爸卻不讓她跟我聯絡。據說，我老媽一回半夜偷偷打電話給我，被我老爸發現，竟也挨揍了。後來有一天，我老媽到7-11找我。她身穿一襲粉紅色套裝，戴著一頂淡紫色的花邊帽子——雍容華貴的她永遠如此優雅。她刻意上了濃妝，但臉上的傷痕仍清晰可見。我當下怒不可遏，很想奔回家狠狠的揍那個老混帳。我問我老媽傷勢怎麼來的，她只淡淡的表示，是自己不小心弄傷的。我老媽告訴我，其實老爸很關心我的，他只是恨鐵不成鋼，她甚至還說，她希望我能夠體會老爸的心境；她希望我不要恨他。

「我從來不曾恨他。」我對我老媽說。是的，我撒了謊。

老媽點點頭，說：「那就好，我知道你很懂事的，你爸比較像一個脾氣暴躁的大男孩。」，她摸摸我的臉，說：「對不起，我沒有好好照顧你。」

「不，」我對我老媽說，「妳是一個很好的老媽。」

我老媽吻了一下我的臉頰。我聞到她身上的紫羅蘭香水味。然後她從皮包裡拿出一疊用橡皮筋捆起來的千元鈔票置入我的掌心，再用兩個手掌包裹住我的手，說：「要好好照顧自己——答應我，好嗎？」

我點點頭。老媽的手很溫暖。

她對我微笑，然後拖著沉重的腳步離開7-11。不知何故，看著她離開的背影，我心裡有種未來再也見不到她的感覺。而當時的我不知怎地，竟然哭了，就在櫃檯裡嚎啕大哭，哭得像個娘們似的——反正我本來也就像個娘們——哭得客人全都盯著我看。現在想起來，覺得好害臊。

後來，我從親戚那裡得知，我老媽離開我老爸了。據說，我老媽挨揍的隔週，有個留平頭、看來男人樣的女人帶了好幾個壯漢來找我老爸清算，並把我老爸打得頭破血流。原來，那女人是我老媽的新情人。

是啊，我老媽跟個女人跑了。她再也不來找我了，彷彿人間蒸發了似的。而我爸也不再搭理我，他認爲這一切都是我惹出來的，他認爲是我毀了這個家。

唉，先不提家裡的事了，越提只會越感慨，越提就會讓我的罪惡感越深沉——有時我甚至感覺自己彷彿在罪惡的無底深淵裡泅泳似的。雖然我女朋友老告訴我，他們的仳離不是我的錯呦。她說我老爸與我老媽之間本身就存在著問題；她還說，也許我老媽的離去是一種報復，報復我老爸對我老哥的殘忍。

但我還是有很深很深的罪惡感，揮之不去的。

呦，現在提點有趣的事好了。現在呦，我住在我女友租賃的家裡——她喜歡稱呼自己的小房間爲「家」，我則喜歡稱這小房間爲「愛的小屋」。目前的生活還過得去啦，我們倆就像新婚夫妻似的，享受著我們的兩人世界，甜蜜呦。而我在7-11上大夜班的薪水全用來支付這小房間的租金和我們倆的生活費（包括摸貼魯的費用）。我可不想被人稱呼爲吃軟飯的傢伙呦。

不過，我承認啦，阿司所言確鑿，我的外貌是有些蠢、有點娘；但我的本質不壞啦，只是唉，有時候，我有些茫然，因爲我委實不知道沒了家的我，未來該何去何從。眞的茫然呦——有時我在上班期間，抬頭一望，都只能看到一片霧，且這霧還打著馬賽克，朦朧一片。但或許是因爲日夜顛倒的大夜班讓我的身體機能錯亂，所以暈了吧。

一回，在醫院走道側邊的紫色塑膠椅上，我女朋友忽然問我：「有時候，你不會有這種感覺嗎？好像人生是一坨大便那樣的。」同時間，她的手在我的褲襠裡把玩我的老二。當然，我們的膝上罩著一件大外套；我們不是變態。

她讀國小的老弟當時身體有恙，老是流鼻血，又頭暈。我記得一回我們在麥當勞吃炸雞等恐龍展時，她老弟突然流鼻血，兩個鼻孔瞬間像扭開的水龍頭似的噴出血來，而且兩分鐘後就暈倒啦，嚇得我跟我女朋友慌得在麥當勞裡大哭，好險後來沒事。我女朋友的父母親都得上班，所以帶她老弟看醫生的責任，自然就落在我們肩上了。她討厭醫院，她在醫院會焦慮，故在等待她老弟看診時，她常會問我一些奇怪的問題，同時也一定會把玩我的老二；她說我的老二會給她一種安定的感覺，像她人生裡的扶手。

「我的人生是大便，但妳的不是。」我說，氣息有些急促，因爲她把我弄得有些high了。她喜歡用食指、中指和拇指輕輕搓揉我的龜頭。若你是男生的話，你知道那感覺是多銷魂的。

說實話，我也覺得人生是一坨大便，而且我還認爲人類根本就是蛆，在大便裡鑽來鑽去的。然而，我不想讓我女朋友明白這個殘酷的事實；對於長相甜美的她來說，人生不可能是一坨大便。多半是一朵花吧，我想。我一直認爲我女朋友是一朵花，不是美麗的薔薇，而是田野間隨意長出來的小野花，而且還是黃色的（我也不知道爲什麼是黃色）。不起眼，但很耐看。

「我們得在大便裡搞出點樂子來，要不，我們會被人生給臭死的。」她又說，「我不想屈服。」

「唔……」我說，同時不小心射了。

「嘖。」她白了我一眼。

所以，如果你問我們，人生搞樂子的最好方法是……？

「性愛。」我們會這樣異口同聲的說。

性愛真是逃避現實的最好方法。此際你若有人生困擾，你也可以試著用性愛解放自己；若你沒有情人，自慰也可以達到相同的效果。反正只要能達到高潮，什麼方法都好；但唯一條件就是，你不能傷害自己，更不能傷害別人呦。

一回，我女朋友不知道哪裡搞來幾顆白色的小丸子。天知道那是什麼鬼丸子，反正我女朋友只跟我說，那白色小丸子得以讓我們做愛的爽度放大一百倍。

一百倍呦，簡直就像飛到天堂做愛那樣的感覺吧。

我們兩人當時處境同樣堪憐，你們也知道的，我被二一，而且家毀了，而她剛得知她老弟得癌症，腦瘤還是什麼的，而且還因爲腦瘤太大顆，且長在很深很深的位置，所以無法開刀；反正活不久就是了。

「就像把桃子裡的果核給挖出來一般，」戴著紫色粗框眼鏡、嘴裡總是有一股櫻桃味道的醫生跟她說，「是不可能開刀的了。」聽完，我女朋友痛哭了三天。

因此，此刻的我們倆很需要放縱——需要逃遁、需要一百倍的歡愉。

於是乎咧……我們就嗑啦。

嗑完藥後，我們開始瘋狂做愛，可是做到一半我們開始瘋狂暈眩，好像兩人裸體交纏在恣意亂翻的雲霄飛車上似的，然後，我們開始瘋狂嘔吐。也許這是假藥吧，我們一點high的感覺也沒有，反而是痛苦。但你知道的，藥很珍貴，做愛也不是喊停就停的。於是乎咧，我們就在這天旋地轉、充滿嘔吐味道的天堂裡，將這場噁心的愛給做完。

做完愛後，我們就在嘔吐物堆裡，深深的睡去。

不過事實上，那晚我根本不清楚自己有無射精——那場虛幻的性愛太模糊了。

隔天，我被一股痛意給喚醒，發現自己的龜頭破了一塊皮。天曉得我那晚究竟插到哪兒去了，這傷口讓我整整一個禮拜小便時都像排放鹽酸，痛得我幾乎就要自宮了；而我女友也好不到哪兒去，事後她頭疼了整整一個禮拜。

於是乎咧，我們都發誓，以後再也不嗑藥——若要嗑，至少得找對的藥頭呦。

有時候我認爲老天爺／造物者／上帝（反正就是創造人類的那些存在啦）還不算太惡劣啦，至少給了我們性愛這玩意，所以你們要用正確的方法好好的利用呦。啾咪。

我女朋友今年同樣二十一歲，但事實上她早出生我幾個月；而我們是班對，英文系的班對。你知道嗎？我壓根不明白自己爲何是英文系的學生，而且我根本恨死了文學。所以呦，我被退學是無可厚非的，因爲我讀錯系了嘛，哈哈。啊，其實這是藉口，人犯錯時總喜歡找堂而皇之的理由推諉塞責；但我不想這麼虛僞，也不想美化世界的一切，這樣一點意思也沒有。若世界一點醜陋、邪惡都沒有，那麼我們就永遠找不到襯托——地球就會是地獄，因爲每個人都會變成腦袋空空的遊魂，就連1+1也得不出個解呦。所以老實說，我被退學的眞正原因是——我不認眞、我經常缺課；而我缺課的理由？……

那是因爲我肩負一項重要的任務……

嗯，我是有使命的。

我必須每天修煉，我必須照顧線上遊戲的那班夥伴，未來也必須達成我們的大業。我女朋友雖老說這大業什麼的很蠢，但這是因爲她不懂，女人很難體會我們男人的世界——這用雄性激素打造的世界。不過，自從我被二一之後，我就戒了線上遊戲。我們的大業也瞬間決堤了，好像被土石流沖毀了那樣。

是啊，我是因線上遊戲而荒廢學業的。但我並不後悔，因爲人生後悔也沒用。我女朋友跟我一致認爲後悔是最愚蠢的事，因爲於事無補。

不過，就像阿司說的，我們總得往前走。說到往前走，我想，我必須該回到故事的主軸了，也就是那個戴單耳機的女孩的部分。我想，我得先交代，那天後來究竟發生了什麼事。

小龍，火車站附近的7-11，1個月前 PM 10:45

當阿司走進店內時，我正在櫃檯用手機跟我女朋友聊天，所以完全忽略了他的存在。算啦，老實告訴你們好了，其實，那時我們正在電愛；我的精神正與我女朋友瘋狂的做愛，我甚至還拿條碼機在我臉上刷呀刷的，因爲那感覺就像把臉埋在她的陰部似的。所以，我才沒發現店內有人，因爲我太專心了嘛。

後來，我發現阿司走進來，趕緊掛上電話，補喊一聲「歡迎光臨」。也幾乎在同時，我才發現店內原來還有另一個客人。

就是那個只戴單耳機的女孩。

沒多久，那女孩忽然砰一聲撞上冰箱飲料櫃，整個人癱倒在地上，像曝曬在陽光下過久而昏厥的美人魚，或者像被大蒜嗆暈的美豔吸血鬼似的。我想這部分你們也都知道的。

我當時以爲她死了，嚇得我開始恍神，腦袋一片空白。

我長這麼大還沒看過死人呦。

「快來幫忙啊！」阿司大喊，手朝我一伸。腦子被嚇呆的我才頓悟，趕緊跑向他們那兒查看情況；而在同時，我才發現……

哇咧……

那女孩好正呦。

而且，她——沒——穿——內——衣。

還有，她並沒死，因爲她一下子就甦醒了。只是可憐的飲料被摔得滿地，眞如阿司形容的那般，像一堆從高樓跳下後、支離破碎的屍體，或者像一攤摔爛的西瓜；不過這兩種東西本質上相去不遠就是了。這下子我可很難向下一班的人員交代。

我們倆趕緊將她攙扶起來，可是她站不住，一下子倒進阿司的懷抱裡。

阿司賺到了。科科。

「對不起，」她說，語氣如游絲般，聽來像氣音，「我不是故意的，我突然頭暈。」

「沒關係，沒關係啦。」我趕緊說，「妳沒事吧？」

「妳沒事吧？」阿司也問。

「不好意思，我把你的飲料搞成這樣。」她面帶愧色的看著我說。

「眞的沒關係，眞的沒關係呦。」我重複說，「我待會整理一下就可以了呦。小姐，妳眞的沒事嗎？需不需要我幫妳叫救護車什麼的？」在我說話的同時，我注意到她的雙乳——我幾乎清楚看見她的乳房輪廓。但我同時也感到羞赧，我不該盯著她的乳房看的。

「不用幫我叫車，」女孩說，「我休息一會就可以了。」

我注視著阿司，想從他那裡得到解決的方法，不過他沒有說話。

「我沒事了，眞的。」女孩又說，試圖挺直身子，「謝謝你們。」說完，她開始理順她的頭髮，拉攏自己的襯衫。同時我也注意到她的臉色非常蒼白，絲毫未有血色。

「小姐，妳眞的沒事嗎？」我又問。我有些擔心，我可不想她就這麼死在店裡。

「嗯。」她回答道，「眞的沒事，謝謝你。」

然而，就在此刻，外頭忽然砰一聲巨響，嚇得我們三人全都跌坐在地上了。接著，我感到空氣的濕度瞬間增加了許多，溫度也稍稍的低了一些。我們三人面面相覷，還沒來得及釐清狀況時，又砰訇一聲。那女孩大聲尖叫，然後開始哭泣。

「是打雷。」阿司大聲說，抱住女孩，「只是打雷，別怕。」

這雷聲可眞是可怕，於是乎咧，我也與他們抱在一起了。

隨即，外頭開始嘩啦嘩啦下起了大雨。

3

小薇，愛的小屋電腦前，現在的PM 05:00

是小龍告訴我的。他說他把我們的故事放到網路上了。我有些好奇，所以就到網路上來看。噢，對了，我也應該先自我介紹的。

我叫小薇。

我是誰噢?……

我就是女主角啊。

我當女主角耶，好害羞噢。

哈哈，騙你們的啦。

其實我不是女主角，好可憐噢，我想我只是配角。我是小龍的女朋友啦，就是那個跟小龍一樣讀英文系的女生噢。好險噢，小龍沒提到我的名字，所以不必擔憂被人發現我的眞實身分了，不然我色色的形象就要曝光了（我現在這個名字只是化名噢）。

唉呦，其實我才沒這麼色啦。只是我眞的很喜歡觸摸小龍的小頭頭，軟軟的、很好摸，而且可以給我一點點的安全感，因爲我好討厭醫院的。而且小龍的小雞雞有一個很棒的優點，就是啊，他的小雞雞跟其他男生的小雞雞不一樣，他的一點味道也沒有，就像蒟蒻一樣噢，哈哈。

你知道嗎？我前男友的小雞雞的味道好重噢，不是臭，而是味道重，不過我不討厭那個味道就是了。也許是因爲我太愛他了，所以才能忍受那個味道，甚至愛上那個味道。我雖跟他分手好一陣子了，但偶爾我還會想念那個味道——尤其是在經過臭水溝的時候。但是啊，我絕對不會在公開場合摸他的小雞雞，因爲味道實在太重了，因此後來我才跟他分手。

哈哈，騙你們的啦。我跟前男友分手不是因爲那個原因，而是因爲他老婆發現我們的事了。

嗯，沒錯，我們是外遇，而且我們差了十五歲。他是我之前打工的咖啡廳的老闆。你不要批評我噢，就算在心裡批評我也不行噢。因爲我跟他搞外遇根本不是我的錯，是他來追我的；而且他還跟我說，若我跟他在一起，他就一個月給我一萬元。沒辦法，我很需要那一萬元，因爲我家很窮，而且我爸一個月才給我一萬五當零用錢。

一萬五根本不夠用。（怒）

所以，我就這麼糊裡糊塗的跟他在一起，然後我也眞的愛上他了。可是後來他老婆發現，就跑來找我嗆聲，甚至還甩了我好幾個巴掌，像個瘋女人似的。後來那女人還跟我前男友嗆聲說，如果他不跟我分手，她就帶著他們的小孩去自殺。

好殘忍噢，來這套。他們的小孩才幼稚園大班耶。要死不會自己去死噢，小孩子又不是她的財產，眞自私。

所以後來，他就要求跟我分手噢。

你知道他是怎麼說的嗎？他說他愛我，眞的很愛我，他還說，我是他這輩子唯一愛過的女人。但他跟我說，人生是一坨大便，所以很多時候、很多事情都不能如我們所願，因爲人生是臭的，時時刻刻、無所不在的臭。所以他不能就這樣愛我，他說他得對他的妻子和小孩負責任——他得吞下人生的這坨屎。

所以，我們分手了。

只因爲，

人生是一坨大便。

所以噢，你知道我怎麼應付嗎？

嗯，我自殺了。

我不是傻，你別批評我噢，我會哭噢。

我只是很愛他。我不是在乎錢，我只是眞的很愛他。我是那種爲了愛可以放棄一切的女孩。我甚至爲了他墮胎，三次噢——我覺得我子宮都糜爛了——可是我仍勇往直前的愛著他。

沒辦法，這就是愛。

如果你批評我，那代表你不懂愛，你是可憐蟲。

那天，我濃妝豔抹、穿著我最漂亮的黑色洋裝，跑到他的咖啡廳。然後當著客人和他的老婆面前，拿著一把鮮紫色的美工刀割腕。兩隻手都割噢，我滿手都是血噢。然後我在他面前狂哭，像瘋了似的狂哭，因爲我不想離開他，更不想他離開我。可是他卻嚇得兩腿直發軟，因爲他害怕血。然後他老婆拿掃把趕我，甚至拿掃把掃我的臉，同時一面喊我死狐狸精、不要臉的賤貨，破壞別人家庭的下三爛女人諸如此類的，然後她要我滾。可是我一動也不動的，就愣愣的站著狂哭，任憑那髒掃把在我臉上瘋狂的洗刷。當眼淚流淌到我的嘴邊時，我嚐到淚液裡混雜的灰塵與垃圾，可是我不在乎……

全部客人都在看我們，可是卻沒有人前來阻撓那瘋女人，也沒有人來救我。大家就是這樣看著，眼睛瞪得大大的，嘴張得開開的。就差一點爆米花吧，要不，我眞會以爲他們是電影院的觀眾咧。

後來，我眼前一黑，咚的一聲就暈倒了。

我醒來的時候，發現自己在醫院，身旁坐著小龍。

是小龍把我送到醫院的，當時他正好在咖啡廳裡喝咖啡，跟他那一群愚蠢的戰友，就是線上遊戲的那幫戰友啦。他們那一群蠢蛋每週固定聚會，商討什麼狗屁大業，蠢死了。

那時候的他只是我的同學，而且我跟他根本不熟，好像根本沒說過話。

不過後來我就跟小龍在一起了噢，因爲他跟我告白，他說他暗戀我很久了。其實我根本不知道那回事，而且我們幾個女生都以爲小龍是gay噢。誰叫他那麼白，又那麼娘……

但，我不愛他，那時候不愛，現在還是不愛。我永遠只愛我的前男友，而且我想，我這輩子也只會愛他吧。就算他棒撒我，爲了人生的一坨屎而棒撒我，我還是愛著他。

沒辦法，我無法控制我的感情，我無法放棄我的專一。

也許人生眞是一坨屎噢。要不，爲什麼他如此對待我，我還是這麼的愛他……

分手三年了，我還是愛著他，好愛好愛的愛著他。

別擔心，小龍也知道的，因爲我早已向他坦承我不愛他了噢。我不希望我們之間有秘密。但他說他會等待我，而且他有自信我一定會愛上他。其實小小聲告訴你們，我還沒愛上小龍噢，只是喜歡罷了。我很難眞正愛上小龍，我也不知何故，搞不好是因爲外型吧。噢，別誤會噢，我不是說小龍醜——他很帥，我才不跟醜人交往咧。他就像日本傑尼斯少年那樣的帥，但他就是無法眞正吸引我。雖然他待我眞的很好，眞的眞的很好噢，但我還是無法愛他。我試著去愛他，我希望自己能愛上他來塡補我心中的痛，但我眞的無法做到。也許愛情不像挖坑一樣，可以隨時塡補上的。

我曾爲了小龍的事去一間很有名的愛情算命館。是我的一個很好的女性朋友介紹的——她前陣子好像跟女朋友吵架所以跑去算命——而且她說算得超準的噢，像射中紅心那樣噢。對啊，她是同性戀，但那沒什麼，反正她長得就像個男人——如果她愛男人我還覺得噁心噢。

那算命館很小一間噢，就在住宅區公寓的一間小套房裡——八樓八號。房間門沒鎖，我敲了老半天沒人應，所以我逕自開門走進去。算命館的燈沒開，所以裡頭有點暗噢，而且還有一種很特殊的味道，不難聞，但說不上來是什麼味道，反正是我從未聞過的味道就是了。牆壁上有個貓頭鷹的時鐘，但故障了，一直指著08:08分，好像時間被冰凍了。噢，真的有點冷，也許時間真的被冰凍了也不一定。而牆壁上還有四幅約A4大小、用玻璃鑲起來的圖畫。四張圖畫上各有一個骷髏頭，各個表情都不一樣，我想分別是代表喜、怒、哀、樂吧。第四個骷顱頭很詭異，快樂的骷顱頭，噢，我覺得好矛盾，好像散發香味的狗屎。我看見圖畫上的英文標示產地是南非。

「那是用蝴蝶遺體製成的，」突然有人說。我嚇了一跳。「但妳別擔心，這些蝴蝶都是自然死亡的。」

「噢。」我說，事實上我不在乎，謀殺蝴蝶也沒什麼大不了，反正這世界每天都有謀殺。我想她就是算命師。出乎我的意料，她只是一個女孩噢，而且年紀看來好小噢。她的長相有些詭異噢，頭髮是深紫色的，而且雙眼還打上深深的紫色眼影，看來就像巫婆，還是邪惡的那種噢。接著，我看見她伸手——她的手短短小小的，像大人樣的嬰兒手——按了一下牆上的開關。燈隨即亮了起來。燈光是紫色的，因此仍有些昏暗。

算命師的手上拿著一支鮮紫色的菸，坐在一張鮮紅色的沙發椅上，而沙發椅的前面則擺著一張顏色過分鮮豔的紫色矮桌和綠色椅子。更詭異的是，矮桌上有一個空無一物的黑色鳥籠，好像裡面養著什麼小鬼似的。

後來，她用手勢示意我坐在地上，嘴裡同時飄出一股紫色的煙霧。那還是我第一次看見有人抽紫色煙霧的菸咧。

「妳用不著說話，聽我說就好了。」算命師抬頭望著我說。她的聲音聽來像貓頭鷹，咕嚕咕嚕的，而且感覺黑黑的。

我注視她，發現她長得有些中性，就像那種尚未有第二性徵的小孩。

「妳打算諮詢妳現任男朋友的事吧？」她問。

「對。」我說。我有些驚訝。

「那我們就廢話少說，直接開始吧。」她說，口氣很無謂，很平，像負A罩杯的女人胸部。

「噢。」

「我等一下會告訴妳，關於妳過去、現在，還有未來的愛情。但請記住，我只說實話，無論好或不好，而且我無力改變妳的愛情，無法幫妳，再來，我不接受發問。」她又說：「妳能接受嗎？」

「可以。」

「很好。」她瞇著眼睛看著我，然後吸了一口菸：「我說完後，若妳認爲我說得準，妳可以給我錢，價錢多少隨妳的意。如果妳覺得不準，妳可以一毛錢都不給，直接走人。」

我看了一眼鳥籠。「聽起來很合理。」我說，「那請開始吧。」

她點點頭，深深的吸了一口菸，然後將菸捻熄在手掌上。我感到疼，我甚至聽見菸燒皮膚的聲音，可是她卻沒感覺似的。她接著打開鳥籠，將手伸進鳥籠。一會兒，她從鳥籠裡拿出一隻壁虎，活生生的壁虎噢。她毫不考慮就將壁虎吞進肚子，嚇得我差點就要尖叫了。

她打了個嗝後，開始告訴我，關於我的愛情。她雙眼迷濛著告訴我——兩手同時在空中揮舞，好像盲人在陌生巷弄行走的樣子——她在我身上感覺不到愛情，她說我並不愛我現在的男友；她還說，我因爲之前愛得過深，所以我的愛情配額已經用完了，最後她告訴我，我的心已經開始萎縮，她說我一輩子再也無法享受愛情了。

「妳未來會在一個妳素不熟識的地方，」她最後說道，「與一個妳不愛的人過完餘生。」突然，我覺得四個圖畫中的「哀」骷髏頭正在瞪我。

「說完了嗎？」我問她。

她點點頭，又吸了一口菸。

「去妳媽的。」我站起來對她說，「妳說的一點也不準。」然後我在她桌上扔了兩千元後，就離開了。後來我很後悔，我不該給她錢。但我總覺得享受服務——不管是好是壞——總得付錢。

該死的算命師，說這什麼鬼話。我一定可以愛上小龍的，只是我還需要一點時間。唉呦，反正，現階段的我不討厭小龍就是了，也滿喜歡跟他做愛的。雖然他的技巧未如我的前男友好，他的小雞雞也沒辦法像我前男友般，可以把我塞得滿滿滿（我前男友的小雞雞不長，但很粗而且頭頭很大，就像一根有肌肉的小香菇，很有飽足感噢）。但至少小龍有不斷進步啦。

而且，我也很喜歡我們目前的關係，沒有什麼負擔，就像輕食一般。

還有還有我要澄清一下，那白色小藥丸不是我購買的啦，是我一個ABC好朋友洛果給我的。他經營夜店，而且還是同志夜店，但他卻非同志。我曾跟他做過一次愛，是我主動的，其實他長得滿帥的，雖然四十開外，但看來像二十歲。滿奇怪的厚，經營同志夜店卻不是同志。噢，我也不知道爲什麼。也許這代表時代的一種進步吧。

這傢伙很有管道搞到藥，他每次都主動給我藥，我也不知道爲什麼噢。不過我每次拿到藥都扔了；小龍提到的「飛到天堂做愛」的那次性愛，可是我頭一次嗑藥噢。我沒有毒癮噢，別誤會我。洛果聽說我老弟生病，然後他知道我一定會很傷心，所以才送我藥的啦。小龍眞壞，被他形容得好像我去買藥似的，我才沒有這麼壞呢。

生氣。

說到我老弟，他好可憐噢。他長了腦瘤，醫生說沒辦法開刀，因爲那腦瘤長在很深很深的地方。如果要開刀，得將他的腦袋給剖成一半才行。腦袋剖成一半誰還能活呀？連鬼都不行活咧。

我老弟是個很聰明的小孩噢，他知道自己生病了，而且他知道自己會死噢。

上次我們在麥當勞吃炸雞時，他就問我：「姊姊，我是不是要死了？」我聽了嚇了一大跳，不知道該怎麼回答，但我後來還是決定不該說謊，因爲小朋友也有知道眞相的權利。所以我將他的手放上我的臉頰（他的手很溫暖），柔聲的告訴他：「沒錯，你會死，而且你就快死了。」我說的是眞的噢，其實我上次割腕住院期間就明白了，因爲我在醫院睡覺的時候，我夢見背後長著大大的白色翅膀的我老弟，坐在白色、閃著亮光的棺材裡舔舐一根彩色的棒棒糖，然後手執紫色手帕的我爸媽和我蹲在他的旁邊哭泣。那個夢太逼眞了（我甚至嗅見棒棒糖的甜膩味），所以我就知道我老弟必然會出事。

果不其然。

沒想到，在我告訴我老弟，他即將要死了之後，他一點也不害怕噢；他還反過來安慰我，告訴我，死亡並不可怕，也許早死的人才是眞正幸福的人。他還說，誰也說不準，活著究竟是不是一種懲罰。我告訴你噢，我老弟一定是天使轉世，要不如此年幼的他怎能說出如此眞實的話？

我媽適巧聽到我們之間的對話，她很生氣，就拿掃把打我，然後說什麼，我沒良心，詛咒自己的弟弟死，然後又說什麼我老弟會生病，都是因爲我這個做老姐的太破、破壞別人家庭什麼的，所以才帶屎，把自己老弟給搞生病了。

什麼鬼呀，甘我屁事，難道說眞話也要受懲罰……

算了，不再提到我媽了，她儼然是個瘋子、是個白痴。我家裡，只有我老弟和我才是正常的。

哇，我剛才往上看了一下，發現自己寫了好多噢。其實，我原本不打算像小龍他們一樣，把自己的故事就這樣一股腦兒說出來的，因爲人的隱私是很重要的。可是好奇怪，我一談就難以停止，我也很訝異我竟告訴你們這麼多事。

也許，每個人都有被了解的欲望吧。

但我不打算再洩露自己的人生了。所以，現在我想談那晚的事了。

嗯，沒錯，其實我後來也有參與那晚噢……

小薇，火車站附近的7-11，一個月前AM 10 :55

我正在看《康熙來了》。不知怎地，突然砰的一聲，外頭傳來一聲巨響。超級大聲的噢，我差點就要被嚇死了。我還以爲是核電廠爆炸了，我差點就要逃走了（不過核電廠若眞爆炸，我們也不用逃就是了）。可是噢，那時候我正裸體躺在床上，根本無法逃出去，哈哈。

後來又砰的一聲，然後沒一會兒，開始劈哩啪啦的下起大雨——我才明白，巨響原來是打雷。噢，雨眞的下得好大噢，好像有人在哭——也許是上帝在哭吧。噢，我只是恰巧舉例，絕非我相信有上帝的存在噢。我才不信上帝，我覺得宗教很蠢，而且信教的人泰半都很自私。我才不想當自私的人咧。

噢，對了，你們知道我爲什麼會裸體嗎？……

我裸體是因爲我才剛做完愛，跟小龍用電話做愛噢。

小龍因爲每天上大夜班，有時候我會感到寂寞，所以偶爾我會打電話給他，然後要他在電話裡，用聲音與我做愛。這樣很舒服的噢，你們如果喜歡，也可以試試看。然後因爲小龍的7-11就在我家對面的一樓，所以有時候我會立在窗邊，一邊看著小龍、聽著他的聲音，一邊自慰。

這樣更刺激噢。

我告訴你噢，有時候我會看見在櫃檯的小龍，一邊跟我電愛，一邊拿條碼機刷自己的小雞雞。他好變態，而且他以爲我不知情，哈哈。

下起雨後沒多久，我的手機響了。我接起電話，發現是小龍打的。

「小薇，妳下來一下好嗎？來店裡。」小龍說。

「可是現在下大雨耶，而且人家沒穿衣服。」我說。

「妳下來一下好不好？」小龍又說，聲音聽來有些急促，「店裡有個女孩剛暈倒，我想，妳把她帶回房間休息好嗎？」

「女孩？」我問。

「對啊。」小龍說，「她是店內的客人啦，剛突然暈倒了。妳下來把她帶上去休息好嗎？」

「噢，好啦。」

小薇，火車站附近的7-11，一個月前 PM 11:30

雨眞的下好大噢。

我雖有撐傘，可是到7-11時，我還是濕了（這不是雙關語噢）。傾盆大雨時，傘就成了裝飾品，一點效果也沒有，就像男人剛射完精的小雞雞一般。

我走進7-11的時候，發現飲料櫃前頭一片狼藉，好像剛被打劫似的。同時，我也發現裡頭不單一個女孩，還有一個長相呆呆蠢蠢的男生站在一旁，一副蠢宅男樣的男生。

那女孩背對著我，所以我看不見她的長相。不過從她的背影以及站姿看來，我想，她應該是個長相還不錯的女孩。即便只看背影，女孩仍可以辨識另一個女孩的魅力。這是我們女孩的原始天性。

然而，不知道爲什麼，我感到一股威脅噢。

「小薇，就是她，這個女孩，她剛暈倒了。」小龍看著我說，「妳帶他們上去休息一下吧。」

他們？難不成他們是情侶？……

我向小龍點點頭。

「她是我的女朋友。」小龍看著我對他們說。

那宅男轉身並向我招手，他看來愣頭愣腦的。我硬擠出個笑容——不過差點便秘。

「就照剛剛說定的計畫，你們跟她上去吧，去我家休息一下，反正火車也已經錯過了。」小龍又說，「順便帶點咖啡零食上去吧，我做東，你們儘管拿。」

就在此時，女孩轉身面向我。我看見她時，大吃一驚，而她看見我時，也訝異的睜大雙眼。

因爲她是小mic。
我高中最要好的朋友。
最要好的姐妹淘。

4

小mic，電腦前，現在的AM 01:45

你們好，我是小mic。

mic的發音是「米克」哦（而且永遠只能小寫），而不是麥。很多人會搞混，然後喊我小麥，聽起來好像我是麥克風。

小薇來找我，然後跟我說，他們三人，就是她、阿司，和小龍，在網路po上我們的故事。她叫我上網看看，然後跟我說，我可以上來補充，或者也可以上來說說自己的故事什麼的。

不過，不好意思哦，我其實不太會使用網路，所以排版技巧有些生疏。而且我不像他們如此風趣、妙筆生花的；所以，若我寫得不好，還請大家見諒了。不過，小薇會在旁邊指導我，她是網路的高手哦。現在，她正坐在我的身邊喝著咖啡（我泡的咖啡哦），同時對著我笑。她笑起來很可愛。其實我一直覺得小薇是個很可愛的女生。

小薇是我高中最好的朋友，我的姊妹淘。我們在高中的時候形影不離，就像雙胞胎一樣，甚至在高二的時候，還有人以爲我們是女同性戀。不過，後來發生了一些事情，我們的友情決裂了——徹徹底底的決裂。我現在想起來，覺得很傻，我不該因爲那些小事而放棄我與她的友誼。

朋友很珍貴，談得來的朋友更是如此，你們不這麼認爲嗎？……

我現在好慶幸自己與她恢復了友誼，而且小薇剛和我達成決議，未來我們將一輩子當好朋友——絕對絕對不再分離。

而我們吵架的原因，唉，其實很無聊的，就是爲了一個男人罷了。

小薇之前曾愛上一個男人，我想你們應該也知道，一個大她十五歲、且有家室的男人，而那個男人就是我的姨丈。我姨丈是個滿邋遢的中年男人，臉胖胖的，鬍碴永遠刮不乾淨，肚子也大大的，而且菸癮很重，而他身上總是有一股汗味混雜著菸味的臭味。我著實無法理解，爲什麼像小薇這麼可愛的女孩，會愛上我的姨丈，因爲真的，他一點魅力也沒有。

我剛讀了小薇寫的關於她前男友（我姨丈）的部分，其實我好驚訝，因爲我所認知的事實竟然跟小薇說的完全不同。我真的好訝異，同時，我好生氣、好難過。

阿姨跟我就像姊妹，自從小學我的母親過世之後，這世界真正可與我談話的，就只剩下阿姨了。而且阿姨也是陪我走過我人生最黑暗時期的貴人，甚至可以說，如果沒有她，我可能已不在這個世界了。

而阿姨發現姨丈外遇後，她徹底崩潰，體重從五十五公斤陡然降至四十公斤；整個人儼然一朵枯萎的花，看來真快死了。後來我得知，原來姨丈外遇的女人竟然是小薇的時候，我好傷心、好難過，因爲我最深愛的朋友竟然傷了我最親愛的家人；同時也好有罪惡感，因爲是我介紹小薇到咖啡廳上班的，是我引發這場罪孽的愛情。

然而，阿姨與我選擇相信姨丈。姨丈告訴我們，他跟小薇在一起是萬般不得已的，他說小薇倒貼她——他說他對小薇絲毫未有感覺——而他打算結束時卻被她威脅，所以他才繼續這段不該存在的愛情。他說他犯了一個愚蠢的錯，然後他跪著求阿姨，像個孩子似的哇哇大哭，希望自己可以獲得一個彌補愚蠢的機會。阿姨答應了，但她並非原諒他；她只說孩子還小，不能沒有爸爸。

「但已不復存有愛情了。」她說。

□

那晚，我在房裡聽陳奕迅的歌，一面準備我的期末報告，而阿姨和黑瑞正好來訪。

黑瑞是我的表弟，幼稚園大班，長得很可愛，肥嘟嘟的雙頰就像兩個漢堡似的。他每次一進到我房間，就會要求我替他播放陳奕迅的〈沒有你〉。他很喜歡那首歌的節奏，每次聽見那首歌都會開心的手舞足蹈；然而對我而言，儘管旋律輕快、歌詞正面，那卻是首悲哀的歌——失去愛情，卻又強作歡快的吟誦不存在愛情的世界，那是多麼可怕的一種積極；但黑瑞不懂，只管把憂鬱、痛苦的意境痛快的踩在鋪滿輕快音符的節奏上。

很瀟灑，不是嗎？

也許我們都該向黑瑞學習，也許我們都該用快樂來裝飾悲傷。

阿姨從包包裡拿出一根菸，點燃，抽了一口，然後躺上我的床。阿姨原本是不抽菸的，自從姨丈發生外遇後，她的性格、行爲有了很大的改變。曾經，有些時候，我覺得阿姨已經完全換了一個人，好像現在的她，只是一個擁有阿姨過去記憶的陌生人。

「米。」單手捧著臉，側躺在我身邊的阿姨喊我。全世界只有阿姨喊我米，她說mic（米克）唸起來太麻煩。「妳知道嗎？有時候我看著妳，我會有種錯覺哦。」

「錯覺？」我重複道。

「嗯，錯覺。」我阿姨說，「有時候，我看著妳，我會覺得自己好像一下子小了二十歲。」

「怎麼說？」

「因爲妳跟妳母親太像了，」阿姨說，抓起我的一束頭髮湊近鼻間，「就連頭髮的味道都好像的。」

「眞的嗎？」我從來不覺得自己跟母親相像。

「妳跟妳母親年輕的時候簡直一模一樣，尤其是妳的眼神，妳擁有妳母親最迷人的特質。」她說，「有時候我看著妳，幾乎以爲妳是妳母親，而我是妳妹妹——那個永遠跟在妳媽身邊的小妹妹。」說完，她臉上透出淡淡的笑意。

「我從來不這樣認爲。」我說，「我覺得母親比較美。」

「妳比妳媽還美。」阿姨放下我的頭髮，仰躺下來，「相信我，從別人的眼光看自己比較正確，外在如此，內在更是如此。」此刻我注意到她手上的菸掉了一點菸灰在我的床上。

「也許吧。」我說。可是當時的我怎麼看也看不出姨丈——那個肥胖的中年男人——竟會外遇；或許我忽略了他的內在吧。

「以前，我跟妳媽也是常這樣兩個人窩在房裡一邊聽音樂一邊聊天哦，談論我們的生活，我們的朋友，」阿姨又說，「還有，我們的愛人。」

「媽的愛人只有我爸吧。」我說。我媽曾跟我說，她這輩子唯一的愛人，就是我爸。

「是啊。」阿姨說，「妳媽的愛人只有妳爸爸。」

「而我爸的愛人，卻不只有我媽。」我說。我爸最近新交了一個女朋友，一個四十開外的單身女人，整天黏我爸黏得要命。我一直認為她企圖騙我爸的錢，但我爸卻不苟同。不過我老覺得那女人不太對勁；她的眼神與笑容都藏有目的。

「妳別怪妳爸。」阿姨說，「是妳媽先走的，妳爸沒必要就這麼一輩子孤孤寂寂的。妳知道嗎？妳爸是我看過最好的男人，他很愛妳媽的。」

但從他現在的行爲看來，我不認爲如此。

「而且，妳知道嗎？寂寞是很可怕的，不過，妳這年紀是不會懂的。我從來沒有辦法想像，如果我沒有妳姨丈，日子該怎麼過下去。」阿姨說，吸了一口菸。

「所以，這就是妳仍跟姨丈在一起的原因？」我問。

「我曾經很愛妳姨丈。」阿姨說，嘴裡吐出煙霧。

「曾經？」我問，「那現在呢？」

阿姨沒有回答，僅笑望著我。我猜不透她眼神裡的意義。「還有他。」她眼光往正在床下玩玩偶的黑瑞探去，說：「他不能沒有爸爸。」

「阿姨，妳跟姨丈最近還好嗎？」我問。

「還好嗎？」我阿姨笑了一下，然後坐起身子，打開身旁的包包，拿出一根按摩棒來，「喏，現在它才是我的情人。」

「阿姨，黑瑞在這。」我僵著臉說。阿姨最近的行為有些逾矩了。

阿姨看了我一眼，說：「他懂個屁。」

黑瑞此刻挨近我，拉拉我的衣角。我知道他的意思，我用滑鼠在Media Player上點了一下，將正在播放的陳奕迅的〈不能再等待〉換成〈沒有你〉。音樂一出來，黑瑞就開始跳舞了。

「妳爸已經為妳媽守了這麼久。」阿姨說，「夠了，真的夠了。」

我沒有說話。也許我太保守，我認為一輩子只愛一個人是一件很美的事。

「可是，有時候爸很煩，為了愛情而不顧店。我現在還在念書，他就要我去幫忙顧店，而且我們店裡有很多怪怪的阿伯，他們來租A片的時候，都會用猥褻的眼神看我。」我說，「很不舒服，而且爸的店似乎越來越多怪伯伯，我覺得爸的店越來越怪，我不懂爸為什麼要買這麼多成人片，我覺得好……好髒……」

「米，妳已經二十歲了，不是小孩子了。妳知道現在的片子越來越難租，妳爸這樣做也不過是為了生存。妳這麼大了，應該要懂現實了，怎麼可以說妳爸髒呢？」阿姨說，口氣有些激動。

「我不是那個意思。」我試著解釋。我感到耳根子一陣熱，從小到大阿姨很少唸我的。

「那些阿伯真的會騷擾妳嗎？」阿姨問，口氣舒緩許多。

「不會。」

「不會就好。」阿姨說。

「對了，」阿姨說，她似乎察覺我的不自在，所以想改變話題。「妳跟Nicks最近還好嗎？」

「很好啊。」我說。

阿姨微笑的點點頭。黑瑞隨手將擱在床邊的按摩棒拿起來把玩。一會兒，他不小心把開關打開，按摩棒發出聲響。黑瑞起初嚇了一跳，隨即覺得有趣，咯咯的笑了起來。阿姨也不禁笑了出來。

「對了，阿姨，妳要喝咖啡嗎？」我問。我就要睡著了，我需要一些咖啡來提神。

我站起身子，將黑瑞手上的按摩棒拿走，然後關掉電源，放進阿姨的包包裡。

「嗯，好。」阿姨說，臉上仍堆著笑意，「也幫我泡一杯吧。」

□

Nicks是我的男朋友，我們國二就在一起了。Nicks長得不帥（但也有人說他帥就是了），但很有特色，尤其是他單眼皮的一雙眼，純粹得彷彿絲毫未存有雜質似的；整體而言，他的外型陽光、可愛，好像從未遭逢過不好的事似的。

但上述的那些特質都不是Nicks吸引我的原因，他吸引我的，是他的內在、他的氣質（跟他的外型完全不搭嘎），而且他的心思很細膩，同時也非常的特別。有時候，他好像可以看穿你的心，可是，有時候，你卻又會懷疑他根本不了解你，但同時，你又會開始思考，是否在他眼中的你，才是眞實的你。

他就是如此特別而複雜。

他的個性有些多愁善感，有些憂鬱。但他的脾氣很好，我跟他交往以來，幾乎不曾看過他生氣。只有一次吧，那回，他氣沖沖的告訴我，他與他父親之間的關係已經到水火不容的地步了。他甚至告訴我，他想殺了他爸爸，因爲他爸誤會他，而且污辱他；他認爲他爸是世界上最可惡的渾球。但我知道那只是氣話，青春期的男孩都是如此。

Nicks的功課雖名列前茅，但他不喜歡讀書，他喜歡畫圖——素描和油畫那類的。他的圖畫得非常好哦。一回，他畫一個綁著馬尾的女孩的背影，那女孩身處在暗藍色的空間裡，站在一個類似櫥窗的物件前頭。雖然只有背影，但你可以因此感受到一種很可怕的悲傷感，好像她失去了希望，失去了寄託，甚至失去了生存的動力那樣的。我後來問他，畫中的女孩是誰，是不是我。但他說，他不知道，那只是腦中的一個影像，如此罷了。

我跟Nicks在一起好久好久了，跟阿姨談心事的隔天，就是我們在一起的六週年紀念日。他是我第一個男友，我很愛他；我甚至認爲，他是我這輩子唯一的愛人、唯一的另一半。阿姨曾說我的想法有些天眞，有些不切實際，她說，十多歲的我是不可能找到眞愛的；她說這只是荷爾蒙在作祟，每個談戀愛的女人都如此，每個戀愛中的女人都認爲自己找到了眞正的另一半。

「不過，可以確定的是，」她說，「妳的確戀愛了。」

不管阿姨說得對不對，我仍然堅持自己的想法。所以，我將自己的第一次給了Nicks，而他的第一次也是給我的。

Nicks眞的很特別哦，所以我們交往三年仍沒有發生正式關係。因爲他說，他不想破壞我的完美。Nicks跟我最喜歡做的一件事，就是到郊外踏青。我們喜歡帶著一台小小的MP3，同時準備一些啤酒和零食，到深山——沒有人的深山裡頭哦，放鬆自我。然後，我們會全身裸體，躺在鋪上紫色小床單的野地上，喝著啤酒、吃著零食，同時一人掛著一只耳機，聽著陳奕迅的音樂，微醺的、悠閒的度過屬於我們的時光。

在我們放鬆自我的時光裡，有時候，我們會親吻然後互相自慰、口交。可是大部分的時候，我們什麼也不做，甚至連話也不說，就這樣裸著身子，盯著天上的白雲看，然後進入我們的幻想世界。有時候，我的幻想世界會出現Nicks的臉——好大一張Nicks的臉——好像我們的幻想世界結合了，但我不確定是否如此。有時候，我好想爬進Nicks大腦裡，然後看看他的幻想世界裡，究竟有沒有我的臉。

如果有的話，我的臉會是什麼樣子？……

其實，我很喜歡這樣什麼也不做的虛時光（這詞是Nicks發明的哦）。

不過，我曾懷疑，我們倆這樣刻意的放空，是否在浪費人生。但Nicks跟我說，其實人生根本無所謂虛度，因爲人生根本無所謂意義。他還說，只有愚蠢的人才會認眞過日子，因爲認眞的人通常是個大近視，他們只能看見人生的虛幻短線，而無法看見人生的眞實長線，就好像很多人只能看見藍天白雲，而無法看見浩瀚的宇宙那樣的。

「如果妳想要看見人生的眞貌，」躺在草地上的他，左手掌拱起置於眉稜，瞇起眼睛說：「妳必須用力的往藍天裡瞧。」

如果你不懂他說什麼，不要緊，因爲我也不懂。他常常就是這樣，說些奇奇怪怪的語言。有一次更是奇怪。那時，我正在替他口交，他在高潮之際，卻突然看著我，然後問我：「如果我死了，妳會怎樣？」當時，我被他嚇了一跳，同時忘記將他拿離開我，所以被他噴得滿嘴。

「幹嘛突然這樣問我？」我說。我將液體吞入，我不介意，因爲我愛他。

「沒有，只是問問。」他說，然後深深的吻了我，同時不斷的在我嘴裡吸氣。我不懂那動作的意義。也許他認爲那樣是一種補償吧。

然後，他拿起MP3，將其中一只耳機塞入自己的左耳，然後將另一只塞入我的右耳。我聽見裡頭的音樂，那是陳奕迅的〈不能再等待〉。然後他將頭枕在我的大腿上，一面玩弄著我的陰毛——用手指纏繞我的陰毛——同時哼著〈不能再等待〉，而我會抓起他的另一隻手——Nicks的手很大、很有安全感——接著我會一手握住他的食指，再兩手交疊的將他的手擱在我的胸口上。

沒錯的，他眞的是個怪咖，但，我愛他。

Nicks說，他尊重我，所以他不能突破最後的一道防線。他說，因爲他太愛我，所以他不能破壞我的完美。然而，我的完美在我們交往的第五年的某一晚，消失殆盡了。而這完美消失的原因，是因爲我的主動。

那晚，我們正在做一件相當特別的事。

我一直很希望Nicks替我畫一張徹底的裸體圖，我想要擁有一張屬於我們的愛情自畫像，可是Nicks不願意；他認爲無論裸體與否，描畫自己心愛的人是一件很奇怪的事。可是，我告訴他，我想要一張屬於我們的愛情裸圖——我的身體他的圖——來記錄我們的愛情。他起初堅決反對，最後我還是說服他了。

於是，我全身赤裸著，將背倚在床頭櫃上，躺在他的面前。我雙腿毫不保留的張開，甚至用手指將自己徹徹底底的敞開，因爲我要他畫出最眞實的我，我需要他的作畫精神完完全全的進入我的身體……

我要我們融合，徹徹底底的融合在一起。

看著他專注的盯著我作畫，他的鉛筆唰唰的在畫板上滑動，我眞的覺得眼前的這個單眼皮男孩實在好傻、實在太傻了。

我好開心自己擁有Nicks，我的Nicks……

所以，我抓住Nicks的畫筆，然後深深的吻了Nicks，同時在他耳邊呢喃：「我需要你進入我，進入我的身體，進入我的靈魂。」

我永遠記得那個夜晚。

他身上的味道，他的表情，他的喘息聲，還有他的緊張。

反而是我不緊張的，我不知道爲什麼，在與他做愛的那個晚上，我只有一種給予的感覺，一種幸福的給予感覺。也許是因爲我知道他是我的男人，我的愛情，我的心，所以我一點也不緊張；我的情緒只有期待，只有快樂，同時混雜著噗通噗通的心跳聲，如此罷了。

然而，我們第一次的做愛很糟，眞的非常非常的糟，可是那卻是我人生中無法忘卻的一次性愛。

第二天早晨，我被一陣啜泣聲喚醒。我睜開雙眼，發現蜷在我身旁的Nicks正在哭泣。他告訴我，他太愛我了，所以他很後悔破壞了我的完美。

「我絕對不後悔。」我告訴他，「有你當我第一個男人，我很幸福。」

然後，他告訴我，他將永遠擁有我。他說，他的生命裡，將只擁有我這個女人。

或許，你們會認爲他的話有些不切實際。

但，你知道嗎？

Nicks他做到了。

□

我走回房裡，手上端著兩杯熱咖啡。我將其中一杯咖啡遞給阿姨，然後坐回電腦前。黑瑞聞到咖啡味道，跑到我的身邊，吵著要喝。

「小孩不能喝咖啡哦。」阿姨說。

黑瑞嘟起了嘴，走到床邊，氣呼呼的坐了下去，然後將雙手抱在胸前，樣子看來有些滑稽。

「看來妳眞的很愛Nicks。」阿姨說，喝了一口咖啡。「每次問妳跟Nicks的關係，妳都說很好。」

「我們是眞的很好嘛。」我說，喝了一口咖啡。今天的咖啡似乎有些澀。

「難道妳跟Nicks不曾吵過架嗎?」阿姨說，吸了一口菸。

我思索了一下，同時聽見一陣電器震動的聲音。我以爲又是……

「米，妳的電話。」阿姨說，「黑瑞，把椅子上的電話拿給姊姊。」

黑瑞站起身子，走向床尾的椅子邊，拿起我的手機。他似乎完全忘了咖啡這回事，肥嘟嘟的雙頰又堆起了天眞的笑容。

「姊姊，妳的電話。」黑瑞爬上我的大腿，將震動的手機交給我。

我將電話接起。

電話的那頭是Nicks的好朋友，阿德。
他告訴我，Nicks死了。

5

阿司，電腦前，現在的AM 09:03

嗨，我是阿司，我又回來了。

我這陣子很忙，再加上前陣子我家的網路壞掉，所以才沒空上網跟你們談，後來我們到底發生了什麼事。還有啊，我家網路壞掉是因爲線路的問題，才不是小龍說的那個原因咧，而且拜託，我根本不上色情網站的，因爲我的幻想力很豐富，我腦裡的情色畫面可是比電腦網路的還精采呢。

嗯，對了，你們知道嗎？我最近發現啊，世界上的巧合眞的很有意思。有些巧合實在是太巧了，巧合到彷彿是有人設計過似的。但是呢，大部分的巧合只是一種現象，沒有附帶太多、太重的情緒。呃，沒錯啦，也許有些巧合帶有驚訝或懷疑的元素，譬如當你想吃臭豆腐的時候，你身旁的人恰好端出一盤臭豆腐，然後就在你的面前吃起來——你會有些驚訝，彷佛他猜透了你的欲望似的；又或者，當你在房裡握著直挺挺的小老弟，準備看著電腦上的A片好好享受一番時，你媽正好開門走了進來——你會驚訝，同時你的小老弟會瞬間軟化，幾乎就像融化似的。然後你會暗自吶喊，究竟爲什麼你會忘記鎖門，然後你會開始懷疑這巧合的成因，因爲這巧合實在太戲劇、太人造了。甚至你會懷疑，你媽是不是故意打開房門，只爲了看你高潮的樣子……

嗯，後面這個懷疑只會在我的心裡產生，因爲我老媽不是一個正常的老媽。還記得吧？我跟你說過了，我老媽告訴我，她是因爲自慰太興奮而懷孕生下我的。

過去她還沒與她的姘夫在一起前，她的興趣就是觀察我。她常常不敲門就溜入我的房間，然後偷偷觀察我在做什麼。嗯，好幾次，我的私人娛樂時間就這麼給她撞見了；而她不害臊的，只會回報給我一種很神秘的微笑，然後悄聲關上門，離開我的房間。之前有幾次，她偷跑進我的房間，發現我只是在做正經事，例如寫報告或什麼的，她會重重的嘆口氣，然後緩步離開我的房間，好像我在做什麼不該做的事似的。

嗯，她眞的不是一個正常人。

我記得那天是星期日的晚上吧，我正坐在DVD店裡替我老媽的姘夫看店，因爲他們倆又去鬼混了。自從我老媽與口臭王在一起後，我就常得替他看店，而且還是無酬的，做白工哦。唉，來這裡看DVD店比替阿歡工作還慘，至少替阿歡工作還可以得到性愛的滿足。

「反正你也沒什麼事可做。」我老媽說，「你是知道的，我一個人寂寞了很久，好不容易有個愛人，你就犧牲一下吧，幫幫你未來的老爸吧。」

當時的我剛與阿歡分手。說實在的，我的確沒有太多事可做。因爲我是一個沒有什麼興趣的人，所以我生活的重心就是跟阿歡鬼混，不管是看難懂的歐洲片，還是玩裸體死亡的藝術遊戲，又或者躲在房裡抽大麻，甚至只是待在房裡對看，然後看誰先發笑，我都覺得很有意思的。

而其中我最懷念的一種遊戲就是——這遊戲是在我們做完愛後才會發生的——我躺著吸吮阿歡的乳房，而阿歡在我身邊說著一種我聽不懂的語言，就像一個祭師或算命師那樣的，一邊玩弄我的小鳥。如果她把我弄射精的話，她會把我身上的精液舔乾淨，因爲她說，男人第二次射精的精液有一種力量，她說，她很需要那種力量。她還說，男人第一次射精的精液只有情慾，太嗆、太辣，而三、四次以後的精液則太弱、太苦，而且帶有負能量；所以她只需要第二次射精的精液。

嗯，雖然我的精液味道讓我自己都想吐，可是我個人是不反對她如此做的——畢竟這是她的需求。如果有人搶著要你自己討厭的東西，你必須給的（儘管你認爲那不是好東西），這樣才是一種尊重。

阿歡說，她說的那種語言是非洲的一種語言，好像是史瓦濟蘭語的樣子。她小時候曾在非洲待過一陣子，有一次她告訴我，黑人曾教她，如何從男人龜頭的形狀和紋路，看出一個男人一輩子的愛情。可是那回她告訴我，我與她之間，並不存在眞正的愛情；但她對我說，我是一個幸運的男孩，因爲我會找到我這輩子眞正的愛人。

「很多人一輩子無法找到眞愛的。」她說。

「眞的嗎？」我問。我指很多人一輩子無法找到眞愛的這件事。我一直以爲找到這輩子的眞愛是一件很正常的事。

「相信我。」阿歡說，「很多人無法找到的。」

「但是你知道嗎？我們之間擁有的，只是激情罷了。」她說，雙眼上的深邃紫色眼影讓她的眼神看來有些迷離、有些神秘，「我們之間沒有愛情。」

「不可能，」我說，「我很愛妳的。」

「耶——BO❶。」她搖搖頭，「眞的，只有激情。」

阿歡說得沒錯，因爲你們也知道的，後來我們分手了。

你知道嗎？當時我一直以爲自己會跟阿歡在一起直到死亡，因爲她對我來說，太重要了。當你愛一個人愛到極度時，不知道爲什麼，你滿腦子就會是那個人的影像。我常在想，在當時，若你拿把刀將我頭給砍掉一半的話，阿歡或許就會從我的腦袋瓜裡嘩啦一聲的跌出來了，就像小偷所偷之物從口袋裡嘩啦啦的掉出來那樣的。

因爲阿歡眞的就像小偷一樣，不僅偷走我的心，就連我的理智也一併竊走了。

然後唉，我的失戀治療法很爛，就是躺·在·床·上——然後，要不了多久，阿歡的臉就會出現在我的腦海裡，她的臉好大好大，就像電影院的銀幕裡塞滿她滿滿的一張臉似的，然後我會告訴阿歡，我不想失去她，我眞的好愛她。可是夢裡的阿歡只會告訴我（口氣就像她平常那樣的無謂，而且她的聲音此刻還會有迴盪的特效）：

「沒什麼大不了的，我們之間本來就沒有愛情，只有激情，而我們的分手是註定的，因爲我們本來就不是彼此的另一半，本來就不是……」最後這句「本來就不是」還會一直重複，然後慢慢的變小聲，最後才消失……

接著，我會開始哭。我一哭，我腦海裡的阿歡就會張開嘴——那是一張塗滿鮮豔紫色唇油的大嘴——替我口交。一次、兩次、三次，直到我的心再也感覺不到痛，直到我的陰莖的歡愉感被痛覺所代替……

最後，我會醒來，然後會發現原來是我自己在手淫（我也不知道我究竟射了幾次），而且力道很強勁，連皮都弄破了。

唉，我很沒用，這段三年感情的結束，眞的，就要讓我成了廢人。

嗯，所以這就是爲什麼我去替口臭王看店的原因，不是爲了我老媽，更不是爲了那口臭王，我只是不想自己精盡人亡，我的生活必須有個寄託——因爲我還不想死，我還不想被打敗。我記得我是告訴過你們我的人生觀的，我覺得人很倒楣，因爲活著很苦，但，我們就是得繼續活著，因爲——

我們都犯賤。

對了，我老媽說，她的姘夫其實也有個女兒會替他看店，而且聽說那個女孩還非常漂亮

---

❶史瓦濟蘭語「是的」意思，等同於英文的「Yes」。

哦。

「如果你長得帥一點，」我老媽說，「我就幫你介紹。可惜，你們差距太大。」眞是，就算我長得讓人不舒服，豈不是她的傑作？做母親的人如果生出妖怪，也是得負部分責任的。呃，政府眞是該立個法，規定父母若將孩子生得太醜，就得罰錢作爲孩子的整型基金。

不過我才不信咧，我才不信那個蠢驢蛋樣的男人可以生出漂亮的女兒。而且我也從未見過他的女兒，你們不覺得奇怪嗎？我們都經常坐在這個櫃檯前，使用同一張椅子，同一台收銀機，同一支刷碼機，可是我們卻未曾見過彼此，好像我們存在於異次元空間似的，就是你知道的，她與我都存在於同一個空間，只是隸屬不同次元似的，所以看不見彼此。

這也算是一種巧合吧，一種「巧合的不巧合」。

嗯，就是如此吧——「巧合的不巧合」。

□

那個星期日的晚上，我坐在櫃檯前，抽著菸（無酬的工作不可能再有所限制的吧？），同時看著一部奇怪的歐洲電影。

那電影主要在談一個不愛拘束的女孩的故事。那女孩很美，且很有特色，是那種一眼就會讓人記住的美女，可是她的性格有些怪異。

她的工作是「狗社工」，就是專門替街上的流浪狗服務的社工，而她的興趣是幫狗自慰。而在她的情感生活裡，她也喜歡她的男友們模仿狗的姿勢，然後她再替他們自慰，同時，電影裡那女孩跟男友們的做愛方式永遠也是像狗交配那樣——因此有時候他們的性愛是需要一點輔助的。

那部電影的對白很難懂，有很多非常跳tone、無法理解的句子，也許這就是所謂的藝術。其實啊，我根本看不懂，不過沒差，我所以看那部電影，主要原因是爲了悼念阿歡與我之間的愛情——

那段我原本以爲會長長久久的愛情。

而且那部電影很大膽，時常出現裸露的鏡頭——歐洲電影總是如此的。不過我不在乎，我就是這麼豪放的在大庭廣眾下觀看這部電影，因爲這是一份無酬的工作；在無酬的條件下，你當然可以做任何你想做的事，儘管現在有個滿臉雀斑、皮膚黝黑的胖妹正在給我白眼。

我知道那個胖妹是誰，印象中她叫Marie的樣子。她是我們店內的常客，她的喜好是韓劇，而她的偶像是裴勇俊。我之所以知道她是誰，不是因爲她是店內的常客（我才不在乎店內的客人咧），而是因爲她長得很像我的前前女友，就是我之前告訴過你們的那個在床上像隻死魚的胖女生。

雖然說，我前前女友的身體很大，是個巨女，但說實在的，她是一個很可愛的女生。她的臉蛋很漂亮，而且她正是我喜歡的那種女孩——簡單、不做裝飾的自然女孩。除此之外，她的身體很好摸，尤其她的乳房，就像兩顆大型的水蜜桃似的，摸來很軟，很舒服，而且她的下面很濕，她的液體甚至還有淡淡的香味，像玫瑰的味道。此外，她對我很好，個性體貼、溫柔，又喜歡下廚，每天都會做不同口味的便當給我，幾乎就是一個一百分的伴侶。

但是啊，她不喜歡做愛。

我曾問她原因，是不是她不夠愛我，或者她討厭我的身體。但她說，她很愛我，她只是不喜歡做愛的感覺，她還說，她所以和我做愛，是因爲太愛我，所以她願意滿足我，儘管她不喜歡。

「其實我覺得做愛很髒。」她甚至如此說道。我覺得好訝異，因爲我覺得做愛是世界上最美麗的事情之一。

自從她這樣告訴我後，我就很少和她做愛了，因爲我不想勉強她。而且對於我來說，做愛的過程裡，兩人若不能共歡，那眞是一點意思也沒有了。就像強暴，只不過對方是自願的罷了。

在與她的那段愛情裡，我想，她是給予的那一方，她曾跟我說，她覺得我的條件比較好，她說，我有一種吸引人的憨呆魅力，女孩容易被我吸引。可是我認爲她說得一點也不準，從小到大根本未有女孩向我告白，在她之前我所追的女孩也悉數拒絕我。

甚至有時候，我覺得我根本就是異性絕緣體，就像那個英文單字——

Repelling

至於後來我們爲什麼分手，嗯，是我提的——

因爲我遇上了阿歡。

嗯，我承認，在到阿歡的房間裸體打工前，我還沒與她分手。可是我後來愛上了阿歡，所以我就跟她提了分手。沒錯，時間重複了，我是個劈腿的賤人。但愛情本來就無法很精準的切割。

我們的分手時刻是在情人節的晚上。那時天氣很冷，我們在一間叫「Guava Gallery」的餐廳裡。儘管冷，我們仍在外面的人造花園裡用餐，因爲情人節的那晚，花園裡全是點燃的彩色蠟燭，各式形狀具備。我們桌上甚至還有一個貓頭鷹形的蠟燭；但她不喜歡，她說貓頭鷹是惡運，可是花園裡已沒有別的桌子，只好將就。

穿得宛然一塊粉紅色蛋糕的她那晚好開心的。「Guava Gallery」是她最愛的餐館，而那晚又如此的浪漫，不僅有彩色繽紛的蠟燭，燈光也是迷濛的玫瑰色，再加上不斷的情歌播送，我幾乎就要忘了自己是來談分手的。我幫她點了香草豬排——那是她最喜歡的；她曾說單吃豬排有些粗鄙，但若有香草點綴，好像在豬身上撒花瓣似的，層次就不同了。

在兩杯紅酒後，我送了她一條很美的項鍊。項鍊不貴，但很漂亮，是一隻翻轉的玻璃海豚，透明帶點海水的深藍。她告訴我，這項鍊是她這輩子所看過的最美麗的項鍊。她還說，我一定很愛她，要不然我不會買到一條她如此喜愛的項鍊。

「只有眞正愛一個人，才能知道對方喜歡的東西的樣子。」她說。上了淡妝的她臉色很漂亮，像水蜜桃。

但事實上，那條項鍊不是我買的，是阿歡買的。阿歡說，她搶走了別人的男人，她必須付出一些。

然後當我告訴她，我必須和她分手時，她很訝異，可是沒有多大的反應。

我記得她將手上的刀叉輕輕放上桌，拿起淡紫色的餐巾，用一角輕輕的揩拭嘴角，然後淡淡的問了我一句：

爲什麼……？

「爲什麼？」我記得我當時皺起眉頭，如此反問道。我不太懂分手爲何需要理由。我拿起刀叉，叉了一塊她盤上已切好的香草豬排放進嘴裡。

「對，爲什麼？」她又問。

「我想，是因爲我不愛妳了吧。」我嚼著豬排說，口氣裡有阿歡慣有的那種無謂感，還有她跟我提分手時的含糊、大舌頭。

在我提分手一直到我們離開那間「Guava Gallery」之間，她都沒有多大反應。我只在她眼眶裡看見一點濕濕的液體。不知何故，對於她的冷感，我有種很奇怪的感覺——有點鬆了口氣，可是同時我又感到有點惆悵，不是難過，而是惆悵，好像聽到自己最愛的AV女優死亡的消息那樣的——雖然不愛她，可是自己畢竟在她身上貢獻很多很多的精華。

可是後來，聽說她哭了好久。

一年後，我在「無名小站」上看見她的照片。她變得好瘦，好時髦，我幾乎認不出她來了。照片上的她——穿著深紫色的比基尼搭配白色熱褲，滿頭棕髮，且西洋味很重——與一個帥氣的金髮碧眼的外國男朋友在白色沙灘上快樂的跳耀著；雙腳拱起在空中的他們，幸福得彷彿飄起來了。

我很替她高興，眞的。

有時候我還是很懷念她的，我尤其想念她雙乳的觸感，她下體的玫瑰味，還有她體貼的個性。看著她目前的照片，我有些感傷，不是因爲她有了新男朋友（更不是因爲她的新男朋友是個老外，吃西餐不是罪惡），而是因爲我很喜歡的那個她不見了，徹徹底底的不見了。而那個她消失的原因，我想，是因爲我——

我的殘忍。

我自始至終都很感謝她，因爲她帶給我的，眞的，只有快樂。

可是，我帶給她的卻只有痛苦——

就像阿歡帶給我的那樣吧。

所以，有時候我遇見胖妹，我都會特別的nice，也許是因爲我內心那股莫名的罪惡感吧——就像店內那個胖妹客戶，因此有時候她拿三部電影，我只算她兩部的錢，甚至還有一次，我直接送她一套正版韓劇。

「又租韓劇？」我說。

「嗯。」胖妹客戶點點頭說，然後伸手進深紫色的大包包拿皮夾，「欸，阿司，你店內放這種電影不好吧？」

「哦？」我說。

「大庭廣眾之下，」她說，「看這種電影不好吧？」

「爲什麼不好？」

「太裸露了。」

「裸露不好嗎？」

「阿司你厚——」她說，把我嘴上的菸拿了下來，吸了一口。

就在這個時候，店外傳來砰的一聲巨響。我與胖妹客戶都嚇了一大跳。我們眼光往聲音的來源探去，發現一個裝扮有些女孩樣的男孩撞上了我們店外的玻璃門。他臉上誇張的粉邊墨鏡掉在地上。他拾起粉邊墨鏡後，緊接打開玻璃門，跑了進來，直往櫃檯前靠，將手上的手機啪的一聲壓到桌上。他情緒激動的問：「小mic怎麼不在？她在哪裡？小mic在哪裡？」

胖妹客戶與我互看了一眼，覺得有些尷尬，我們根本不知道發生什麼事。胖妹客戶聳聳肩，同時又抽了一口菸。「小mic？」胖妹客戶問，「小mic是誰呀？我不知道什麼小mic。」

他沒有答應我們，我看見他拿起手機，然後撥打了電話。

沒一會兒，電話接通，他開始對電話的那一頭哭喊：「小mic呀，妳剛去哪裡？怎麼不接電話？妳知道Nicks發生什麼事了嗎？那個Nicks……那個……死了，Nicks他死了……」說完，他蹲在地上哭泣。啊，那哭聲可眞難聽。像鬼被閹了似的。

□

那天有網友寫信來問我，到底7-11那晚發生了什麼事，還埋怨我，說了太多雜事，還說什麼，她只想知道重點（沒錯，是個女鄉民），就是啊，到底我有沒有跟小mic上床。眞是，怎麼可能？那天跟我一起上樓的還有小薇，我怎麼可能就這麼跟她上床（難道要我們搞三P？），而且趁人之危，這可不是我的風格。

在我們還沒上樓之前，其實還有一段插曲的。因爲你知道的，小薇和小mic是高中同學，而且她們倆很久沒見面了——據說，我想這你們也都知道了，她們倆從最親密的好朋友變成仇人。

「小mic？」我記得是小薇先說話的。她們倆當時死瞪著對方，好像見鬼似的。

「小薇？」小mic也說，不過聲音有點微弱。

「小mic，」小薇再喊了一次，情緒有些激動，「小mic是妳嗎？」小薇走向前去，握住小mic的手。「妳知道嗎？我好想妳。」

小mic沒有說話，只看著小薇。表情裡看不出情緒。

「小mic，」小薇說，「我一直很想跟妳道歉，對不起，我傷害了妳阿姨，更對不起的是，我傷害了妳，也傷害了我們之間的友誼。」

小mic仍然噤口。

小龍與我對看了一眼，覺得有些尷尬。現場氣氛很窘。好險當時大雨正不斷的持續著，製造了不算低的聲響——要不，我們可眞是要被尷尬勒死了。

就這此時，叮咚一聲，7-11的門打開了。一個黑人走了進來。瘦瘦小小、頂著個大光頭的他身穿海灘風的花襯衫，搭配白色休閒褲，而鞋子則是藍色的布希鞋；從布希鞋的洞裡，可以看見白色襪子。他看來很隨性。

大家此刻都往黑人看去，因爲很稀奇。我長這麼大，見過黑人的次數連手指都數得出來。黑人進來後，直往我們這裡看，表情有些狐疑——他雙眼眯了起來，彷彿獅子在偵伺動物似的——也許滿地的飲料，讓他以爲發生了搶案。可是他看我們的樣子又不覺得有搶案發生（至少我們幾個並未持刀拿槍的，長相也沒有壞人的樣子），於是大方走過我們的身邊，到冰箱拿了一瓶台啤。他經過我身邊的時候，我聞到一股很重的香水味。

就在此刻，又叮咚一聲，7-11的門又打開了。外頭走進來一個穿著一襲鮮紫色洋裝，戴暗紫色口罩，且戴有小叮噹耳朵和竹蜻蜓安全帽的女孩。我一見她，倒吸了一口氣。她雖戴著安全帽又戴著口罩，我還是一眼就認出她來了。

「阿司。」女孩一進來就大喊我的名字，然後往我這走過來，深深的吻了我一下，同時抓了我的屁股一把。對於她這舉動，我不感到意外，因爲阿歡就是如此有個性的。只是我身邊的人都有些震驚。

「我很想念你嘴唇的味道，」她說，「還有你臀部的韌性。」說完，她將安全帽拿下，露出一頭深紫色的頭髮。然後她再將口罩拿下——她雙唇塗上鮮豔的紫色。這讓我想起失戀期夢裡的她。

好一陣子沒見她，她的樣子又更詭異了，但奇怪的是，我現在卻覺得她異常性感，好像她這身鮮紫色的連身洋裝下——她過小的身材讓她的洋裝看來就像一件大斗篷——什麼都沒穿似的。我甚至可以感覺到自己已輕微勃起。

「哦，好巧。」我說。我不知道該說些什麼。這時我注意到小薇一直看著阿歡，好像不這麼看著她，她就會立刻化成一陣紫色煙霧消失似的。

阿歡笑了一下。「哪有巧，我刻意來找你的。」阿歡說，「來，我給你介——」

「妳是那個愛情算命師嗎？」小薇突然打斷。

阿歡抬起頭來，看了一眼小薇。「妳是？」

小薇悶哼了一聲。

「那個愛情配額已經用完的女生？」阿歡說。

小薇不高興的看向別處。

阿歡眉頭一皺，沒有再繼續追問，隨即露出笑臉看向我。這是她慣有的一種冷默、她的風格。

「司，我給你介紹，」阿歡說，然後轉頭看向站在冰箱旁的黑人，「他是度度瘦，我的男朋友，從史瓦濟蘭來的。」

我驚訝得不知道說什麼。阿歡的口氣很平常，好像只是在介紹自己男朋友給一般的朋友似的。老天，我可是她前男友——我曾經好愛過她。

黑人此刻走了過來，與阿歡瘋狂舌吻——我看見兩隻舌頭像兩條蛇似的在他們口腔邊緊緊交纏著——激烈得使我們大家都張大了眼睛。我甚至看見黑人在阿歡身上做出輕微的猥褻動作。

「你好好加油，」阿歡與黑人結束舌吻後對我說，「也許你的眞愛已經出現了也不一定。」說完，她拉著黑人走到櫃檯。小龍立刻快步前去幫他結帳。

結完帳後，她轉過頭來，對著小薇說：「配額沒了，就是沒了。」說完，她做出抽菸的動作，然後深深的吐一口氣，儘管她手上根本沒有菸。

「去你媽的。」小薇說。

阿歡無所謂的聳聳肩，然後拉著黑人離開7-11。

「小薇，」小mic突然說，「妳最近好嗎？」此刻正對著7-11外頭的阿歡比中指的小薇，聽見小mic的問候時，愣了一息。隨即就上前給小薇一個緊緊的擁抱。「我很好，我很好的……」小薇抱著小mic細細唸著。

「好啦，」小龍說，「你們幾個先上去我家休息吧。小薇，快帶他們上去，我得大肆清理這裡了。」

「噢，好啦。」小薇說，依依不捨地離開小mic的肩膀。

「這位先生——阿司是吧，隨便抓點東西上去吃吧，隨便抓，別客氣。」小龍對我說，「都算我的。」

「好的。」我說。

後來，小薇與我一同攙扶小mic出去，同時抓了一大袋的零食和咖啡，因爲小龍說算他的，我怎麼可以讓他失望，所以就大把大把的抓了一大堆東西。

小龍看著我們離開，傻笑著說：「我待會上去找你們。」

雖然當時我與小龍、小薇，和小mic才第一次見面，但不知怎麼的，我覺得自己和他們好像認識很久似的。同時我也覺得，自己將會和他們成爲好朋友，還是很好很好的那種。

□

小薇的家不大。當我進入小薇的家時，一眼就將小薇的家全部收入眼底，有種初次見面就見到別人裸體的感覺。就那麼兩張咖啡色的小沙發，一台小小的液晶電視，以及一張兩人睡的大床。看到大床，我腦裡頓時出現小薇與小龍交媾的畫面。有點噁心。

「先在沙發上休息吧。」小薇說。我們三人坐上沙發。

不知何故，在此時，突然有種尷尬籠罩在我們身邊，而這種尷尬，是我在7-11未曾感受到的。也許是因爲剛才的特殊事件，包括小mic的暈倒與阿歡的吻，使得我們之間有著一些特殊的存在，尷尬因此無法介入——好比一群陌生人若突然遭遇危險，彼此間的感情會突然熱絡那樣的——但隨著那些存在的結束，該出現的還是出現了。

我們此刻都不知道該說些什麼。這對姊妹淘早因爲過去的傷害而情感生疏，當初的芥蒂雖已淡忘，但往事若再重談，只會更傷感情；也許就是這個原因，讓她們不知該說什麼。那麼，至於我呢？她們倆對我來說，都是陌生人，對於交友技巧拙劣的我來說，要當第一個發言者是非常困難的。

因此，我們三人就這樣坐在沙發上，安靜聽著外頭的雨聲，尷尬的等待著第一位發言者。

過了好一會兒，小薇站起來，說：「我進去煮點熱水，待會幫大家泡杯咖啡吧。」說完，她拿起桌上的遙控器，將電視打開。電視裡出現的是MTV台，而正在播放的歌曲是陳奕迅的〈好久不見〉。那是我很喜歡的一首歌，只是那MTV拍得太詭異，每次看完我都有種想去死的感覺。小薇此時往小廚房走去。

小mic此刻臉色仍不好看，還有點泛青，但已比最初見到她時好多了。

「妳……」我說，「還好吧？」我想說點什麼來打破彼此間的尷尬。

小mic看了我一眼。「我？」

我有點訝異於她的回答，好像我問的是什麼私密問題似的。

我點點頭。

「你覺得呢？」她問，「你覺得我看起來好嗎？」

「我？」我說。我突然意識到自己的答案與她給我的答案是一樣的。

小mic笑了。

我也尷尬的笑了。

「我很好，」她說，「只是，我快死了。」

「什麼？」我說，「眞的嗎？」也許小mic得了什麼絕症吧。這可憐的女孩。

「妳怎麼了？」我又問。可是當我問完後，我有些後悔。我不該問一個行將要死的女孩怎麼了，彷彿在問一個死刑犯的罪行似的——有些殘忍，有些無謂。

「我覺得我快死了。」小mic說。

此刻，小薇從廚房走出，說：「我正在燒開水了，等一下我們喝點咖啡吧。」說完，她轉頭看向我，說：「欸，這位我不認識的先生，你去廚房拿杯子吧，我有事想跟小mic談一下。」

小薇的口氣有些輕佻，好像她與我是認識一輩子的世交似的。不過，我很喜歡這樣的感覺。

「我是阿司。」我說，「杯子放哪？」

小薇看了我一眼，眼神藏有一絲不屑。「廚房啦。」她說，「自己去找，欸，這位我不認識的先生，拿三・個・杯・子・噢。」她將最後的五個字逐一唸出，同時點頭，彷彿字是從她嘴裡跳出來似的。

「阿司。」我說。

「什麼啦？」小薇問，落坐小mic身邊。

「我的名字。」我說，「我的名字叫阿司。」

「知道啦，囉唆。」小薇瞪了我一眼。不過那眼神不會令人不舒服，因爲那是一種好友之間才會有的默契。我想，我跟她已是好朋友了。小薇此刻握住小mic的手，將頭靠上她的肩膀。這對姊妹此刻需要一點自己的時間。

於是，我走進廚房。

廚房很小，很擠。僅有一座乾淨的小白色櫃子、一座流理台，以及一只小小的、正燒著開水的電爐。我滿喜歡這種簡約式的小廚房，很給人一種安全感，彷彿躲在這裡，一輩子也不會餓死似的。這讓我憶起小時候，躲在倉庫的稻草堆裡的感覺，雖然很癢、很悶，但當時的我，總覺得自己可以待在這小空間裡一輩子的時間。

我打開白色小櫃子，裡頭整齊的擺放著杯子。我從中挑了三個最簡單的透明杯子，然後打開水龍頭，將三個杯子在水龍頭底下稍稍過了水。就在此刻，我聽見了哭聲（我原本以爲是水聲）。我關起水龍頭，將杯子拿起，走進客廳。我發現小mic正趴在小薇身上哭泣，嘴裡同時喃喃唸著：「他就這樣走了，就這樣走了……」

不知道爲什麼，看著她這樣哭泣，我自己也有想哭的感覺（也許是因爲她即將要死的消息吧）。我將杯子放在桌上。然後，我不知道哪裡來的勇氣，緊緊的抱住她們。

6

小薇，電腦前，現在的AM 02:00

你知道嗎？

我一開始並沒有哭噢，眞的，一滴眼淚也沒掉噢。在那件事發生的時候，我甚至摸了自己的眼眶，可是眞的，一滴眼淚也沒有。

好乾。

太乾的時候是會疼的，我想你是知道的。

不知道爲什麼，我覺得有時候，有些事情是註定的，好像大象臉上就要有長鼻子，或者駱駝背上就有兩座駝峰那樣的。噢，我的意思是，比如，你在一個森林裡，看到一隻大象，或在沙漠裡遇到一隻駱駝，也許你會興奮的大吼一聲：「哇，我遇到大象！」或者，「哇，我遇到駱駝了！」噢，沒錯啦，也許你的情緒會很激動，很興奮，甚至你可能會拍手大叫；但，你的情緒就只會這樣了，不會有其他複雜的情緒；因爲這件事是合理的，只要在合理的框架裡，就算你看到外星人在你面前自慰，你也會覺得沒什麼大不了（這句話是小龍說的）。

但如果，我是說如果噢，你在大街上，看到一個男人的臉上有一根長長的鼻子，或者遇到一個女人的背後長著兩座大駝峰，你就會覺得，哇，我的老天，他們是被什麼給懲罰了？爲什麼他臉上長著大陰莖？爲什麼她的乳房跑到後面了。

這時，也許你就會開始哭噢，因爲不合常理。

也許你會說，噢，如果我眞看到那些人，我一定會大笑，因爲實在太幽默、太好笑了。其實噢，某種程度上來說，大笑也是一種哭泣——這世界太多人笑起來就像哭似的——這兩者都是因不合常理所起的情緒反應。本質上是很類似的。

可是，我現在遇到的這件事並不像臉上長著大陰莖，或背後長著乳房那樣的，因爲這件事是合情合理的，所以我沒有難過，沒有哭。對於這件事，我唯一出現的情緒，是無奈，就像我的一個護士好友Terrian所描述的那樣。

Terrian是一個T，也就是那種很像男人的女人。噢，她眞的很像男人，她的下巴甚至還有一些短鬍。而且她的臉很有肌肉，不笑時，看來就像剛退役的日本摔角大叔，有股迷人的滄桑感。如果我不小心在女廁遇見Terrian，我想我會尖叫，或者拿皮包打她噢。她曾追求過我，但我沒答應她，不過倒是陪她做過一次愛，因爲她待我很好的，像之前我被咖啡廳的前男友欺負時，她差點就要放火燒了他的咖啡廳。而我那次陪她做愛，只是因爲想回報她罷了。老實說，她的性技巧很好噢，尤其她手指的技巧，很能讓我達到高潮，但我就是覺得怪怪的，好像拿著筷子吃牛排似的，因此我也只跟她做過一次愛而已。再一次的話，我想我會嘔吐。

Terrian前陣子到非洲做了義工，去了好像近一年吧，不過我也不確定，而地點好像是賴索托的樣子——那國家好像就在南非裡面，是個國中國的樣子——噢，不過我也不確定，自己去Google吧。我一直是一個不求甚解的人。你少來，不求甚解也沒什麼大不了，難道求甚解就能找到答案嗎？未必吧。而且找到的答案搞不好是錯的也不一定噢，然後還沾沾自喜，認爲自己求出答案了。蠢，我向來認爲人生裡沒有眞正的答案噢。答案永遠只是等著被推翻的錯誤。

她回來沒多久，跟我約在一間叫「Super Rocket」的Pub見面。這是一間老外特愛來的Pub，裡頭的擺設也很像美式Pub，有球桌啦、投幣式點歌機什麼的。店外還有個大大的遮雨棚，下面投射著綠光，看來好像海尼根瓶子的顏色。而這裡的食物也大多是美式速食（我尤其喜歡這裡的漢堡），就連吧檯的服務生也是白人老外。他看來有點蠢，而且眼袋很深噢，也許失眠已久，又像個沉在毒海多年、無法自拔的毒癮子似的；總之，他讓我想起《機械師》裡的那個失眠傢伙噢。

「妳在非洲待了多久？」我問Terrian，手裡捧著一杯紅酒。我很佩服她遠赴非洲的勇氣，我也很欣賞她具有如此豐富的愛心與同情心。有兩個老白在打撞球，他們似乎有些小口角，吵死了。

「將近一年。」她說，用食指與拇指圈著海尼根瓶頸，豪邁的喝了一口酒。從非洲回來的她胖了一圈，聲音似乎也更低沉了一些。

「非洲好玩嗎？」我問她，「非洲人是怎麼樣的啊？」

「非洲很有意思啊。我喜歡非洲的自然和簡單，尤其是非洲人，」Terrian回答道，「非洲人無論幾歲——當然我是指我所待的賴索托而言，其他地方沒去過，所以我也不確定——都像個孩子。他們沒有太多的心眼，相處起來很舒服。我常覺得賴索托是一個沒有大人的世界。當然，這是好的一面。」

「好的一面？」我問。酒吧裡此刻喧鬧十分，我聽不清Terrian的話。角落裡有個中年男子不斷的盯著我看，我覺得很不舒服。Terrian也注意到了。

「當然，什麼事都有兩面。」Terrian說，「從壞的一面來說，黑人很懶，且貪得無厭，你給他一隻雞腿，下次他會跟你要一整隻雞，而且他們絕不會感到不好意思，跟黑人談自尊是件很蠢的事。」

「每個黑人都如此嗎？」我問。我不喜歡概括化，尤其是以國家或種族這個大括弧。談人的時候，就應以人爲單位，甚至有些時候，一個人還不能只算一個單位噢。

Terrian思索了一下。「當然不是，而且這只是我的想法，我的感覺不一定是正確的。」她說，「其實啊，如果從另一個角度來看，也許非洲人貪是因爲他們太窮了，也許我們不那麼貪是因爲我們不那麼窮。如果我們與黑人交換身分，或許我們也會如此吧。唉，他們不懂窮，物價也實在太高，你能想像工作三小時才購得一瓶可樂的感覺嗎？……通貨膨脹的賴索托就是如此。」

「其實，妳不用替他們找理由的。世界上的任何事都可以美化，任何事都可自圓其說，但若妳太刻意，或者太頻繁的美化世界上的任何事，那麼世界上就沒有所謂的對錯了。當然，我並不是一個嚴格的對錯主義者——噢，我是指我並非認同世上任何事物都有對錯的分界，但人若老活在灰色世界裡，那可是會很辛——」我的話尚未結束，Terrian突然起身，走到那中年男人身邊。我看見Terrian向他說了幾句話後，那男人就低頭，不再往我這看。

Terrian走回來，坐上位置。「妳對他說了什麼？」我問她。

「沒事。」她說，喝了一口啤酒，然後發出啊——的長氣音，「妳剛說了些什麼？我不是聽得很清楚，可以再說一次嗎？」

「沒事。」我最討厭再說一次同樣的事情。這樣讓我感到很不受尊重。

「嗯。」Terrian回答道。我用眼睛掃視酒吧。角落裡那台點歌機突然看來有些寂寞；我同情任何寂寞的存在，於是我起身去點歌。

點歌機裡大多數是西洋歌，我翻了好久噢——右鍵有些故障，像蛀蝕了似的，非常難按——才選了麥可．傑克森的〈Heal the World〉。我想在談論非洲的時刻，很適合聽這條歌。

我走回到座位上，將手搭在Terrian肩上。「不管怎麼樣，我很佩服妳有到非洲的勇氣，如果世界上多一點妳這種人，應該會更美好吧。」Terrian對我笑了一下。接著她想吻我，可是我躲開了。〈Heal the World〉的音樂開始出來了，我聽見歌裡的孩子說話的聲音。

Terrian嘆了一口氣，說：「在非洲做完義工回台後，」她頓了一下，「我有一陣子陷入憂鬱，我突然覺得這個世界好殘酷、好變態——我差點就要自殺了。」

「爲什麼？」我問她，「一般來說，到那種國家結束義工服務後，不是應該會更珍惜生命嗎？怎麼會想死呢？」

「他媽的，」她說，眼睛往上吊了一下，看來像一個中年的娘娘腔男人，「妳別聽他們鬼扯，那些說什麼回來後會更珍惜生命的人泰半是去非洲作秀，尤其是那些藝人明星——他們大多只是到那兒住高檔飯店兼度假，然後再從街上隨便找幾個貧窮的孩子拍照，就交差了事。有誰眞正深入的去了解他們了？」

「噢……」我聳聳肩。Terrian此刻有點激動。其實我不太喜歡那種憤慨。

「妳知道那裡有多少需要幫助的人嗎？那是每個人都窮、都需要人幫助的國度啊。尤其是那些在愛滋病末期，赤裸的、孤單的坐在床畔等死的那些黑骷髏頭。蒼蠅在他們身邊飛來繞去的，好像一群禿鷹在等待獵物死去似的，」她說，抽了一口菸，「可是我眞的愛莫能助，因爲妳也知道的，這該死的愛滋病沒有解藥——沒……有……解……藥……啊。」她最後一句的「沒有解藥」顯然有些過分戲劇化。

「噢，的確，愛滋病是沒有解藥的。」我隨便接口道。噢，愛滋病的確沒解藥，但甘我屁事。每個人都該懂得照顧自己，如果蠢到連保險套都不會用，那要怪誰？……

「而那個時候，存在於我心裡的最大感受不是難過，而是無奈。」Terrian說，「但妳別以爲無奈比難過好過，因爲無奈是一種很深沉、很可怕的無力感，好像看見一個人掉進水裡就快滅頂，而你卻不諳水性那樣的。而有時候，無奈甚至會逼死你，因爲它讓你失去理智判斷，而毀滅自己。」

「無奈噢……」我說。

「是的，無奈。」她說，「那種因無能爲力而產生的無奈感。也許就是因爲無奈，黑人才如此虔誠吧。你知道大多數的黑人都是百分百虔誠的基督徒嗎？我想基督教，在某種程度上，幫助他們很大。」

「我不知道。」我說，「我也不在意——我討厭宗教。」

「也沒必要討厭宗教吧？」Terrian有些驚訝。

我看了Terrian一眼。我不知道，我就是討厭宗教。我覺得人要爲自己而活，沒必要爲一個假想的精神指標而活。這樣太儒弱。

也許Terrian察覺到我的不滿，隨即轉口道：「的確，宗教也帶給黑人不好的影響。像我就曾遇過一個黑人向我借錢，他告訴我，他的孩子不幸被車撞死了，他需要喪葬費。我看他似乎沒有任何的情緒牽動，所以我問他：『你難道不難過嗎？』妳知道他怎麼回答著？」

「怎麼回答？」

「他說，這是上帝的安排。」

「去他媽的上帝，」我說，「他不能把自己的疏失都說是上帝的安排，原來上帝是這麼好的推託藉口呀。」

「是啊。宗教讓黑人太消極，太不負責任了。」Terrian又說，「宗教讓黑人世界又更無奈了。」

Terrian重複這詞好幾次了。噢，當時我無法明白什麼叫無奈，我甚至覺得她的說法有些浮誇，好像蛋糕上的裝飾奶油似的。不過，現在的我明白了——尤其在經歷過那件事之後——我很能體會她的感覺。這種無奈感眞的很可怕。

後來，Terrian談到一個非洲孤兒的故事。她說她在愛滋孤兒院裡認識一個女孩。那女孩才五歲，爸爸原是一間台商公司的黑人司機，而她本來就少了媽媽。某個星期日，爸爸帶她去教堂做禮拜卻意外發生車禍。她爸爸當場死亡，而斷了雙腳的她在輸血時不幸染上愛滋病。Terrian殫精竭慮的照料她，可是女孩最後卻仍不敵愛滋病而離去了。

「她臨死前給了我一封信。」Terrian說，「她用簡單的英文表示，我是她唯一的親人，她感謝我的照顧，還說我讓她這輩子第一次感受到幸福。可是……我爲什麼不能救她？爲什麼呀……」說完，她抱著我痛哭，說無奈怎樣可怕，說她有多無奈。

當晚，她爛醉如泥，我只好護送她回她的住處。結果，我又用筷子吃了一次牛排，因爲她告訴我，她對我有一種無奈，一種愛的無奈。翌晨，我的確嘔吐。我想是宿醉吧。

□

那事情發生的當晚，我正在外頭的一間叫「Love on Fire」的汽車旅館裡，躺在一個男人的下面噢。我希望他趕快結束，不知道爲什麼，也許是一種預感吧。那晚我並沒有想做愛的感覺，雖然我很愛很愛這個正深入我的男人，而且我也很喜歡和他做愛，可是那晚，我就是沒有性致噢，好像你平時很喜歡吃壽司，可是有一天，不知道爲什麼，你卻突然不想吃壽司那樣的。

可是看他如此快樂的表情，我又不忍讓他失望，所以我還是很認眞的陪他做愛噢。而他似乎也沒發現當時的我與平常的我截然不同——噢，男人就是如此的遲鈍噢，只要我隨便喘個兩聲，用力夾個兩下，或者用手掐他的屁股，他就以爲我爽翻了。

在此時，我突然聽見陳奕迅在唱著〈愛情轉移〉——好突兀的；在做愛時，你卻聽見有人唱著告訴你：「業障是在等待被原諒的。」——有點詭異，彷彿在提醒我，我現在做的是一場罪孽之愛似的。我當時以爲陳奕迅是在我心裡唱著的——良心替我點播的——好一下子我才明白，原來不是我的幻聽，是我手機鈴聲響了。

「別管這鬼電話，」我身上的男人說，「我快到了。」然後他開始吻我的乳頭，緊接著又吻我的嘴，也把舌頭伸到我的嘴裡。我嚐到一股很重的菸味，好像在替一支會抽菸的陰莖口交似的。

不知道爲什麼，我覺得這通電話是很重要的。同時我開始打起冷顫，也許是因爲他開始加速衝刺，我感覺到他力道加劇，臀部緊縮——我知道他要到了。可是我告訴他，我必須接電話，同時握住他，要他停，然後將他抽離我的身體；可是就在此刻，他說他不行了，整個人跌在我的身上——我差點被他給壓死了——精液射得我滿身都是。

那晚，他的精液不單多，且濃、腥，好像血液一般——我知道有不好的事發生了。

我推開尙在呻吟的他，走向沙發，拿起我的手機。

對方是我爸。

我一接起電話，就聽見他對著電話哭，那聲音好可怕噢，好像他要死還是怎麼了，而且這還是我第一次聽見我爸哭。我現在想起他當晚的聲音，還會令我毛骨悚然。後來我爸在電話裡哭喊著告訴我一個消息，一個很大而且很令人難過的消息噢。可是我卻沒有很驚訝，因爲我知道這件事就要發生了。

如果你在事前就知道一個悲劇即將發生——無論那是多麼令人難過的悲劇——很奇怪的，那個悲劇的震撼程度會一下子少了一大半，就像開過的可樂一樣，氣泡會少了很多的。

「噢。」我對我爸說。

「噢？」我爸說，「妳就說聲『噢』？」

「妳這個沒良心的賤貨，」我媽的聲音突然從話筒裡傳出，「死的人可是妳親弟弟呀，妳就這麼一聲『噢』。妳這賤人，都是妳太破，搞壞別人家庭，才把妳弟搞成這樣的，妳這賤人，妳會有報應的，我再也不要見到妳了……」

「噢。」我也對她「噢」了一聲。我看了一眼手機，是PM 08:08。我將手機關機。

我走回床邊，坐上床畔，看著自己一身精液。

好臭，好腥。也許，我弟弟現在也是如此吧，被包裹在白色的床單裡，因爲死亡流出的津液而發臭著。

就在那個時候，我覺得，某種程度上來說，我也死了。

我和我老弟一塊兒死了。

「怎麼了？」我身邊的男人從後頭抱住我，我可以感覺到他的大肚子壓迫到我的背脊。「誰打來的？」他又問，同時又開始撫摸我的乳房。我不想理他。

「要不要去沖個澡？」他說，用手將精液塗滿我的上半身，「順便可以再來一次，媽的，我好愛妳，跟妳幹一百次我也不會軟。」

「不行，」我說，「我得走了。」

「我們難得見上一次面，妳就要走了？」他說。

「我必須回家，」我說。

「回家？」他問，口氣有點驚訝，好像我即將回家跟我老爸打炮似的。

「是我弟，我弟他死了。」我說。

男人突然安靜了下來。然後從床頭櫃拿下一包菸，抽出一根，點了起來，接著盤起雙腿而坐，開始抽起菸來。

我靜靜的看著身邊這個裸體男人。我突然覺得他好醜陋。鬆軟又長滿鬍鬚的雙頰，長了毛的大乳頭，大大的肥肚腩，佈滿腳毛的一雙噁心大腿，和垂軟時只剩一顆龜頭的老二……

他真的好噁心。

但，我好愛他。

□

後來這男人把我送回家。他將車停在離我家約一百公尺前，因爲他害怕別人發現我們在一起。他是一個很沒種的男人。

我們坐在車裡。車發動著，引擎錚錚的響著。廣播裡有個聽來愚蠢的女人正放聲尖叫，我覺得很吵，索性將廣播給關了。雖然我們才剛洗過澡，我仍覺得車上充沛著性愛的味道。此刻，我覺得我家所處的這條巷道好黑，比平常還黑，黑到好像停電了似的。也許是死神，我想，是死神的黑暗。

「那我先回咖啡廳了。」他說，嘴裡吐出一口煙，「妳還好吧？」

「我說不好你又能怎樣？」我說，「你能拋棄你老婆嗎？」我把他的菸拿過來，叼在嘴上。儘管我不大抽菸，我喜歡含他抽過的菸；含著他抽過的菸，我可以感受到一種我一直很喜歡的感覺，一種類似安全的感覺——而且那安全的感覺是有味道的——好像用全麥麵包裹著似的。不過，說眞的，我也不知道那是什麼感覺。

「怎麼又提到這事了。」男人說，伸手想將我的菸拿回。我將他的手用力拍掉。

「我要下車了。」我說，「我要去見我弟最後一面。」

「嗯。」他冷冷的回應道，「對於妳弟的事，我也感到很難過。」他這話聽起來就像一個陌生人聽見我弟死亡時會給我安慰那樣的，冷淡。

「你可以陪我去嗎？」我試探性的問。我希望他陪我去。「順便見我老弟的最後一面。」

「我很想，但妳父母在……」他支吾的說，「而且妳弟只是個孩子，我不忍心看……」

「去你媽的。」我對他說。

「那我們下次什麼時候見面？」他問。

「去你媽的，」我說，「等你拋棄你老婆再說。」但我深知這是不可能的；他無法爲了我拋棄他老婆，而我也無法忍受沒有他的日子。那比死還不如。

□

「妳準備好了嗎？」小龍用手搓搓我的臉。

天氣好冷。我全身都在抖，我甚至可以感覺自己的牙齒在上下打顫著。

他離開後，我打電話給小龍。我無法單獨進屋子去。我不是害怕或什麼的，我只是不想一個人進去，而且我想，我老弟也一定很想見到小龍的。

小龍很愛我老弟；他剛在電話裡說，失去我老弟，他也很痛的，好像失去一個親人那樣的。噢，小龍眞是一個好男人，我這麼說不是因爲他對我老弟的好，而是因爲他對我的容忍。噢，我的意思是，他是很寬容的人；他知道我跟我的前男友——就是咖啡廳的那個賤肥子——藕斷絲連，可是他卻裝作不知道，還是深愛著我。他好傻。

「要放棄一個人的愛是很難的，」小龍說，「好像我對妳的愛一樣。如果妳要我停止愛妳，我想，我會死去的。所以我只能愛妳，不管妳愛誰……」

你不要批評我噢，我不是故意劈腿的。唉，愛情本來就是這樣的，難道你沒有那種很難割捨的感情嗎？就算我跟他斷了聯絡三年，完完全全的斷了聯絡噢，只要他一通電話給我，說他好寂寞，說他一定得跟我見面——就像上禮拜的他那樣——不管我在哪裡，就算我在非洲，我也會趕過去的。

這就是愛。

This is love.

沒有理由。

「無所謂的。」我說。我拿下小龍嘴裡的菸，吸了一口，可是卻嗆到，嗆得我連眼淚都流出來了。

「不會抽就別抽嘛。」小龍輕拍我的背說。我可以感受到他語氣裡的關懷。

「誰說我不會抽？」我說，「我連大麻都抽過，我只是不小心被嗆到而已。」我將菸塞回小龍的嘴裡。小龍抽過的菸無法像那個男人抽過的菸給我那種感覺——那種我一直很喜歡的那種感覺。

「給我一支新的菸。」我對小龍說。小龍搖搖頭。我捶了他一下。然後直接從他的牛仔褲口袋拿出菸和打火機，接著點燃一支菸，叼在嘴上。

「走吧。」我說，「是時候去看看我老弟了。」

我老弟就躺在客廳的地上，底下鋪著一塊暗黃色的草蓆。他的雙腳前頭擺有一盤白斬雞和一碗插著香的飯。很蠢，我老弟根本不愛吃白斬雞，他喜歡麥當勞；我應該去麥當勞幫他買炸雞套餐，還有可樂；他愛死麥當勞的炸雞了。

好多人圍攏他身邊。我老爸趴在牆上痛哭失聲，癱在椅子上的我祖父母不斷拿手帕拭淚，我阿姨則抱著跪在地上不斷顫抖、頭貼在地上的我老媽，好像怕她一頭撞死似的。我舅舅則站在窗邊，抽著菸看著外頭，而我鄰居的大嬸婆則在一旁燒紙錢——燒得客廳臭死了，直接燒張信用卡或者中了樂透的彩券不就得了，蠢噢——同時不斷的用手背拭淚。

這場面很悲哀，可是我卻一點也不感到難過。因爲我知道，我老弟其實是天使，他只是下凡來玩罷了。世界對他來說，只是一個遊樂場；只要膩了，沒什麼値得再停留的理由。對於他的死亡，噢，我認爲，他只是膩了這個鬼世界，所以要回去了。或者，他那個天使老爸——那才是他眞正的老爸——要他回去吃飯罷了。

他歷來就不屬於這個世界。

躺在地上的老弟看來好小好小，小得不像人而像一隻狗還是什麼的。

他已經化好妝了，這妝很自然，上次他臉上因手術而出現的大瘀青也巧妙的掩蓋了。現在的他看來彷彿只是睡著了，好像只要我一靠近他，他就會坐起來，告訴我，他剛不小心睡著了，然後他還會告訴我，他很喜歡很喜歡這套衣服。

他這身衣服——深紅色的西裝、鮮藍色的帽子和一雙亮金色的皮鞋——是我買的，是我買給我老弟的最後一個禮物。我知道這套衣服將會成爲他的壽衣，因爲他在收到衣服時，告訴我，他將永遠穿著這套衣服。

我老弟前陣子還在醫院時，我去探望他。兒童癌症病房在八樓。那裡有患了各式病症的病童，每個孩子看起來都不太對勁噢，好像他們才剛被人丟進馬桶裡狠狠的沖過了好幾次水，然後再用吹風機胡亂吹過似的——就連頭髮都亂七八糟的。我誠然痛恨這個地方，儘管表面看來明亮溫馨，掛有很多可愛的圖畫；但這兒的眞實存在卻是一種黑魆魆的氣氛，彷彿有很多小小又討人厭的食魂獸躲在角落裡等著吞噬小朋友的靈魂似的。我覺得這裡是耶穌的廁所，這裡有太多耶穌的大便。我想尖叫。

「你身體還好嗎？」我坐在病床旁的椅子上問他。雖然他理著個大光頭，可是看起來很有精神，好像沒有犯病似的。

「還好。」他說。膝上攤著一本《壹週刊》。他老愛看《壹週刊》，我也不知道爲什麼國小的他竟這麼迷《壹週刊》。

「你知道嗎？」我對他說，「我替你買了禮物噢，等小龍哥哥從停車場上來的時候，就會拿給你了。」

「我知道，」他說，「我很喜歡，而且我會一直穿著的。」

「一直穿著？」我說，「你怎麼知道我買的禮物可以穿？」

「妳剛說了，」我老弟說，口氣很自然。「妳剛說妳買了一套衣服給我。」

我知道我並沒有這麼說。

此刻，小龍從外頭走了進來，坐在床沿上。他吻了一下我老弟的臉頰，然後將手上的若干袋子交給我。

「小老弟，你好點沒有啊？」小龍說，「什麼時候小龍哥哥再帶你去看恐龍展吧。」

「好多了。」我老弟說，「恐龍展？真的嗎？我最喜歡恐龍了。」噢，小龍真是好男人，比那個爛男人好多了。

「真的啊。」小龍說，「下次小龍哥哥再帶你去看。」

我從小龍遞過來的一個袋子裡拿出蘋果。我將蘋果削皮然後切好，一半給小龍，一半給弟弟。

「小龍哥哥，你可以幫我一件事嗎？」我老弟突然問，接著咬了一口蘋果；當蘋果從他嘴裡拿下時，我在蘋果上看到一點血漬。

「當然好啊。」他說，也吃了一口蘋果。他撫摸著我老弟的光頭，「什麼事？」

「我想看你跟姊姊做愛。」我老弟說，把蘋果往旁一扔，然後拿起《壹週刊》，翻到某頁介紹汽車旅館性愛特輯的頁面給小龍看。

「什麼？」小龍與我差點沒嚇死。小龍甚至差點被蘋果噎到。

「我只是好奇嘛。」他說，「我以後沒時間嘗試了，我只想知道做愛是什麼樣子，爲什麼這麼多人爲性著迷？」

「別亂說話，」我對老弟說，「等你長大之後再說吧。」

「沒時間了。」他說。

「好啦，別再說了。」我不喜歡小朋友談這種話題。我將他的《壹週刊》蓋了起來。

「小龍，把衣服給我。」

「你看，這是姊姊買給你的衣服噢，喜歡嗎？」我問。

他點點頭。「我會一直穿著的——眞的。」

□

若人類眞有靈魂，那麼，靈魂在離開人體的前夕，是否會先告知知覺？

大部分的情況好像都不會噢。我覺得這樣有些沒禮貌。畢竟兩者已經相處這麼久了，在離開前總要禮貌性的說一聲吧？就好像以前去我老弟的幼稚園接他回家時，若他忘記跟幼稚園老師說再見，我會生氣的。

「不能這麼沒禮貌噢。」我總是這麼跟他說，「每次回家都要跟老師說掰掰的。」

「不是我沒禮貌。」他每次都這麼跟我說，「而是他每次都忘記提醒我，他記性不好。」

「他——是誰？」我問。

「身體裡面的我呀。」他說，「他老是忘記提醒我。」

有人說，若一個人在死亡之前能知道自己即將要死的話，那代表這個人不是一個平常人——也許是外星人，也許是神經病，也許是白痴，也許是天才。但我老弟都不是，他是天使（頭上閃著光圈的那種），因爲他的靈魂最終沒有忘記提醒他。

當天，在我們離開之際，我對他說：「告訴姊姊，爲什麼你會知道我買的禮物是衣服？」

「姊姊，妳說的是衣服，眞的。」我老弟斬釘截鐵的說。他的眼睛睜得大大的，就像平常他跟我談世界奧秘的樣子。「而且我眞的很喜歡這套衣服，我會一直、一直穿著的。」

一直穿著……？

所以噢，在那時我就知道我老弟會死了。

果不其然。

所以當我走進房子，見到我老弟的屍體時，我沒有什麼反應。甚至我有一種感覺，彷彿他是壽終正寢，雖然他如此的年輕、如此的袖珍。我蹲在我老弟的屍體旁，拿起他的手，他的手好小、好小的，恍若嬰兒的手。我在他的手腕上看見好多的針孔，突然我覺得醫生好殘忍、好變態。我將他的手放在我的臉頰上，只感到一陣冰涼。就在此時，我心裡有種好奇怪的感覺，好像在三年前，我在前男友的咖啡廳前發瘋的那種感覺。我突然有股想死的衝動——我覺得人生好蠢噢，爲什麼人得死？我好想消失，想跟我老弟一起死去……

然後，就在這個時候，我看見我老媽像發了瘋似的，衝到我的面前。她先是狠狠踹了我一腳，我重心不穩，往旁一跌，整盤白斬雞被我弄得散落四處，好像車禍後被撞爛的屍體噢；然後我老媽卯足全力接連甩我巴掌，同時，我聽見她喊我賤貨、掃把星，不要臉的下賤女人。接著，我聽見我臉上傳來砰砰的聲響，然後，我感到嘴裡有道類似血液的東西流出。可是奇怪的是，我卻一點感覺也沒有，好像我的自我突然與知覺是分開似的——「我」仍存在，但卻是空的。

在自我與知覺解離的狀態下，我的心突然澄明了起來。我看見老弟與我正在麥當勞吃炸雞，就坐在遊樂室的旁邊。鵝黃色的斜暉從窗外透進來，他天眞、燦爛的笑容裡迸發出一束又一束溫暖的金色光芒。他一面吃著炸雞，一面告訴我學校發生的事情。他說，他最喜歡自然課了，因爲他對世界的奧妙最有興趣，然後他說，他尤其喜歡恐龍，接著他開始背誦起他喜歡的恐龍的名字……一手拿著可樂的他，頭往上看，將另一隻因抓拿炸雞而顯得油膩的手指著空中，然後好像在啃著一顆又一顆的玉米似的唸出各個恐龍的名字，屁股也會隨著每隻恐龍而一顚一顚的，好像恐龍眞在他的面前似的。

三角龍、暴龍、雷龍、板龍、腕龍、劍龍……

就在這個美好的時刻，我忽而聽到一聲銳利、直刮耳膜的尖叫，同時感到一陣伴隨嚴重耳鳴的暈眩。轉眼間，我老弟的笑容不見了——原本燦爛、快樂的他瞬間轉變成慘澹的黑白色——他雙手下垂無助的望著我，眼神裡藏著好深、好深的恐懼，同時他開始透明，逐漸虛無化……我著急的伸出手，想抱住他，可是我就是抱不住，我就是留不住他……我哭著喊他，我要他別走，我說姊姊還想聽他數恐龍呀，姊姊還想買很多、很多的麥當勞炸雞給他吃呀……

別走呀……弟弟，你別走……姊姊不要你走……不要你走……

然後我從椅子上跌了下來。我感覺我的雙眼流下淚水——這是我第一次感覺到，原來淚水眞的是燙的——也就在同時，我突然感到痛覺，好痛、好痛的。

不是臉頰的痛，而是心痛。

我的心突然好痛，我最疼愛的老弟竟然死了……

7

阿司，客廳筆電前，現在的AM 00:10

呃……其實，我是不相信一見鍾情的啦。我總覺得人要相處，戀愛才能發生，總不可能在第一眼的情況下，你就愛上某一些人。

愛情這回事絕對絕對沒有如此簡單。

但，說實在的，我是有可能在第一眼的情況下，就意淫某些人。也許在火車站裡，我看見一個漂亮的女孩，我可以在我的腦袋裡，瞬間將她扒光——速度快得還會啪的一聲——甚至我還可以讓她做任何我想要她做的事，情節就不贅述了。這很變態，我知道，卻也很正常。我想十個男人裡有九個會思緒強暴身邊的漂亮女人，而另一個，我想，呃，並不是他們不會思緒強暴，只是他思緒強暴的是一個男人罷了。

好吧，我承認，我第一眼見到小mic時，就開始對她意淫了；再加上她未穿胸罩，呃，我想，我在她在7-11跌倒的那一瞬間，我的思緒就已經插入她的陰道了。

阿司，火車站附近的7-11，一個月前AM 01:50

「你幹嘛抱我們啊？」小薇突然鬼吼，「你不要吃我們的豆腐喔？你這變態！」

「不好意思，」我說，我不知道我怎麼了。「我看妳們兩個抱在一起顫抖，我以爲妳們倆很冷，才抱抱妳們。而且她說她要死了，我覺得同情，所以才想給她點擁抱……」說完這句話時，我雙手仍維持著圈著她們的姿勢。

小薇用手肘頂了一下我的鼻子。「誰要死了？……去你媽的，滾啦。」

我完蛋了，我想——我彷彿看見她們待會就會大喊：「性騷擾！」

我趕緊站起身子，同時向她們賠不是。此刻，我突然領悟到自己是勃起的狀態，因此立時坐上沙發。我剛才抱住小mic的時候，我的下部是頂著小mic的；我相信她一定有感覺。但我眞的不是故意的，我不是變態，我是站起來的時候，才領悟到自己已勃起了。

「沒關係的。」小mic說，「還有我不是眞的要死——我只是說說而已，這只是一種比喻。」

「什麼沒關係，」小薇忿忿的瞪著我，「你這傢伙，我告訴你噢，你這樣很沒禮貌，而且根本就是性——」

「小薇，」小mic說，「我想他不是故意的。」

「哼。」小薇說，將手抱在胸前，看向窗外。然後又嘟噥道：「要不是看在小mic的面子，拎鄒罵一定……」

在小薇的碎唸結束後，我們三人即陷入尷尬的沉默裡。可是我的心裡卻一點也不沉默，因爲我感到很有罪惡感、很丟臉。在這時候，我羞赧的盯著左邊的牆壁。我在羞赧的時候，習慣胡思亂想，同時我的神智自然會與現實解離，以擺脫窘境；這是我自小就有的怪習慣。

就像在此刻，我在這面鉛白的牆壁上，看見一點一點的黑色斑駁。而這些斑駁的黑點簇集起來，看來就像一隻脫了毛的狗。然後，我會看見這隻脫毛狗慢慢的從牆壁裡掉出來——狗鼻子最先出來，然後再出現頭部、頸部、前兩肢，最後整隻就從牆壁裡掉出來了。

牠掉出來的時候，先是像平常的狗洗完澡甩乾身體似的渾身甩了一下，水噴得我一身。然後牠開始向我走來。牠走近我腳邊，聞聞我，然後好奇的看著我。牠的眼神裡有種智慧，我彷彿看見了光芒。等牠確定我不是一個會排斥狗的人後，牠開始舔我，然後牠告訴我，牠是一隻被遺棄的狗。

「這呈現瘀傷鉛灰色的牆壁，有一種被遺忘的孤絕感。」脫毛狗坐在我身邊，叼著菸說道。

「嗯，有點。」我回答牠，「就像你一樣，被遺忘了。」

「我？」脫毛狗轉頭看了我一眼，鼻子裡噴出一道煙。此刻，牠臉上多了一副粗框眼鏡——也許本來就有也不一定。「我被誰遺忘了？我只是被遺棄——被虛無遺棄。」

「哦？遺忘與遺棄本質上很類似的，有遺忘才有遺棄。」我說。我突然覺得牠好像才剛被熱水燙過，準備被開膛破肚的小豬。「而且，若從來沒有被眞實的存在擁有，那麼，遺棄就不存在。」

「好吧，那我想我是被遺忘了。」牠說，將一隻掌放在額頭上，看來在沉思的樣子，「可是我從來就沒有被記得，哪裡來的遺忘？」

「嗯。」我說，「我很同情你。」說完，我拍拍脫毛狗的背脊，然後再撫撫牠的下巴。牠眼睛隨即瞇了起來，感覺很享受的樣子。

「欸，」牠突然轉頭對我說。「那你呢？」說完，牠將手上的菸屁股吃進肚子。

「我？」我問。

脫毛狗點點頭。「當然是你。」

「我想，」我說，「我跟你很類似吧，好像也沒什麼人記得我。」我沒有朋友。就算是同學，我想大部分的他們也不記得我。也許我是透明的，像一隻巨大而柔軟的水母。

「我想也是吧。」牠突然說，「好比阿歡，你一與她分手，她就忘記你了。」

「你怎麼知道我跟阿歡的事？」我問。

「我是你的幻想，」牠說，「有什麼是我不能知道的？」說完，牠開始咬我的鞋帶。

「可是，」我說，「也許阿歡並沒有眞正忘記我。」我將牠的頭推開。

「她一定忘記了，像你這麼可悲的存在，有誰願意記得的。」牠說，執意咬我的鞋帶，「你好可悲。」

「我？」我摸不著頭緒。「我們不是一樣的？如果我可悲，那你也可悲了。」我雙手握住牠的頭，然後把牠的頭抬起，擺向正前方。

「誰跟你一樣？」脫毛狗答道，「嘖，我是你幻想出來的，而你是眞實的。我們哪裡一樣？」

「嗯。」我說，「我只是說說而已。」脫毛狗嘆了一口氣，然後將頭靠上自己的前肢上，眼睛閉了起來。我伸手摸摸牠的頭。唉，我們倆都是被遺棄的可憐蟲，但至少，現在我們擁有彼此。不知道爲什麼，我突然覺得，此刻的我們正漂浮在海上，在一艘深咖啡色的小木舟上。四周煙波浩渺。我們漫無目的地漂浮著。我甚至可以聞到海水的味道。

「欸，」脫毛狗突然喊，「有人在跟你說話了。」

「哦？」我說，「誰？」我看向脫毛狗。此刻的牠戴著墨鏡，手上拿著一支釣竿，但釣竿上沒有線。「你看那邊。」牠將前掌舉起，指向另一邊。我轉過頭去。

「我想，」小mic突然說。「我們可以泡點咖啡了。」

我轉身一看，脫毛狗已掉回牆裡，只剩一條狗尾巴和釣竿頭還落在牆外。我差點伸手拉牠的狗尾巴——我也不知道爲什麼；很多時候，出現在我腦海的念頭，像一坨大便，一點存在意義都沒有。

「妳們要喝咖啡了哦？」我問。我想替她們服務一下來贖我剛才犯的愚蠢小罪。

小mic看了我一眼。

「當然要啊。」小薇說，「趕快把剛才從7-11裡拿來的咖啡泡一泡啦。」

「麻煩你了。」小mic也說。

「等一下。」我說，「我需要一點時間。」我發現我的勃起沒有完全消退。

「什麼鬼時間啦，」小薇說，「眞是去你媽的，叫你泡個咖啡也嘰嘰歪歪的，我自己去泡。」說完，她走入廚房。她走路的聲音一搭一搭的，聽起來好像鴨子。事實上，小薇的樣貌也有幾分鴨子的模樣——那種很可愛的鴨子。

看著小薇走進廚房的背影，我突然感到些許後悔——我完全不知道該如何和小mic談話。我相信現在的她一定不好過，要不，她不會在7-11裡頭暈倒、不會說自己快死了，不會抱著小薇哭泣；但我實在不知道如何啓口，雖然我想安慰她，想讓她好過一點。可是，我不是一個善於安慰人的人，我甚至還常說錯話——與那隻蠢脫毛狗如出一轍。

「你叫阿司是吧？」小mic顯然察覺到我的不自在了。

「嗯。」我說，「妳是叫小mic吧？」

她點點頭。

「妳還好吧？」我問。

「你剛不是才問過？」小mic說，「還有你別亂頂我，那是一種性騷擾。」終於，我還是聽見了這指控。

「不好意思。」我說。我感到耳根子一陣熱。

「我知道你不是故意的。」說完，她轉頭看向窗外。外面仍在下著大雨。

「不是故意的——就無罪，」小mic又說，臉仍朝向窗外，彷彿有心事似的，「你別擔心。」

我點點頭，然後靜靜的看著她。此刻的她，頭髮有些濕，眼睛有些無神，有種朦朧的美感。而她白色襯衫早已被雨水浸濡，而呈現半透明的狀態。女人在這樣的狀態最迷人，既不像全裸時有一種過於暴露的感覺，又不像穿著整齊衣服時那麼的有距離。我仔細盯著小mic，我覺得此刻的她真的好美、好性感。同時，我感受到自己才要消退的陰莖又硬了，而且比剛才還要堅硬，彷彿我一直在等著她似的。

「熱水來囉。」小薇拿著透明的熱水壺——滾燙的熱水還在壺裡翻滾著——從廚房裡走出。她將熱水壺放在桌上，然後撕開三包即溶咖啡，分別倒入桌上那三個透明杯裡，接著再將熱水注入。白色的霧氣與咖啡的香味隨即擴散開來——這麼一丁點大的空間裡，好像就要被咖啡白霧給淹沒似的。她依序將黃色的攪拌棒放入杯中，輕輕攪拌。

「來，這是小mic的。」她將冒著白煙的咖啡拿給小mic，然後又轉身，把咖啡端在我的面前，說：「這是給，噢，這位先生，我忘記你的名字了，你叫……？」她似乎完全忘記她剛才對我的性騷擾指控。這女孩不記恨。

「阿司。」小mic說，「他叫阿司。」

「我才跟妳說過我的名字。」我說，口氣有點埋怨。雖然我早已習慣被人忽略，但眞被忽略的時候，感覺仍不是很好的。

「不好意思，阿司先生，我忘記你的名字了，唉呦，如果你是帥哥的話，我一定不會忘記的，」小薇說完，冷笑了一聲。「咖啡給你，請享用噢。」

眞是倒楣，除了名字被人忘記之外，還被暗指醜。不過，我一點都不介意，其實我覺得小薇的個性很可愛，就像一個小女孩，不隱藏自己的情緒——例如她剛才還覺得我是一個性騷擾的變態，現在又認定我只是一個一般的醜人。

「我喜歡咖啡味道這樣充沛房間的感覺，」小薇說，「好香噢。」小mic點點頭，喝了一口咖啡。我也啜了一口。

「今天眞是特別，」小薇說，將咖啡杯放在桌上，「因爲今天是我跟小mic重逢的日子——我愛死小mic了。」說完，她誇張的擁抱小mic。小mic有些不自在。

「重逢？」我重複道。

「噢，我跟小mic以前可是很好很好的姊妹淘噢，」小薇說，「但因爲一些誤會所以斷交了，可是我們現在即將再續姊妹緣——小mic妳說，對不對？」小mic沒有說話，僅盯著手上的咖啡杯看，彷彿是手上的咖啡杯在向她說話似的。

「今天還是另一個日子。」小mic突然說，語氣裡藏著很深的傷感。我與小薇不由自主的盯著小mic看，好像不這麼看她，她就會跳進咖啡杯裡自殺似的。

「今天是Nicks死亡一週年的日子。」小mic緩緩的說。此刻的她看來好悲傷——這是一種女人失去愛人時獨有的一種悲哀樣貌。這讓我憶起我老媽年輕時一個人坐在化妝檯前抽菸的樣子，好悲傷——我不禁打了個寒顫。可是，我老媽以前告訴我，她未曾擁有過愛人。也許她騙我？

「小mic……」小薇不捨的看著小mic。

我尷尬的喝著咖啡。當時，我不知道Nicks是誰，但我猜想，Nicks一定是她很重要的人，因爲她的表情裡有著很深很深的傷悲。我幾乎就在她的身邊看到一層悲傷的藍色光芒似的——就像前面我告訴過你們的，當她站在飲料櫃前即將摔倒的那一瞬間，我在她身邊看到一股藍光，一股悲傷與憂鬱的藍光。

「Nicks是我的男友，」小mic自己說了出來，「我最愛、最愛的男友。」

「Nicks眞的是個很好的人，」小薇也說，「雖然我已經很久沒有見到他了，但我相信，他一定跟以前一樣，是個體貼、善良的好男孩。」

「但，他是個傻瓜。」小mic說。

「傻瓜？」小薇重複道，好像第一次聽見這個詞，而重複說道似的。

「嗯，傻瓜。」小mic說，「因爲他是自殺而死的。」

「自殺？」我問，完全是下意識的。我很佩服自殺的人，因爲他們是世界上最愚蠢的人——人生雖然苦，雖然臭，但事實上根本也不長，何必急著去死呢？……

「別人是這麼說的，」小mic說，「但我不相信，Nicks絕不會這麼傻。我想，一定是他父親殺了他。」

小薇與我都沒有說話。被父親殺死的消息並不會比自殺還令人不震驚——尤其對於從小就沒有父親，而渴望父愛的我來說。

「是他父親逼死了他。」小mic解釋道。

「怎麼一回事？」小薇問。

「我也不知道。」小mic說，「我只知道Nicks痛恨他爸，他說他爸是他這輩子最痛恨的人——他甚至還跟我說，他想殺了他爸。」聽見小mic說這番話，我突然感到一股寒意（儘管現在並不冷）；我無法預想爲什麼有人會想殺了自己的父親。

「但他從來沒有告訴我，他與他爸之間究竟有什麼仇恨，他藏了很多秘密。」小mic說，「Nicks是個難以理解的人，我跟他在一起這麼久，仍無法眞正了解他。」

「是噢……」小薇回應道。此刻的我很想說些什麼來安慰小mic。可是我跟她並不熟稔，我沒有立場說話——不管怎麼說，都很突兀的。

「我不懂他爲什麼什麼事都不跟我說，什麼煩惱都藏在自己心裡，」小mic用手背將淚水拭去，「他是個自私的人，自私的人……」

「男人通常都是自私的。」我說，但隨即後悔了。我根本沒資格插話。此外，我也不知道我這句話的意義在哪裡——彷彿送了一塊剛烤好的披薩給一個即將在沙漠裡渴死的人似的。

小薇瞪了我一眼。

「所以，我今天才會如此失控，不好意思，造成你們的困擾。」小mic拱著背說，同時緊緊握著手上的杯子，好像試圖將杯子捏碎似的。

「不會的，小mic，」小薇說，又抱住小mic，「不會的，妳一點都不是我的困擾。」

「也不是我的困擾。」我說，但又後悔了。

小薇又瞪了我一眼。

此刻，門突然被打開了。全身濕淋淋的小龍從外頭走了進來。身上還穿著7-11的紅色制服。

「你怎麼回來了？」小薇道，「你不用上班嗎？」

「我不放心妳們呦，」小龍用誇張的語氣說，接著走到我身旁坐下。他身上有股濃郁的香水味。「我擔心這傢伙會強暴妳們。」

「什麼？」我說。

「所以我打電話給我同事，叫他來頂一下，我得回來查看呦。」說完，他將手搭在我的肩上，另一隻手掩著嘴——我看見他戴著一只粉紅色的SWATCH——自顧自的笑了起來。他的笑聲聽來像用力嚼口香糖的聲音。此刻，我才明白小龍在說笑話。不知道爲什麼，小龍給我的感覺跟小薇很像的，好像我們已經認識很久，而且是很好的朋友似的——但事實上，我們才剛認識。

「我才不是那種人。」我說。

「我開玩笑的啦。」小龍拍拍我的肩膀，然後說：「你叫阿司吧——如果我沒記錯的話。」

「你的記性比小薇好。」我說。

「是你的名字太難記了吧。」小薇反駁道，「什麼阿司。」

我苦笑了一下。

「小龍，」小薇說，「你要不要喝咖啡？我去泡。」

「不了。」小龍說，「我有可樂。」說完，他從褲子口袋裡拿出一瓶可樂，然後啪的一聲拉起拉環。聲音在這安靜的深夜裡顯得有些刺耳。

此刻，雨下得更大了。我可以感到雨水從窗底濺入，彈到我臉上。

「今天是很奇怪的一天，有人撞上飲料櫃——不好意思，我沒什麼意思，」小龍看了一眼小mic，語重心長的說，「然後，又看到黑人跟一個穿著怪異的女孩舌吻，最後，家裡突然多了兩個陌生人——今天眞的好奇怪。但也滿有意思的。」

「哪有兩個陌生人？！」小薇說，「分明是一個。小mic可是我的好朋友。」

小薇這番話讓我有置身度外的感覺，我的耳根子又熱了起來，彷彿我突然跑進陌生人的家似的。事實上，我的確沒有什麼理由待在這裡，我只是一個火車票掉了的等車旅客，憑什麼就這樣跑進別人家裡？……

「而且，我也算認識那個怪異女生。」小薇看著我說，「她是一個騙人的算命師。我告訴你們噢——」

「算命師？」我不解的問，「她是一個算命師？我怎麼從來不知道。」

「你別插嘴啦。」小薇說，瞪了我一眼，「我告訴你們噢，那女生啊，可是一個大騙子，騙我說她會算命，然後又會恐嚇你噢。而且她好可怕，她會吃壁虎，活生生的壁虎噢，眞是太可怕了。」

「妳去給她甚過命？」小龍說，不小心將「算」命的「算」字以台語發音，「別亂甚命，命可是會越甚越糟的。」

「欸，」小薇沒有理會小龍，反而瞇著眼看向我，「你跟那個女孩什麼關係啊？看起來好親密，難道你也給她算過命？」

「她是我前女友。」我說。

「前女友？」他們三人異口同聲的看著我。

「嗯，前女友。」我說，轉頭看向小薇，「但我壓根不知道她是算命師，妳確定妳沒有記錯人？」

「絕對沒有，」小薇說，語調肯定。「她化成灰我都認得。」

「今天眞是interesting! What a day!」小龍突然冒出英文，拍了一下大腿，「今天實在是太有趣了。不過，我們待會再來討論這傢伙的前女友吧。今天，我們可是有個女孩差點死去咧。對了，小mic——我沒記錯的話，」小龍興奮的說，語氣好像在宣布誰即將得樂透頭彩似的，「妳還好吧？我看妳現在氣色好多了。」

「她才沒有快死掉噢。」小薇說，「你不要亂說話。」

「我還好。」小mic點點頭。

「對了，你們剛才在聊些什麼？我是指——在我進來之前，這傢伙有沒有欺負妳們？」小龍問，瞇著眼看著我。此刻的他有點小薇的感覺，也許眞心相愛的情侶就會有些類似吧。

「我幹嘛欺負她們？」我說。

小龍看著我笑了一下，又喝了一口可樂。當別人在喝可樂的時候，不知道爲什麼，我喉嚨裡會有種癢癢的感覺。

「我們沒聊什麼。」小薇說。

「聊我死去的前男友，」小mic說，「今天是他的忌日，他在去年的此刻自殺身亡。」

小龍有些訝異，同時安靜了下來。我在他的臉上看到一點懊悔，好像自己問了什麼不該問的問題似的。

「不過沒什麼的，」小mic又說，「死去的男友又沒有不能談的道理。」

「是啊，」小薇突然感慨道，「人生何必太嚴肅？就像《蝙蝠俠》裡的小丑說的——Why so serious?——這樣活著太辛苦。世界本來就是殘酷的，所以沒有必要太嚴肅。」

沒錯，我也認同小薇，人生沒有必要如此嚴肅。

「不如，我們來交換故事吧。」小龍突然說，拍了一下掌。我對於他的high感到意外；也許他就是傳說中的「natural high咖」吧——那種不用嗑藥就可以比別人high十倍的超級high咖。

「交換故事？」我問。

「每個人各自敘述一個自己的人生故事呀，」小薇說，「這很有意思的，小龍，從你開始吧。」

「而且這對自我是很有幫助的，你們沒有聽過一句話嗎？」小龍說，「人要結束一件事，才能開始另一件事，而結束的癥結點是——你必須要得到別人的認同；所以，如果你告訴大家的是一件悲哀的事，而大家也認同了，那麼，這件悲哀的事就會結束，在你人生裡徹徹底底的結束喲，但——」小龍頓了一下，用手撥了一下眉毛，好像眉毛上有蟲似的，「你最好不要說開心的事，因爲一旦別人認同了，你開心的事也就會結束了。」

「悲傷的事結束未必是好事，」小mic喝了一口咖啡說，「而開心的事結束也未必是壞事。」

「小mic聰明。」小龍用讚嘆的口吻說道，「人生的確沒這麼簡單。」

「可是，我沒什麼故事可說。」我突然道。我眞的沒什麼人生故事可說，我就只是一個全身浸泡在化糞池的可悲人。我是我老媽的一個複製品。

「你先聽嘛。」小薇瞪了我一眼，「你怎麼如此囉哩囉嗦，像個娘娘腔似的。」

「好吧，」小龍站起身子，清清喉嚨說道，同時將右手握成拳狀放在下巴下，模擬拿著麥克風的姿勢，「那——我就先告訴你們一個故事好啦，是關於我哥的故事。就是啊，我哥跟小mic的男朋友一樣，也是自殺的，而且他還是同性戀，哈哈哈。至於他自殺的原因，我想，我不知道，因爲他的屍體根本沒有找著，我們還舉辦了一個沒有屍體的荒謬葬禮——我們把空的棺材送進火葬場，大家爲一具空的棺材哭泣。哈哈，然後今天同樣也是他的忌日吻。」小龍說完，大笑了起來。「太巧了，太巧了。」小龍拍著手笑著說道。

「小龍……」小薇不捨的看著小龍。這下，我才明白原來小龍的笑裡藏著傷悲——那是種聽來很像哭聲的笑聲。

「我的故事結束了，」小龍停止大笑，「現在換阿司說故事了吧——我們男人先說吧。」

「我？」我說，「我眞的沒有什麼故事可說。」我搔搔頭，同時又感到羞赧，我眞的沒什麼故事可說。

「就說你跟那個女算命師的故事吧。」小龍說，「兄弟，說出來讓大家聽聽吧——無論是悲傷的，還是有趣的——別害羞，就說出來吧。」

小mic、小薇，和小龍此刻用一種十分期待的眼神看著我。我莫可奈何。於是，只好將阿歡與我的故事說給大家聽。我自認這是個感傷的愛情故事，但不知怎的，他們聽了我的故事後，竟然大笑。

間奏

PM08:08

都得暫停一下吧！

不管音樂、電影，或者小說都一樣，不來點平順、柔和的間奏，總會讓人感到過於疲累，甚至有種惱人的窒息感呢。

間奏的目的是什麼？

且讓我自問自答一下（儘管這樣顯得像個白痴）。別否認，很多人都如此的，在向人發問後，自己在心裡也會給個答案，然後不管別人的答案如何，在心裡默默的恥笑別人的答案；然而，我不是一個在意別人的想法的存在，因此，不管會不會被你們恥笑，我仍想回答自己的問題。

（我的答案開始）我想，間奏像一種情緒的平緩，你知道的，在好一陣子的埋頭苦幹後，我們總得停下來深呼吸個幾回，好迎接下一次的任務（無論該任務的內容為何），就像在做愛時，你總得休息一下來醞釀真正的高潮那般；又或者，間奏是一種補充，好比當你在吃飯，也許是香草豬排什麼的，你總得喘口氣，好喝口柳橙汁，或者葡萄酒什麼的，要不然很容易發生一下子撐死或者噎死等諸般意外呢。

所以，我們必須閉上眼睛，好好的享受這也許必然的空白。

對了（請別打開眼睛），昨天晚上我看見一個胖女孩——滿臉雀斑，皮膚黝黑，看來活像隻剛被扒皮的母黑熊——曲著巨腿、抽著菸的她，與一個瘦白的男孩子全身赤裸的躺在一張鋪著淡紫色床單的愛心狀的床上。胖女孩的左乳乳暈旁有一塊黑色的胎記，看來像瘀血，而瘦白男孩的老二仍有些勃起；他的老二很黑，且細、長，又彎曲，活像鹽酥雞攤位上的雞脖子。瘦白男孩此時拿起床頭櫃上的粉邊墨鏡，戴上後，他端了端眼鏡，柔聲問身邊的胖女孩：「怎麼樣？還喜歡做愛的感覺嗎？」

胖女孩看了瘦白男孩一眼，沒有說話，然後她揚起肥胖的左手（腋窩有一叢黑毛）——食指與中指夾著菸——抽了一口菸。她嘴裡緩緩吐出煙霧，看來很是享受。突然，她似乎嗆到了，不住的咳了起來；咳了幾下後，她忽地哭了起來，哭聲活像剛才所用過的形容「被扒皮的母黑熊」的哀號聲。

「妳怎麼了吶？」蒼白的男孩愕然叫道，「我弄痛妳了嗎？」

胖女孩此刻哭得更激動了，哭得脖子都給縮了起來，像一隻吃了太多垃圾食物而嚴重發胖的烏龜。

「妳到底怎麼了吶？」男孩有些罪惡感的追問。

「你別管我……你別管我……」她不斷的啜泣道。

（畫面此際瞬間轉爲全然、徹底的空白。）

也許再來一杯咖啡？

唔，這時來點苦澀、無糖的黑咖啡好了，我們可不想發胖得像那悲哀的黑熊女孩如此誇張吧。

對了，我手邊有兩個紫色的馬克杯——形狀滿特別的，是往上張嘴的青蛙，野心大得彷彿企圖吃下世界似的。

來，看著我，我將剛煮好的黑咖啡倒入（熱氣不斷冒出）杯子，然後我將一杯黑咖啡遞給你，另一杯留給我自己。你啜了一口黑咖啡，滋味很苦澀，你不禁皺起了眉頭。接著，我們的咖啡杯交碰了一下，發出清脆的聲響。

而這清脆的聲響代表的是一種結束，同時也是一種開始。

8

小龍，愛的小屋電腦前，現在的AM 01:00

你相不相信任何超自然力量？

老實說，我不相信呦。

因爲我是一個什麼都不相信的人呦。

我不信神，不信鬼，不信靈魂，不信星座，不信生肖，不信第六感、更不信命運。總而言之，我不信這世界有固定的框架，而且我覺得這世界也沒有任何存在是可以被裝進任何一個框架裡的——就好像做愛與懷孕的關係那樣的呦——也許你戴套了，也許妳吃避孕藥了，也許你們還體外射精了，但仍然懷孕了。

你可以說，這是因爲意外（outlier），因爲在大規則裡，總是會有意外的，而這意外是可以被容許的，因此，我們可以繼續在這大世界裡安心的尋找那些看來好似存在的規則（也許很多人會因此鬆了一口氣吧）。然而，我眞的認爲，人生沒有所謂規則，沒有框架，沒有任何既定的存在。

而……證明是什麼？

當然，就是精蟲游進卵子了呦。

呦，我也許有點信血型啦，因爲我是AB型，而還眞有點雙面性格。

但，說到底，誰沒有雙面性格？我常覺得，其實人的性格，是360度的呦，所以你問一百個人對於你的評價，答案應該會有很多很多種。因爲每個人看你的角度都不同，就會有不同的感覺了呦。

我舉個例子，好像我老爸，他以前很討厭我，因爲我是個娘娘腔。而他所以討厭娘娘腔，我想是因爲他的生長背景吧。我爺爺是個軍人，而且還是個將軍，因此他對我爸的教育非常的制式，非常的一板一眼，甚至有時候還得依口令來動作呦——蠢死了。此外，我爸雖非職業軍人，也是海軍陸戰隊出身的。在此二種原由下，他成爲了一個很有男子氣概的人，而他這輩子最痛恨的就是娘娘腔。最近台灣的電視節目裡，時常出現中性的表演藝人。他每次看見電視上那些不男不女的藝人，就是破口大罵。

「那些傢伙是妖孽，」他老是在電視前嚷道，「太噁心了。」

我想，他與我是徹底不同的；他認爲（喜歡）這世界有固定的框架，對性別尤其如此。因此，他常覺得生出一個像我這般娘娘腔的兒子很丟人，所以企圖改變我。像小時候，我向老媽要求一隻小狗當寵物；我喜歡的是類似吉娃娃型的小型犬（我常幻想將狗綁上粉紅色的蝴蝶結，然後抱在懷裡那樣的）。可是我爸卻買了一隻獒犬給我。

「兒子，如果我給你買吉娃娃，」他說，「未來你不成了變態才怪。」

那獒犬長得相當獰醜——大便似的毛色、眼睛既凸又佈滿血絲、舌頭寬且紅、牙齒不但長且異常的尖——看來就像不懷好意的吸血鬼；而且牠的口氣甚差，每次你靠近牠，你都會以為牠才吃完糞便似的（事實上，牠也有吃糞便的習慣）。我爸將這隻狗取名為雄壯，來自於軍中口號，一個蠢斃了的名字。眞是的呦，我恨死這隻狗了，這隻狗根本精神上有問題。我甚至一度懷疑牠有精神分裂症；而且牠除了我爸之外，誰也不認，也許牠根本就是我爸派來的間諜。

小學，剛下課，我帶著一個暗戀許久的女同學回家。我們的書包裡頭裝了許多半舊的洋娃娃——我們要替這些洋娃娃安葬。呦，沒錯，我跟這位女同學經常替洋娃娃下葬，我們稱之為洋娃娃之葬；我們認為洋娃娃很可憐，一旦舊了就被拋棄，因此，我們就將這些被拋棄的半舊洋娃娃收集起來，再集體將她們下葬。

我們在玄關裡鋪上一塊淡紫色的毛巾，然後將洋娃娃屍體整齊排列在上頭。後來，正當我們替洋娃娃清洗大體時，雄壯卻突然衝了過來。牠像發了瘋似的，不斷對我吠叫，我叫牠滾，並拿拖鞋作勢打牠。不過，牠絲毫不畏懼我，反而吠得更大聲，甚至還發出威脅的呼嚕聲——我恨透了那種聲音。後來牠竟趁我不注意之際，將毛巾上的三個娃娃給叼走，然後咬爛。當然，我就跟牠拚了——牠竟對洋娃娃大體如此不敬——可是我卻被咬了，而且還是陰囊被咬了。

後來，我被送到醫院。眞是他媽的，我左邊的陰囊被啃掉一大塊的皮，不過値得慶幸的是，我的睪丸沒有受傷；要不，我可眞要成爲女人了。可是，我的陰囊從此卻有一個巨大而醜陋的疤痕，而且因爲縫合的關係，痊癒後我的陰囊明顯的一邊大一邊小。我記得小薇初次跟我做愛的時候，她還以爲我只有一顆睪丸咧。

我老媽因爲這件事，想將雄壯給送走，我老哥與我也都贊同。我老哥也不喜歡雄壯，他覺得雄壯是一隻性慾過強的神經狗；如果在人的世界裡，牠就是強暴犯。可是我爸卻不同意，他說，他特意買了這隻狗，試圖讓我增加男子氣概，可是我卻如此不爭氣，就連狗都敵不過；他還說我活該被咬，因爲我不配有睪丸。

因此，這隻蠢狗繼續待在我家。不過後來我爲了報仇，就趁一天夜晚，用橡皮筋狠狠的將牠的陰囊給緊緊綁住——牠差點將我的人生給毀了，我可不能就這麼放過牠——三天之後，牠的陰囊壞死，數個禮拜後就脫落了。

說也奇怪，自從少了睪丸後，雄壯就變得女性化了，而且不再暴戾，我再也不曾聽見牠發出討厭的呼嚕聲；更令人不可思議的是，牠的嘴也不再臭了。此外，牠也開始變得有人性。我們後來甚至成爲好朋友——我什麼事都跟牠分享——牠好像眞能領悟。後來，我將牠改名爲陰柔。

原來睪丸跟暴力很有關係，我後來才明白。

過了一年，我老爸發現這隻狗變得女性化，且與我甚要好後，他很不高興。在一天黃昏，我們全家人圍坐在餐桌上吃飯時，他突然將碗筷砰的一聲甩在桌上，然後站起身子，用眼神示意要我跟他走。

他什麼也沒說，表情異常冷酷。我跟在他的後頭，感覺到他腳步刻意沉重的踩著火紅的夕陽餘暉，好像在預告我什麼似的。他先是到倉庫拿了一根噴著紫色漆、有些斑駁的老舊球棒。我發誓，我當時眞以爲，我老爸要宰了我。接著，他領著我到車庫。一到車庫，我才明白即將遭殃的不是我，而是陰柔。

陰柔完了，我當時想道。

果不其然。我老爸一見到陰柔，就狠狠的踹了一腳陰柔的狗鼻子。牠的鼻子立刻凹了下去，一絲津液從嘴邊流淌而下。可憐的陰柔不斷哀嚎，我也嚇得哭了出來。

「不許哭！」他轉過來對我吼道，同時圓睜著雙眼死瞪著我，宛如被剛嗑了藥的惡魔附身似的。

我強作鎭定，可是恐懼與痛心恍若伸手攫住我肩膀的兩個巨人似的、不斷的猛搖我，使得我全身劇烈的抽搐。我甚至尿濕了褲子。後來，我老爸當著我的面，用這支球棒，將陰柔給活活打死。當時的他被陰柔的血噴得滿臉，看來活像個殺人犯。

「你仔細看！」滿臉鮮血的他說（口齒因過於激動而顯得含糊），「娘娘腔的下場就是如此！」我老爸屠殺陰柔後，走到水龍頭旁，胡亂的洗把臉後，好似沒事的回廚房吃飯。看見我老爸離開後，我緩步走到陰柔旁邊。我看見牠脖子仍不斷搐動著——我一度以爲牠還活著——然而在下一秒，冒著熱氣、腥味四溢的鮮血從牠嘴裡汩汩湧出。我跌坐在地上，嘔吐了起來。

深夜，我去找我那個女同學。我在她窗外丟小石子，並學貓叫（這是我們的暗語）。她出來後，我即抱著她哭，一面向她解釋陰柔的悲劇；明白原委後的她很同情我，更加同情陰柔。我們打算將陰柔從屠殺現場搬回她家，替陰柔處理後事。但陰柔很重，死去、未具有反應能力的屍體更是沉手；當時才十來歲的我們倆根本無力將陰柔抬起，只好一人抓起一隻前肢，用拖行的方式將陰柔拖行到她家。我們將馬路搞得血跡斑斑，隔天清晨還有人以爲發生了命案。

陰柔的一顆眼珠被我老爸打得就快掉出來了。我們想將眼珠子給塞回去，可是怎麼塞都塞不回去。眼珠一塞入，就彈出來，好像眼窩裡有彈簧似的。後來，我們倆決定將牠的眼珠子給縫回去，但我們倆都不會用針線，只好作罷。最後，我們只好用三秒膠將牠的眼珠子給黏回去。接著，我們將陰柔用熊寶貝洗衣精徹底的洗了一遍，再將牠吹乾，可是卻把陰柔給燒著了。

「我的老天，我們把陰柔給搞得更慘了，」那位女同學說，「現在牠應該取名爲陰森了。」

因此，陰柔離開世界的樣子，不僅少了睪丸、眼珠，就連毛也被燒了一大半。

隔天，我們將陰柔下葬，並幫牠準備了三個洋娃娃大體（就是當初被牠咬爛的那三個陪葬——當然，還有牠的寶貝。

不知道陰柔現在好嗎？

□

也許，我在外在上看起來的確有些娘，但骨子裡，我是個百分百的男生；甚至我敢說，我是一個比大部分的男人還要有男子氣概的男人。小薇也曾如此形容我——就在我陪小薇去看她死去的弟弟的隔天。

那晚，小薇的家人眞的是瘋了呦。

小薇被她媽甩了無數次的巴掌後，他們家人竟沒有人伸手援救。她的阿姨甚至還大聲稱好，說眞是小薇帶塞（她的確用了這個詞），才將她老弟搞死的。然後她那個在大學裡教書、曾經出過幾本瞎說胡說的八股勵志書的老學究死舅舅（長相有幾分李家同的樣子）——我平素就痛恨他，蓄著八字鬍，總自以爲清高的他，曾指著我的鼻子，批評我沒教養、沒文化——也大聲譴責小薇，甚至還想動手打她呦。

這一家人眞如小薇所說的，都是瘋子。小弟的死，大家都很難過，可是這怎麼能怪小薇呢？

於是，我衝向前去，就是往小薇舅舅的臉上揍去。眞的、眞的很用力呦，我甚至感覺到自己的拳頭好像插進他臉裡似的。小薇的舅舅蹲在地上，像個女孩似的嗚嗚哭了起來。此刻大家都安靜了下來，目瞪口呆的看著我。

庭！」

「你們誰敢再欺負小薇，」我揚言道，「我就跟你們拚命！」然後我將小薇扶起，帶她走出這個家。臨走時，我對他們說：「你們是個變態的家庭！」

小薇後來跟我聊到這件事的時候，就會跟我說，其實我是一個非常有男子氣概的男人，她說：「不是逞兇鬥狠的就是男子漢，會保護女人的男人才是眞正的男人。」所以儘管我的父親（和大部分的人）認爲我是娘娘腔，但事實上，我不全然是娘娘腔，我也有很man的一面；我是最man的娘們。

所以，人根本沒有所謂的固定性格，就像我前頭所提及的，世界上沒有任何的固定框架。嗯，我是這樣相信的。好像我老爸吧，他雖是一個外表很man的男人，但事實上，他也有女性化的一面呦，就像《美國心玫瑰情》裡的那個man味十足的變態同性戀老爸似的。

我記得在我老哥撒手後沒多久，一晚我與小薇打算去看電影，而我媽則不知去向——自從我哥死後，我媽經常不見人。可是那晚小薇臨時告訴我，她需要去一個神秘的地方尋找答案，一個困惑她許久的答案，所以她不能去看電影了。

「需要我陪妳去找答案嗎？」我問她。事實上，我比她更需要人陪。

「不需要，」她說，「這神秘的地方只能我自己去。」

因此，那天晚上，我騎車送她到咖啡廳前。沒錯，就是她前男友的咖啡廳前。她說，她將在那裡叫計程車去那神秘的地方尋找答案。至於她爲什麼一定得到那間咖啡廳前叫車？——嗯，我沒問她（我不想戳破她），因爲我愛她，我尊重她的任何想法。

那晚天氣有點冷，我獨自回家的時候，都覺得背脊好像快凍傷了。但事實上，並不是溫度眞低得可凍傷我（台灣也沒這麼冷就是了），只是騎車時總習慣背後有小薇的臉頰貼著我，沒了她的體溫，好像眞的就要被凍傷似的。二十分鐘後，我抵達家門口，發現客廳的燈很奇怪，竟是鵝黃色的夜燈，而且窗簾是拉上的，感覺十分神秘。我將摩托車停在客廳前，將安全帽拿下，點燃一支菸，往家門口走去。

我走到門前，蹲下身子從紫色地毯裡拿出鑰匙之際，突然聽見裡頭傳來女人的呻吟聲，聽來好像受傷似的。我當下以爲我老媽回來了，我以爲她病了還是受傷或怎麼的。我很擔心，隨即將門打開。

□

不知道你們有沒有看過那部蠢電影呦？好像叫《靈異第六感》還是什麼的，印象中是布魯斯威利主演的呦。裡頭不是有一個皮膚慘白、看來詭異的小孩，他能夠見得到鬼，然後就有很多鬼拜託他替自己完成塵世未了的一些心願嗎？我也曾聽聞我老媽說過類似的事情呦。她說她以前在高中時，跟女籃校隊的隊長很要好，可是很不幸，她後來因車禍而殞歿了（好像打籃球時，籃球不小心給拋出校園，然後在撿球時被卡車輾過而死）。結果，在她死去的第五天吧，我媽遇見了她——還是在大白天，我媽從廁所裡走出來的時候呦。

「她好像在那裡等我很久似的。」我老媽說。

她說靈魂（我老媽用了這個假想詞）看來跟正常人並無二致；唯一的不同就是比較透明、比較輕罷了。我老媽說她一點也不害怕，因爲她眞的很喜歡她。

「如果你很喜歡一個人，你不可能害怕的，不管那個人是以什麼形式出現。」我老媽說，「當有愛存在時，所有的恐怖片都不成立。」我當時嚇了一跳；這還是我第一次聽見我老媽說出如此富饒哲學味道的話呦。

我老媽說她同學不斷哭泣。「靈魂的哭泣沒有動作，沒有聲音，沒有眼淚，但你就是明白——當一個靈魂在哭泣的時候。」我老媽又說。

最後，我老媽聽到一個聲音說：「我不是爲自己哭，而是爲妳哭呀。」在我老媽還沒來得及問原因時，她就消失了。她說她不確定那話是不是出自她同學之口，因爲那聲音並非透過耳膜、進入她的腦裡，而是逕從腦海裡浮上來的，像泡泡從海裡浮上來那樣的。而到現在她仍思不透那番話的意思。我老媽認爲，也許她同學企圖告訴她些什麼；但她不認爲自己有值得「被哭」的理由。

很奇怪呦，儘管一個人不信靈魂不信鬼，有時候還是會做出一些匪夷所思的事——就像我一樣，也許我是受我那迷信老媽的影響吧（只要相信靈魂存在的人，都會被我歸類爲迷信）。呦，人不管多理智，一些根深蒂固的思想仍會嵌在我們的心裡吧。如果靈魂眞的存在，那些愚蠢的思想——呦我想，就是靈魂的顏色吧——是無法與我們分離的。因此有時候，理智如我的人，還是會做出非理智的蠢事。

那晚，大概凌晨兩點半的時候吧，小薇跟我在一個難以想像的地方。好吧，先向你們透露好了，那時候，我跟小薇正在公墓裡——我們騎了一個多小時才抵達的。我們正在進行一件很不可思議的事，而且不僅不可思議，還帶有點實驗性（我想我們所做的事也是創舉吧），而且還非常難以完成呦。我想，難度直可比擬上外太空吧。

「我們是該完成我老弟的心願的。」小薇在她老弟死後的第五天告訴我。那時候我們剛做完愛，全身赤裸的躺在愛的小屋裡。

「心願？」我記得我反問她。我不記得小薇老弟有什麼心願——小薇也從來沒有告訴我。

「你忘了嗎？」她問，將大腿跨上我的大腿。

我側身夾住她的大腿，同時將自己的老二緊緊貼住她大腿。「忘了什麼？」我眞的不記得。

「小弟想看我們做愛呀。」小薇說，「我們必須完成小弟的心願，若沒有完成，我會有罪惡感的。」

「可是妳老弟都死了。」我納悶道。

「有辦法的。」她說。

於是，寒流來襲的凌晨兩點半，小薇與我一絲未掛的默站在她老弟的墳前。我們刻意將摩托車的大頭燈打開照在墳前，要不然，我們根本看不見彼此。這墓園一帶半盞燈也沒有，是完全的黑，彷彿置身眞空的宇宙，又好像周圍的光線已被憤怒的靈魂給徹底吃盡了。我看了一眼小薇，我感到小薇因低溫而微微發抖，我甚而可以清楚看見她身上的雞皮疙瘩。

「那我們現在該怎麼做？」我問小薇。

小薇抽了一口菸。「就做嘛。」小薇不在意的說，「小弟想看，我不想讓他失望。」說完，她將菸丟入一旁的水溝，走到摩托車旁，將車廂打開，取出一條上頭印了許多奇怪符號的鮮紫色毛毯——看來像來自什麼奇怪的新興宗教。她將鮮紫色的毛毯鋪在小弟墳前，然後躺下，將頭靠在小弟的墓碑上。

「來吧。」小薇說，將雙腳打開。

我點點頭，隨即開始搓揉自己的老二。

「快點噢。」她說，「很冷，而且好像就要下雨了。」

「可是……」無論我怎麼搓，我就是硬不起來。儘管我不信這種東西，但我感到四周圍有很多「人」在觀看我們；突然，我覺得自己好像A片演員，身旁站著很多「人」等著我勃起，好看我們做愛似的。再加上空氣有種難聞的味道，像豬糞，又像屍體在土裡腐爛的味道；我眞的無法提起欲望。「可是……我硬不起來，也許是太冷了。」

「噢，眞是，」小薇說，「你先過來。」

我脫下拖鞋，走上毛毯。

「跪下，」小薇說，同時坐起身子。她將口水吐在手上，開始搓揉我的老二，同時在我耳邊細語著：「如果你眞的愛我，你就應該幫我。我希望爲我老弟做點事……」

我深吸了一口氣，試著想像這兒就是我們的家，那溫暖又可愛的愛的小屋——我也不想讓小薇失望。終於，我硬了。可是就在此際，我感到天空落下了幾滴毛毛雨，天氣又更冷了。

「快點！」小薇說，將頭躺上墓碑，大腿敞開。

於是，我趕緊將自己插入小薇——再遲一秒，我想我就要軟了。

於是，在這氣溫十度的寒流夜裡，小薇與我開始在她老弟的墳前做愛。

我相信，若她老弟眞看到我們做愛的樣子，一定會很納悶，爲什麼人類會對性愛這麼著迷？因爲我們倆現在的樣子，根本不像沉醉在性愛的歡愉裡，而是好像兩個裸體的人在互相折磨似的。

「你射在我裡面吧。」小薇說。此刻摩托車的車頭燈突然閃了一下。小薇的臉消失於黑暗裡一瞬霎；我嚇了一跳。

「眞的？」我問她。

「眞的。」她說，然後又抽了一口菸。這場愛她做得很不認眞，我在她的身體裡抽插時，她仍在抽著菸。

「唔，好吧。」於是，我射入她體內。

「沒事吧？」我問小薇。

「今天應該安全。」小薇說，反應冷淡，好像也不在乎自己是否會懷孕似的。

做完愛，我累得癱在小薇身上。然後我將臉埋入她的乳房裡，她的乳房的味道很好聞，再加上做完愛的熱能，她此刻的味道更明顯。

「把菸給我，」小薇說，同時推開我，坐起身子。她將背倚靠在墓碑上說，「還有啤酒。」

我拿起毛毯旁的牛仔褲，伸手入口袋裡，將菸和打火機拿出來，遞給小薇。「要不要先穿上衣服？」我感到冷。

小薇聳聳肩，接過菸和打火機，隨即點燃。「啤酒也拿過來。」

我起身，走到機車旁，將車箱打開，拿出兩瓶海尼根。

「你知道什麼啤酒最好喝嗎？」小薇接過我的酒，同時問道。

「妳確定不穿衣服？」我又問小薇。此刻眞的很凍，又不時落下冰寒的小雨滴。小薇沒有回答我。我坐下，倚在小薇身邊。

「我的一個好朋友Terrian曾給我一種非常好喝的啤酒，」她說，拉開海尼根的蓋子，「從非洲的賴索托帶回來的。」

「賴索托？」

「嗯，」她回應道，「Lesotho。」她用英文再說了一次——我不知道這有什麼意義。她喝了一口啤酒，抽了一口菸。我看見一點菸灰從她手上的菸上落下，落到她的乳暈旁。

「那種啤酒喝了會讓你暈暈的，好像嗑藥那種感覺。」她繼續說道，「據說，那是一種必須泡馬肉一年才能釀造完成的酒。」此刻，她手上的菸好像快被雨水濡熄了。

「馬肉呀……」我重複道。天氣好冷，我也灌一大口酒來驅寒。

「唔，馬肉。」小薇說，「賴索托的人很常吃馬肉的，很平常的，就像我們吃牛肉一般。」

「眞的？」我問。

「唔。」小薇說。我們靜默了一會。我耐不得打起了寒噤，因爲今晚確實冷斃了，再加上我們才剛做完愛；我覺得全身的熱能已快被冷空氣給竊走了。我挪了身子，再往小薇身上挨近一點。

「你想，」小薇一會兒後說，我看見她眼睛周圍濕濕的，但我不確定那究竟是淚水還是雨水，「小弟看得到我們剛才的表演嗎？」

「一定可以。」我說。我撒謊。我認爲人死了就消失了。我不信人有靈魂。

「可是，我不信。」小薇說。今晚的她語調很平，不像她平常說話的語氣，也許是太冷了。「而且，人死了，哪來的靈魂？」

我沒有說話，同時有點訝異——原來，小薇跟我有一樣的想法。就在這時候，摩托車燈突然滅了，我們一下子陷入全然的黑。我們嚇了一大跳。我倆惶的站起身子，可是什麼也看不到。

「小龍，」小薇說，有點緊張，「快點把摩托車燈打開，我好害怕。」

「別擔心，」我說，「我在這裡。」

接著，我聽到有人在訕笑的聲音，而且還不止一個人——儘管我不信鬼神，在深夜的黑蒙蒙的墓園裡，聽見訕笑的聲音，我仍感到頭皮發麻。小薇在黑暗中拉住我的手。她的手很冰。

「小龍，」小薇細聲說，「你聽見了嗎？」

「我聽見了。」我說，「妳別怕，我立刻就去開車燈。」

「是鬼嗎？」小薇說，「我們冒犯祂們了嗎？」

「不是，」我說，「這世界才沒有鬼。」我環顧四周，朝笑聲的來源方向望去。我發現那裡有數個微微光點在飄浮著。接著，就在此刻，我們這裡突然像被大量的鎂光燈給照射似的——乍亮了起來。

在我們前方，出現了三個年約十七、八歲的青少年。

嗚呼——他們開始歡呼，同時鳴起機車喇叭。

「竟然有人半夜在墳墓打炮，太酷了。」其中一個穿著紅T恤的略胖青少年喊道。然後，我看見其中一個黃T恤的男孩將摩托車的車箱打開，取出一根約八十公分長的金色球棒，再砰地關上車箱。另一個藍T恤的金髮男孩靜靜的站在一旁抽菸。看見那根球棒，我心裡漾起不祥之感。那球棒讓我聯想起我父親打死陰柔的那根球棒。

我趕緊將全身赤裸的小薇擋住。然後我要小薇站起身子，再用紫色毛毯將小薇包住。可是就在這個當下，三個青少年全都走了過來，圍攏在我們身邊。

「你們想要幹嘛？」我問。我知道他們不懷好意。

「怎麼這麼自私啊，老兄。」剛才最先發出聲音的紅T恤男孩說，同時搓揉褲檔，「我們也想爽一下呀。」

「對呀，別那麼自私，我們剛看得口水都快流出來了。」手執球棒的黃T恤男孩也說，「你看，你的屌爽得都軟了，可是我們這裡還有三支硬屌還沒爽到啊，讓我們來讓你的小女朋友爽翻天吧。」

「你們他媽的最好別亂來。」我警告他們，手緊緊握著酒瓶。如果有人走過來，我心裡想著，我會將他的頭給打爆的。

「小龍，」小薇倚在我的身邊，緊緊抓著我的手。「我好害怕……」此刻我聽見小薇不小心的放了個屁——我知道她眞的很害怕。

「你女朋友叫什麼名字？」微胖的紅T恤男孩問道。我想他應該是他們三人中的首領，總是由他先發言。

「媽的，干你屁事。」我說。

「媽的，」紅T恤男孩罵道，接著向另兩個男孩使個眼色。兩個男孩突然衝向我，我將酒瓶往藍T恤男孩的頭上摜去，可是他閃過了，我只敲到他的肩膀。藍衣男孩哀號一聲，但隨即與另一個黃T恤男孩將我架住，我動彈不得。

小薇試著幫我，可是她立刻被紅T恤男孩抱住——我看見他已將褲子褪到膝蓋。他隨即將包在小薇身上的紫色毛毯一把拉開。小薇尖叫了起來。這讓我心中的怒火燒了起來，我試著掙脫，可是一點用也沒有。

此刻，藍T恤男孩用力的踹了我的膝蓋後方，我跪了下去。那男孩再用力踹了我的背脊，我整個人裸體癱在濕漉漉的泥地上。他再將我的頭壓到地上。我聞到濕泥土的味道。

「操你媽的，」他蹲在我耳邊吼道，一股酒味混雜檳榔的味道從他的嘴裡傳出，「你再打啊，你他媽再打啊，等下我就把你女朋友幹死。」他接著抓了一把土，塞進我的嘴裡，然後再將嘴裡的檳榔渣吐到我臉上。

「我操你媽的，」我將泥土吐回他臉上對他說，「你們這沒卵蛋的爛人。」

「幹你娘。」他說，「你還要嘴硬是吧。」藍T恤男孩站了起來。

「球棒拿來。」他對黃T恤男孩吼道。黃T恤男孩將球棒交給他。

「操你媽的B。」藍T恤男孩吼道，然後用球棒重重的往我的太陽穴敲去。我的耳朵即刻響起嗡嗡的聲音。再一會，我感到血液一滴一滴的從我的額頭往下淌，流入我的眼裡。突然，我看見陰柔吐血的樣子……

而在我失去意識的最後一剎那，我看見全裸的小薇被紅T恤男孩推倒在她老弟的墳墓上，哭吼著……

□

在我推開門前，不知何故，我心中有股不祥之感，一種好似有什麼不好的事情即將發生似的。但我是不相信人有第六感的，因爲我哥死亡之前，我根本沒有任何預感——那晚我還開心的跟我朋友在KTV唱歌咧。

但此刻，這種不祥之感著實強烈——我腦裡不斷出現一些可怕的畫面，例如也許是我老爸宰了我老媽，而胸口插著水果刀的我老媽躺在沙發上呻吟之類的。

我將門緩緩打開，裡頭隨即冒出一股很重的菸酒味，一種屬於墮落的味道。我走進客廳，看見電視正在播放著A片——那是一個全裸的大胸部金髮女孩拿支誇張的假陽具在自慰，同時不斷發出震天價響的呻吟聲。

原來只是A片的聲音，我鬆了一口氣，也許是我老爸忘了關電視。

我走上前去，準備關上電視的時候，赫然發現沙發上躺了一個人。

他穿著一套性感的女性睡衣，臉上畫了一個大濃妝，而他正閉著眼自慰。

「爸，」我訝異的說，「你在幹嘛……」

9

小mic，家裡電腦前，現在的PM 11:08

緣分是很難說的。

在這麼大的星球裡，人能夠相識的機率已經很低，更何況是相愛。

我常覺得，愛情基本上就像受孕，每個人都得像精蟲一樣盲目的游好一陣子，同時得經過許多條件的成立之後，才能啾的一聲——這啾的過程未必是順利愉快的——鑽進去自己所愛的人，然後暢快的相愛。所以，相愛是很難得的——不僅機率低，就連過程也很累人——就好像Nicks與我的相愛。

我前面已向你們詳敘過了，我的母親在我國小步入青春期的前夕驟逝。因此，在國中的時候，我有些迷失了自己。當時的我，總覺得自己活在黑暗裡——也許有點青春少女的無病呻吟吧，但我覺得自己的情況是很嚴重的。

在荷爾蒙的急遽變化以及母親死亡的雙重因素下，我找不到可以傾訴的對象。我常覺得自己好像在黑暗的迷宮裡徘徊，而且還是一座螺旋狀的、沒有出口的迷宮。此外，在這黑暗的迷宮裡，總會有一張巨大而蒼白的陌生的臉、一張看不清五官的臉，不斷的追逐著我。不知道爲什麼，其實這張臉一點也不可怕的（它的表情是一個溫暖的微笑），但我就是好恐懼，恍若我被這張臉追上時，就會被一口吃下似的。

我記得在國中時，一個冬季下午，那天突然下了傾盆大雨，雷電交加（我怕死了閃電與雷鳴），而且天色很黑，宛如夜晚似的。眞的，我一點也不誇張，眞的暗如黑夜似的。冬季的雷雨很不尋常，不知何故，我心裡突然有股莫名的恐懼，好像靈魂正被一種不確切的存在給恐嚇著似的。我感到驚慌失措，甚至開始頭暈、想吐——突然，我覺得我心裡面的那張白色大臉就要從某個角落裡跳出來，然後追逐我，再將我一口吃下，然後我就會徹底消失在這世界似的……

我猶記當時上課鐘聲剛響，班上仍在喧鬧、吵雜的階段，我聽見戴著滑稽深紫色粗框眼鏡的班長大吼一聲：「各位同學，已經上課了，誰再吵，我就登記誰！」就在她口中的「誰」字音結束的瞬間——宛如賽跑比賽的槍聲突然響起似的——我衝出教室門口，速度快得根本沒人發現我離開教室。

我狂奔，在大雨裡狂奔……

抵達操場時，我遽然停下，發瘋似的、死勁的踩踏地上的翠綠草皮，彷彿在洩憤似的。然後，我將頭髮上鮮紫色的髮圈狠狠的甩下，再將頭髮胡亂抓了一把，接著，我把裙子與腳上的那雙亮黑色皮鞋連同襪子脫下，再用裙子將皮鞋、襪子包裹起來，然後深呼一口氣，用盡全力往遠方拋去。當時的我有一種錯覺，我覺得自己已不存在了，靈魂在我體內紐絞成一條長而細的線，且不停的旋轉著；我頓然成了一個被荷爾蒙與悲傷控制著的傀儡，一個發了瘋的自我存在。

僅著紫色運動短褲、光著腳丫的我，又開始狂奔——從操場狂奔到體育館，再從體育館奔向後校門口。我根本不明白自己狂奔的方向與原因，只是一個勁兒的狂奔，彷彿只要我不斷的跑，我就可以躲過這些陰森的烏雲、閃過這些邪惡的雨滴，然後，我就可以看見光明似的。

然而，還沒來得及見到光明，我突然摔了一跤，整個人像滑壘一般，趴在地上。我感到自己的臉被地上的砂石刮傷，同時感到全身劇痛，好像骨頭就要散了似的。然後，我將頭埋在滿是水的泥地裡，開始痛哭。

這場哭泣來得很突然，真的，我不知道自己爲何而奔、爲何而哭——我好茫然。

我嚎哭了約十分鐘，大雨仍不斷從我頭頂落下——有那麼一瞬間，我覺得自己就要溺死了。其實，我很想就這樣死去，可是我的求生本能拒卻了——因此，我將頭抬起，深深的吸了幾口氣，就在這個時候，我看見我的前方有一個小而黑的老舊木箱，就卡在廢棄校舍的樓梯間下。

我不知道那只老舊黑木箱是哪裡來的、幹嘛用的——我只知道，我想躲進去，整個人蜷在裡面，像一隻蛹，一隻永遠不會孵化的蛹似的躲在裡面。

□

你知道嗎？其實有時候，我覺得空間與時間是揉雜在一塊兒的，好像兩種顏色的黏土互相揉合起來那樣的。而我們之所以可以區分時間與空間——以一種我們假想的度量衡——是因爲兩種顏色本來就存在。我們只要在上頭加上標記，就可以很清楚（卻也有些愚昧）的明白我們所處的位置。

然而，揉合總有力量太大的時候（也許是人爲因素，也許是後天不可抗拒之因素）；如果這種情況發生，人就會錯亂（這樣也許是更眞實的，只是我們不承認罷了）。好像小時候，我母親與我在法國自助旅行時，我記得我們剛吃完冰淇淋，然後我母親打算帶我去買爆米花。

「一種撒滿草莓果粒的爆米花呦。」我母親用一種讚嘆的口吻說道，臉上顯露出一種向日葵看到太陽似的微笑。

然後，我們轉過一個巷道，我記得我看見一個穿著豔麗、衣服上有很多金色星星的小丑。他臉上有一張鮮豔得過分的紫色大嘴，而手上正拋著好幾顆同樣豔麗的紫色小球——小球不斷的來回拋轉，且不時放大縮小，速度也忽快忽慢——有那麼一下子，我跌入了紫色小球之間所形構出的空間，我甚至看見自己正踏著紫色小球，一個踏過一個……我很被小丑先生吸引，突然，他轉過身來對我微笑，我整個心神瞬間融入他的紫色微笑大嘴裡，而當我轉過頭，想跟我母親說小丑先生正對我微笑時——我突然不確定自己身在哪兒了。

「我們現在在台灣？」當時我問我母親，「巴黎呢？爆米花呢？小丑的紫色大嘴呢？他的球球呢？」

我母親微笑看著我，說：「巴黎？我們上禮拜就回來了呀。媽下次再買爆米花給妳，好不好？」我憮然的望著我母親——因爲眞的，還在上一秒，我覺得自己在巴黎，而在下一秒，我卻發現自己身處台灣。而在那時候，我忽然領悟到，原來時間與空間只是一種虛幻十足的自我認知，也許是純屬於靈魂的；而人類那可悲的腦細胞，只要發生過度揉合的情況時，就會罷工（也有可能是裝傻），要不，就是編一套謊言來欺騙自我。似乎只要一切自我感覺良好即可。乏味。

□

我還記得那天下午，天灰撲撲的一片，我正在美術教室裡上美術課。當時的我，只是一個國小中年級的女學生，尚未步入青春期，我母親也仍然存在；不諱言，我當下自覺是個幸福的小女孩；家中獨女的身分，讓我一個人毫不客氣的擁抱了父母親全部的愛；我甚至不知道世界是有痛苦的，被父母親甚溺愛的我，總覺得自己擁有了全世界。

美術老師是一個長相怪異、性情冷僻的中年女人，而大家管她叫「白粉臉老師」——她的臉就像一張塗滿白色粉筆灰的板子；此外，她的五官異常細小，眼睛只有細細的一條縫，鼻子也很袖珍、很扁，而且白裡透黃，看起來像塊剛煮熟的干貝，而嘴呢？我懷疑她根本沒有嘴，因爲她講話的時候，從來不動嘴的。

白粉臉老師還有一個渾號，叫「白臉女巫」。據說，終生未婚的白粉臉老師是一個女巫，而且還會巫術，而校內一座長頸鹿雕像就是她的傑作。十年前，她冷血的將一個捉弄她的高年級男生——也就是將白粉臉老師命名爲「白臉女巫」的學生——變成長頸鹿雕像。當時大家繪聲繪影的流傳，白粉臉老師化身成一個美麗的、長著白色翅膀的裸體天使，引誘這位高年級的小男生在校園做愛，然後在他射精之際，他成了一隻長頸鹿雕像。不過事實上，後來我們才知道，那個男孩並非如傳言般成了長頸鹿雕像，而是死於血癌；變成雕像的這件事只是惡意的校園傳說。

白粉臉老師當天跟我們說，今天這堂美術課異常的重要——她將要我們從最深、最深的腦海裡撈出一張圖來；而她說，這張圖將會影響我們的一生。

「所以你們要好好的畫。」白粉臉老師說。她的聲音聽起來很特別，油油的，彷彿蒙著一層奶油似的，有一種甜膩的夢幻感。然後，她要我們開始冥想——事實上，當時的我並不知道冥想是什麼。

「大家把眼睛閉起來。」白粉臉老師這麼說，聲音很輕、很柔，「然後放空，放空，什麼都不要去想……」白粉臉老師不斷的重複著不要去想、不要去想……

開始的十分鐘，我仍無法進入狀況，我甚至還聽見隔壁男同學的訕笑聲。可是我不敢將眼睛睜開——不知道爲什麼，儘管白粉臉老師總是很客氣，但我就是很怕她——也許我根深柢固的相信她就是會把人變成長頸鹿的女妖吧。

「小mic，」我隔壁的男同學細聲問我，「妳眞的在冥想呀？」

當時，我眼睛仍緊閉著，也不敢說話。在這男同學對我說話的同時，我聽見白粉臉老師仍不斷的說著：「不要去想……」只不過聲音越離越遠，好像她已經長了翅膀，飄到很遠很遠的天際似的。

「妳別眞的放空呀，」隔壁的男同學又說，「要不然老師會把妳的靈魂抓走的。」

「把我的靈魂抓走？」我害怕的小聲問道。

「是啊，會把妳的靈魂抓走的。」男同學說，「把眼睜開吧，小mic。」

聽見他的說法，我很害怕，背脊一陣發涼，可是我不敢將眼睛睜開——我怕我一睜開眼，老師就會發現我不服從指示，然後憤怒的將我變成一隻長頸鹿。

「快點將眼睛睜開，大家都將眼睛睜開了。」他又說。

因此，我將眼睛緩緩的睜開——我眞的害怕靈魂被白粉臉老師給抓走。然而，因爲剛才雙眼緊閉的緣故，我睜開雙眼時，四周仍是朦朧的；我只在朦朧之中看見一團模糊的白。再過數秒鐘，朦朧逐漸消失，然後，我看見一個很嚇人的景象——白粉臉老師化作一張巨大的白臉！——而在我還沒來得及尖叫的時候，白粉臉老師的白色大臉狠狠的張開大嘴（嘴唇間的唾液像剛被咬落的披薩的起司似的牽著絲），一口將我吃下。

我也不知道我究竟是睡著了還是怎麼的，我只知道當我的神智回來時，我的桌上已然有了一幅畫。然而，那幅畫卻讓我大吃一驚，那竟是一對躺在一片綠得發亮的大草原山坡上的裸體男女；在他們之上的穹蒼好藍，好透澈，幾乎就像透明的似的。一朵小巧、玲瓏的白雲，飄浮在草原的頂端，看來好像有人忘了將吃剩的棉花糖拿走。

而這對裸體男女毫不害臊的仰躺在純淨的天空下，一人戴著一只耳機，好像世上沒有煩惱似的。國小的我看到自己竟畫出一幅如此豪放的畫作，我感到極度的羞赧，就連耳根子都紅了。

在我莫知所措之際，白粉臉老師霍地拍了一下我的肩膀，她問我：「妳還好吧？」我還好吧？……我心裡重複著這個問題。我不知道我是否還好，我更不知道自己爲什麼會畫出一幅這麼嚇人的圖。我發呆著看著我手上的水彩筆，我覺得此刻我的手不是我的手，好像有人握著我的手似的。

「這圖不是我畫的。」我對她說，把水彩筆擲在桌上，仍濕濡的筆端在桌上劃出一道彩痕。

「不要緊的。」白粉臉老師說。臉色煞白、兩頰削瘦，脖子細長的她看來就像一隻營養不良的長頸鹿。我茫無頭緒的望著她。我很害怕她會從口袋裡拿出一支妖術棒，然後將我變成雕像。

「藝術創作是一種最赤裸、最眞實的自我投射，」她說，「妳剛才已將妳內心最深處的力量給激發出來了。」

「赤裸？力量？」我重複道。當時的我不懂老師在說什麼。

白粉臉老師點點頭。「這是一件美好的事，很少人可以達到這種境界的。」白臉女巫將我的畫作拿起，仔細端詳。我聽見她刻意加大呼吸的聲音，彷彿傳達了一種讚賞的意味似的。此刻同學們開始鼓譟，他們也想看看我究竟畫了什麼傑作，竟讓白粉臉老師如此驚豔。然而，白臉女巫卻悍然變臉，以一種冷酷之至的口吻說道：「你們誰若再發出聲音，我就將誰變成雕像——老師說到做到！」班上頓時鴉雀無聲了下來。

「記住老師跟妳說的，」白粉臉老師突然轉頭看向我，臉上堆起溫柔的笑容——但我仍感到恐懼——對我說：「無論妳發生什麼事，妳都會好好的。這畫上男孩會幫助妳所有的事，他會幫助妳走過未來人生的低潮。妳是個幸運的女孩，小mic。」

「這個男孩……」我重複道。

「嗯，這個男孩。」她說，眼神有種很深的肯定，「就是他，他將是妳人生中最重要的人。」

「鄭老師，」班上突然出現鼓譟的聲音，「我們導師來了。」我往右邊窗口看去，我看見我們的班導師從窗口外向白粉臉老師招手，臉色凝重。白粉臉老師拍拍我的肩膀，說：「妳等我一下。」隨即走出教室與我們班導師談話。

我看著白粉臉老師走出教室。不知何故，我內心很激動——我再看一眼我桌上的圖畫，突然之間，我對於畫上的男孩有一種很深的感覺，好像我就要愛上他似的。不過，一會兒後，我又感到羞赧與害怕，因爲這仰躺的男孩的陰莖是勃起的，魁偉之至。

那並不是我初次看見陰莖，可是卻是我初次看見勃起的陰莖。我父親曾在我面前露出陰莖，他說，儘管我是女孩，我仍必須知道男孩的陰莖的樣子；他還告訴我，陰莖是男人最髒的武器，如果有人在我面前無端露出陰莖，我一定要保護自己。我父親不是變態，他是基於保護我的立場才這麼做的，而且我母親也在場；我們三人當時裸身在浴室裡。我母親還補充說，如果男人的陰莖變硬、變長，代表男人即將失去理智，他即將犯罪。「我的小mic，」當時我母親輕喊著我的名字，她的聲音很好聽，「答應我，一定要好好保護自己，好嗎？」

但，我當下未曾眞正見過勃起狀態的陰莖，因此我也納悶，爲什麼我可以畫出勃起狀態的裸體男人？

「這絕對不是我畫的。」我暗想道。

一會兒，班導師與白粉臉老師走進教室。她們一進來就走到我的面前——她們倆表情嚴肅，而且臉色鉛灰，彷彿才剛離開冰庫似的。有些豐腴的班導師走近我身邊，抱住我。我可以感到她的乳房碰觸到我的手臂。

「小mic，」她說，語氣哽咽，「老師現在要告訴妳一些事情，這是一件不好的事，但妳不要害怕，老師會陪——」

「妳媽剛死了。」白粉臉老師說，沒有附帶絲毫的情緒，好像只是告訴我，我母親今天會遲點來接我似的。

「鄭老師，別太直接——」班導師有點訝異。

「孩子不是白痴，」白粉臉老師又說，「小mic，妳媽早上被酒醉駕駛的公車撞上，她死了。」

□

我坐在辦公室裡——班導師的身旁；滿臉憂愁的她正撫胸盯著我看，好像若將眼神抽離，我立刻就會被公車輾死似的。一向溫柔、體貼的班導師替我泡了一杯美祿，可是我幾乎沒有喝。我並非哀哀欲絕得喝不下了，其實當時的我並不很難過的——也許那時我還不太理解死亡的意義吧。我傻傻的想，死亡只是一個人躺在棺材裡睡覺罷了，只要鬧鐘設定妥當，隨時都可以醒覺。而我無法喝美祿的原因是，我一直聞到一股酸酸的味道，酸到讓我很想吐，彷彿胃酸已經滿到我的口腔似的；再加上班導師和其他女老師不斷的安慰我——他們的表情都很類似，眉頭緊縮，眼神顯露出心疼、悲傷，誇張一點的則再加上濕潤的眼眶——我才慢慢明白死亡的嚴重性。如果鬧鐘壞了怎麼辦？我想道，或者鬧鐘沒電了？那該怎麼辦？媽媽是不是就不再回來了？同時，那股酸味也越來越重了。

我記得是阿姨來學校接我的。她看見我時，給我一個深深的擁抱，並在我耳邊細聲唸道：「沒事的、沒事的……」班導師接著也與阿姨擁抱，然後她們倆開始誇張的哭泣。在一旁呆坐著的我，感到有些煩悶（我急不可耐的想返家檢查鬧鐘是否設定妥當），不知道過了多久，淚眼婆娑的她們總算停止哭泣。我輕輕撫摸美祿的杯子，發現美祿都涼了。阿姨接著牽起我的手，帶我離開學校。出校門後，我們直接返家。阿姨希望我在家裡等待母親的遺體回來就好。她說我年紀還小，不需要到醫院看母親；她怕我會做噩夢。在車上時，我問阿姨究竟什麼是死亡？正在開車的阿姨深思了一下，然後告訴我，死亡是一種徹底的消失，她說未來我再也見不到我的母親了。

「所以跟鬧鐘沒有關係？」我問。我看見雨刷不斷的在擋風玻璃上左右擺動，聲音聽來咿咿哦哦的，像呻吟聲。

阿姨愣了一下，然後她抬起左手，將眼淚擦乾，對我說：「別擔心，還有阿姨在。」

「不管鬧鐘是否設定好，母親是不會醒了……」我喃喃的對自己說，「死亡是一種徹底的消失……」

原來，我再也見不到母親了。

我記得那夜下著傾盆大雨——眞的眞的好大哦。雨水不斷的從黑暗的天空落下，又不時有閃電從天空閃現，好像有一個穿著貼滿亮片的人躲躲閃閃的在天空上潑灑不祥的水豆子似的。

母親被送回來時，我躲在玄關的鞋櫃裡，我瞥了一眼手上的卡通錶，是PM 08:08。我很害怕的——腦裡不斷出現母親死亡的樣子。我不小心聽見阿姨和鄰居的談話，阿姨說，母親死得很慘，公車不僅一次壓過母親，在倒車時，又壓到母親的頭顱。

我記得他們將母親從救護車上抬下時，她被包得緊緊的——從頭到腳都用白毛巾包裹著。而當時大雨不斷的落下，不斷的落下，接著，我看見擔架上，包裹著我母親屍體的白色毛巾裡，開始有深紅色的血水滲出。血水順著雨漬，像條小河般流淌到我的面前。我彷彿可以看見母親獨自一人在血水裡泅泳，她滿臉血漬，哭泣著……

我阿姨咬著拳頭看著母親被抬下，而一向強壯的我父親單手掩面的趴在滿是雨水裡的水泥地上號哭——他的拳頭一次又一次的重擊水泥地面，好像一次又一次宣判母親的死亡。小小年紀的我終於也哭了——我不但失去了母親，還多了一個崩潰的父親……

就在此刻，砰訇一聲大雷，我大聲尖叫，昏厥在鞋櫃裡。

□

我醒來的時候，是Nicks在我的身邊。

當時，時間與空間又過度揉合了。我一度以為自己是在三年前，也就是我母親死去的那晚。可是，我看我一身國中的制服，才明白，原來，我在國中。我母親已死去三年了。我不禁笑了一下。腦細胞很蠢，我差點就被騙了。

「妳躲在這裡幹嘛？」Nicks說，嘴裡叼著一根菸。當時，雨下得很大，他嘴上的菸早被雨水給浸熄了，可是他還是叼著，還一臉理所當然。Nicks就這麼坐在我的面前，身穿白色制服與藍黑色短褲，腳上套著一雙暗紫色的運動鞋。雙手環抱曲在胸前的雙腿、坐在濕濡濡的泥地裡的他滿臉酷樣，彷彿此刻若有公車撞過來，他也懶得躲閃。

「你是誰？」我問他。我承認我第一眼看見他，就被他吸引了。我很喜歡他那痞痞的樣子。

「Nicks。」他說，撥了一下額頭上因雨水而沾黏的頭髮。他撥頭髮的樣子很酷。

「你要幹嘛？」我問他。

「妳佔據了我的房間。」他說。

「你的房間？」我又問。

「是啊。」Nicks點點頭，「這是我家，我的小天地。」

「不好意思。」我說，「我不是故意闖進你家的。」當我說出「家」這個字眼時，我覺得有點蠢。

「沒關係。」Nicks說，語氣仍帶酷勁，「這是一個可以治療人的地方——妳可以待，要待多久都可以。」

「謝謝。」說完，我們突然陷入沉默。我撥撩一下額頭前的頭髮，同時我聽見一種嚼口香糖的聲音。我看了一眼Nicks，發現他正低著頭沉思。

「要不要抽菸？」Nicks從口袋裡拿出一支菸對我說，可是這菸完全濕了。「只不過，菸是濕的。」Nicks說完，笑了起來。他的笑容很好看，很陽光、很亮，很眞摯。

「不用了。」我說，也笑了起來。「我不抽菸。」

「好吧。」他說，又把菸塞回口袋裡。

此刻，恍若透明的、發著亮光的細小彩帶的雨滴不斷的從天空落下，不知何故，我感到有點爛漫。

「欸，妳介意我擠一下嗎？」他突然問，「我想妳也知道，現在雨下得很大的。」

我搖搖頭，說：「一點也不。」同時挪了一下身子，Nicks側身擠進這小箱子裡。我聞到他身上有股淡淡的汗水味道；那味道很迷人，像草原清香。

「會感覺到擠嗎？」Nicks問我。

我搖搖頭。

「休息一下，讓這個小空間撫平妳心裡的傷口。」Nicks語罷，將頭靠上我的肩膀。

而Nicks與我，就這樣成了一個蛹裡的兩個存在，直到隔天清晨。

□

原本Nicks死後，我以為自己會失去愛人的能力，就好像之前我跟你們提過的，我一直覺得，人的一輩子只能愛一個人，而這樣是很美的，就像我媽對我爸的愛情。因此，我也一直以為，我可以就這麼愛著Nicks。

此外，我一直相信白粉臉老師所說的，我以為Nicks就是畫裡的赤裸男孩——那個會幫助我一生的人。他的確是幫助我走出青春期迷宮的人，自從認識Nicks之後，我再也不曾身陷迷宮、被那張可怕的白色大臉追逐。因此，我眞的無法接受Nicks自殺身亡的消息。如果他死了，那我怎麼辦呢？誰來幫助我呢？我再也不是一個幸運的女孩了。

我眞的好愛、好愛Nicks，愛到好像我是因爲他而存在似的。

那Nicks對我的愛呢？我也這樣反問過自己。如果他眞的愛我，他就不該自殺的，眞的不該……

我想，我永遠也不會知道。

Nicks一直是一個很飄渺的人。我常覺得他彷彿生活在另一個世界裡似的；而他的確，也經常表現出生活在另一個世界的樣子——尤其當他在作畫的時候——好像他的自我已經依附在畫裡似的。我想，他是用他的自我在作畫、用他的靈魂在作畫，而我就喜歡待在他旁邊看他作畫；那時我可以看見一個專注、迷人，且有力量的靈魂。他作畫時偶爾會望向我，而就在那一瞬間，我知道他是愛我的，因爲畫是他的全部，而我可以介入他在作畫時刻裡的自我，足以代表我在他心中是有所存在的。我想，我有取得部分的他，部分的他的靈魂，和部分的他的愛。

可是，我的愛卻是他的全部。

很不公平。

然而，人生有什麼是公平的？

小mic，愛的小屋，一個月前AM 04:35

這天是Nicks忌日，而在這夜，我沒有靈魂，因此就這麼漫無頭緒的出走，像一具行走的屍體。我不知道我走了多久、跨越了幾條街，也不知道我眼前所見聞的一切事物；我只知道，我想走，然後期待下雨，因爲一旦下雨，我就可以狂奔，然後我會摔倒，而同時，我可以看見一個黑色的木箱子，接著我會躲進去，然後在裡頭失去自我，而在醒覺之際，Nicks就會在我的身邊。

然而，現實總不如幻想，我沒有看見黑色的木箱子。

所以，我在7-11暈厥了，傷心欲絕的摔倒了。

這晚的前半段，我很痛、很苦，但跟這夥人聊過之後，我的心情開朗多了。我很喜歡這夥人的感覺，好像我們是一群認識很久、很久的朋友。坦白說，在我到目前爲止的人生裡，除了小薇和一個同性戀的男生好友外，我沒有其他的朋友，因爲我將生活的重心全放在Nicks身上了。

「妳跟Nicks的相識好離奇，」小龍說，手拷在小薇的肩上。此刻，他們倆看起來眞是一對很可愛的情侶，「後來妳有沒有問過Nicks，究竟他是怎麼知道妳躲在那個小木箱的？」

「我有問過，但Nicks說，是我先躲進他『家』的，所以這個問題應該是問我才對。」我說，「Nicks一直是個很神秘的人，我跟他相愛了這麼多年，他從來沒有說過他愛我。」

「很多男人都是如此的。」小薇說，「很多男人都無法對自己眞正的愛人說我愛你的，好像說了那句話後，自己就再也無法勃起似的。」

「有點不公平，」我對他們說，「爲什麼我只能取得他部分的愛？我已經給Nicks我全部的愛了。」

「我很能體會這種感覺。」小薇說，口氣有感嘆意味。我想我知道她感嘆的原因；她在感情路上也跌得夠疼了。

「也許妳已取得他全部的愛而不自知罷了。」小龍說，開始壓擠手上空的可樂罐，發出尖銳的刺耳聲響。

「我想不是。」我說，「如果眞是如此的話，我想我一定知道。」

「我的想法跟小龍一樣。」阿司此刻也說，「男人眞的無法將愛說出口的，那太彆扭了。」

剛阿司才結束他的「分享故事」——我想，我的心情能恢復，有泰半的原因是因爲阿司，他的故事太有趣了，尤其是他與阿歡之間的事。然而，我知道這些事對阿司來說，一點也不好玩，而是很痛的，我可以從他的眼神與口氣感覺到他的傷感。但不知怎麼的，我就是想笑。或許我們都是如此，總把別人的苦，當成幽默——這是人性慣常的一種殘酷吧？

那，我的苦呢？

他們覺得好笑嗎？

也許笑在心裡，沒說出來罷了。

雖然，我才第一天認識阿司，但阿司給我的感覺很好。他感覺起來沒什麼心眼，就是一個很單純的大男孩。不知道爲什麼，我總覺得阿司的外表有一點點Nicks的味道（他們倆事實上是完全不像的）——有時候在他說話的神情裡，我幾乎以爲他就是Nicks了——但，他的個性卻與Nicks南轅北轍，好像Nicks的身體裡，裝著另一個靈魂。

「阿司你不要說話啦，」小薇突然對阿司說，「你一說話，我就想笑。」說完，她嗤嗤的笑了起來。

「爲什麼？」阿司搔搔頭，苦笑著說。「我的愛情故事明明就很傷心，爲什麼你們聽了我的故事卻都笑了？」我看著阿司，突然感到有些心疼；也許，我們不該笑他。

「本來就很好笑。」小龍也接腔，「你天生就是一個很有喜感的人，眞的呦。」

「小薇，」我問小薇。她剛才向我們分享她弟的故事。她說他生病了，而且還是很嚴重的病。「妳弟還好吧？」

「應該還好啦，我上禮拜才去看過他，也送了他一套衣服。」小薇說，「我想我老弟很堅強，世上沒什麼事可以讓他痛苦的，別擔心。」

「沒錯的呦。」小龍也說，「這小子很屌的。」

此刻，我們陷入沉默。我望向窗外，發現窗外晨光熹微。

「我想，」我說，「我該離開了。」已經即將天亮了，我想回去休息，也想到外頭透透風、清清心神。我很疲倦。

「噢，」小薇說，「這麼早就要走了噢，我還想跟妳多聊一下的咧。」

「以後可以常聊呀，」我說，「又不急著現在。」

「說的也是噢。」小薇說。

「那妳怎麼回去？」小龍問，「需不需要我送妳？」

「不用了，」我說，「我搭火車就好了。」

「搭火車？」阿司問。

「嗯。」我說。

「我待會也要搭火車。」阿司說。

「那我們可以一起走。」我提議道。

「等等，」小薇突然說，「我們拍張照好不好？我總覺得今天是很值得紀念的一天。」

「好主意呦。」小龍附議道。

我看了一眼阿司，我感覺他面有難色，不過他沒說什麼。小薇走到電視前，將電視上的

Sony T100拿下。她將相機打開，調成自動拍照模式，然後又擱上電視。

「大家來噢，開始倒數囉，」小薇興奮得跑到我們身邊，「Say Cheese——」

五秒後，相機的閃光燈啪嚓一聲的閃了一下。

10

阿德，市區租賃房間的電腦前，現在的PM 11:00

你相信奇蹟嗎？

如果不信，那麼，你相信神蹟嗎？

如果你都不信，那我覺得你好可憐的吶——因爲你活在純現實的世界裡——那樣實在太累。

吶，是啊，人得現實，沒必要掩耳盜鈴地以爲世上全是美好，但走極端卻也不好，活在全然的現實世界可是件很可怕的事——那代表你沒有任何的幻想，你僅相信現實世界裡的一切。然而，現實世界裡有什麼呢？吶，除了殘酷之外，我彷彿找不到更眞實的存在。這可眞是一點都不好玩的吶，人生有趣就是在於假想、幻想，或者其他的精神寄託，因爲人活著很累的，一定要有所寄託才能比較輕鬆吧。而若你在精神上能有所寄託（就算完全跟現實脫軌也沒什麼大不了），這代表你能有所調劑，你是一個幸福的人吶。

□

我想大家也許不知道我是誰——我在小mic的文章裡曾出現，事實上，我在阿司的文章裡也出現了；但我想，大家應該眞的不記得我是誰吶。在一個故事裡只出現過兩行的過客，是沒有資格被記住的，好像在眞實的人生裡，與自己擦身而過的人，也註定會被遺忘。

我叫阿德，也就是阿司的文章裡，那一頭撞進DVD店，用手機向小mic宣布Nicks的死訊的那個瘟神；事實上，我在小mic、阿司的文章裡出現原由是一樣的吶，差別只是在於形式：一次在電話裡現「聲」，而另一次是眞實出現罷了。眞實的人生或許也是如此的吶，儘管身邊的人確實存在著（當然死人必須剔除在外），存在的形式卻不斷的更迭著；有時我甚至懷疑，也許在可見形式外的一切人物都處於一種休息狀態，你知道的，好比在補妝、上廁所，或者偷吃零食等諸如此類的，而只有我們自己本身，是無法休息的吶。

不是有人說，人生只是一場戲嘛？……我贊同這句話，只是我認爲人生不僅僅是戲，還是一場可悲，且駭人的獨角戲吶。

說到小mic，我想我應該先跟大家介紹一下她跟我之間的關係吶。小mic跟我認識不算久——我們是因Nicks而認識的，但我們非常的要好；我是小mic最好的朋友，小mic也說，除了她阿姨之外，我是最了解她的人。

你知道嗎？其實像小mic這般甚有吸引力的女孩在交友方面很容易遇上挫折的；女人不願意和她做朋友，因爲她太美了，美到讓人嫉妒；其次，又因爲她太美，她無法擁有單純的異性朋友——每個男人見到她都會對她產生性慾，每個男人自慰時都會想著她，因此男人也無法與她做朋友——沒有人可以和自己的性幻想對象維持普通友誼的吶。因此，只有我這種不會被她吸引的男人，才可以和她做朋友。

我爲什麼無法被她吸引？

因爲我——深吸一口氣——是個同性戀，而且我也的確像阿司所敘述的，是個娘娘腔。不過這沒什麼大不了，因爲這根本沒什麼；如果你還覺得同性戀很怪異、很噁心，那我覺得你很可悲，因爲你無法與時俱進，你是個可悲的落伍者。

你知道嗎？我不像一般同性戀那樣，對於自己的身分感到痛苦，或者認爲當個同性戀很不幸。甚至，我一直很慶幸自己是個同性戀，因爲我覺得當個同性戀很酷——我們大多數都很有才華，很有性格，不像一般常規的人那般，無聊、乏味。

當個普通人是最可悲的事。我記得有部電影是這樣說的。

此外，在這畸歪的世界裡——不好意思，我用了這難看的字眼，因爲我找不到其他更適合形容「世界」的形容詞了——我們同性戀比起你們這些所謂的正常人，要能看見更多的色彩。我們總是從一個更爲廣泛的角度來看世界，因爲大多數的我們，同時具有男人與女人的靈魂，我們的世界是具有雙性色彩的；當你可以從一種跨性別的角度去看待世界時，相信我，你絕對可以比別人看見更多元的色彩。除此之外，我們也可以享受多層次的性愛，比如，我可以在一次性愛中同時享受插入與被插入的快感，有一種被征服與征服的複雜成就感，這可眞是銷魂呀（箇中滋味只有當事者才能體會的吶）；此外，我也曾跟女人做過愛——我從來不排斥，但也不怎麼喜歡就是了——跟我做過愛的女孩只有一個，叫Marie，其實你們也認識她，她就是DVD店裡的那個胖女孩。是啊，我曾與她短暫的交往，不過這是後話了，有空我再跟你們談。

我的生活如此絢爛、多彩，你說，我可憐嗎？

吶，其實，同性戀根本很正常，我的一個曾到非洲做義工的女同性戀教友Terrian（也是副會長）曾經告訴我，其實啊，非洲——正確應該說她所待的那個國家，但我忘了那個國家名字——對同性戀是很大方的，因爲他們並不認爲同性戀有什麼不同；她還說，在那個國家的街道上，時常可見要人尊重不同性取向的招牌。

例如，請尊重我的選擇，因爲這是我的人生。

或者，我很自信做一個同性戀。

所以，如果你還認爲同性戀噁心，那我會覺得你好可憐，因爲你活在過去，就連非洲人都比不上吶。

□

我是一個牧師。

是啊，我是基督教的吶。我們是台灣可憐、寥落的同志基督教團體之一。我們的教會每週定期聚會，而且我們很大方的，會員資格並非限定於男、女同性戀，如果你是異性戀，你也可以參加（我們是很歡迎的），但條件是，你至少不能討厭、歧視同性戀；雖然在上帝面前，人人都是平等的，但如果你仇視我（儘管我不會因此而仇視你），那當然，我很難平等對待你了。

我知道你可能會訝異，因爲我們是同性戀，又組教會，這樣似乎根本褻瀆了基督教義。事實上，如果你這麼說，我也不意外，因爲很多人都如此認爲，不單你一個，況且我們也不在乎你的看法（儘管我們都愛上帝）；如果我得活在你那愚蠢的言論下，那多辛苦吶。

至於，同性戀是否眞的褻瀆了基督教？……這個問題已吵了曠日彌久，而且也有很多爭議，我們在這裡也沒有必要再談。我只能說，如果你心裡帶著歧視，那麼，我相信你不是眞心愛耶穌的，因爲耶穌覺得，每個人都一樣，每個人都平等，而我們都是上帝的子民吶。

而現在，我要告訴你們一個很有趣的故事，是關於我朋友的故事，而這個故事可以讓你們見證上帝，見證神蹟，同時，也可以證明上帝是不恨同志的。

我的那個朋友叫Ned，是我從小到大、形影不離的好朋友。Ned長得非常帥氣吶，皮膚白皙、五官細緻又深邃，臉卻只有巴掌大，然而他卻絲毫沒有女性氣質，他就像一個保有男子氣概的洋娃娃。此外，Ned很重視外型，他尤其喜歡改變髮型；但不論他怎麼變，他還是一樣帥氣，彷彿每個髮型都是爲他設計似的。

Ned也是同性戀，但可惜的是，他一點也不喜歡我，也許是因爲我太娘娘腔了。他曾告訴我，如果他愛上娘娘腔，那麼他就背叛自己同性戀的身分了；他只能喜歡有男子氣概的人。

Ned的個性非常溫柔，且好相處，但他的缺點是嚇死人的固執，而且佔有慾非常強。他常告訴我，我是他最好的朋友，雖然他無法愛我，但他無法接受其他人與我友好；因此，我只能有他這麼一個朋友。但是吶，我卻可以擁有很多的情人（他一點兒也不在乎）；他說，除了愛情這一塊外，我的一切，他都想佔有。

可是，我最想給他的這一塊，他卻無法接受。

吶，愛情不能勉強（我也沒這個資格去勉強）——不過，我一直覺得能當他朋友就很幸福了。

□

而我的工作是封面設計，我是小說封面的電腦繪圖師。不知道爲什麼，也許是緣分吧，我設計的泰半是男同志情色小說的封面，但偶爾也可以接到一些異性戀羅曼史的小說案子就是了。

一回，深夜，我正加班修改一張小說封面。小說的封面是一個裸體男孩爬上天梯的畫面。我正在修改他的裸背，但我怎麼修改都無法滿意，因此有點沮喪。我坐在電腦前，發呆，一面抽著菸，啜著咖啡，同時回憶Ned的裸體——我愛死他的裸體了。但是吶，我卻不能畫出像Ned一樣完美的裸男。

沮喪。

此刻，電話響了。我看了一眼電話，發現是Ned打來的。對於此刻他的電話，我心裡多少有些明白。我接起電話，不出我所料，醉醺醺的他開始告訴我，他愛上了一個叫尼克的男孩，然而尼克卻不愛他，接著，他開始在電話裡哭泣。Ned的哭聲很讓人心疼，好像小鳥因受傷而嗚咽似的。

這不是他第一次如此告訴我，他愛尼克很久、很久了——我想，至少超過三年有吧。然而，尼克卻不愛Ned，因爲他是異性戀，他愛女人——吶，要一個異性戀的男人愛男人，就像叫野豬飛上天般的不切實際吧。

Ned酣醉時分總習慣打電話給我，且一定會如此向我訴苦：「阿德，你知道嗎？我昨天愛上了一個男孩，他叫尼克——他說他想愛我，可是他卻無法愛我。你能告訴我原因嗎？他說他很想愛我，眞的、眞的很想愛我——但爲什麼他總不能眞正愛我？阿德，你能告訴我原因嗎？」Ned總把他深愛尼克的事說得彷彿我從未聽聞過似的。

其實吶，Ned的英文名字原本不是Ned，而是Ped——他因尼克而改名爲Ned（愛情總可以叫人做出匪夷所思的事）。

吶，Ned很苦，我也很苦，我想，尼克也很苦。我覺得我們三人彷彿被綁在一條平行的愛情軌道上——我愛Ned，Ned不愛我；Ned愛尼克，而尼克卻不愛Ned——吶，我眞希望有部無情的火車能夠攔腰駛過這條可恨、可悲的愛情軌道，好讓我們都輕鬆一點……

尼克我也認識，他是個不帥，且性情古怪的人。一回深夜，他打電話給我，向我詢問一些奇怪的事；更匪夷所思的是，電話裡的他，總忽略我，儼然視我爲空氣。

「阿德，你知道有什麼方法，可以愛上一個自己無力愛上的人嗎？」尼克在電話裡問我。我在電話的那一頭聽見不斷用力咀嚼的聲音（有點像嚼口香糖的聲音）。我猜想他正在吃某種很硬的東西。

「你說什麼？」我問他，「你在吃東西嗎？」咀嚼的聲音有些擾人，我不禁問。

「我很喜歡Ned，」他繼續說道，咀嚼的聲音突然停止了。也許他根本沒在吃東西。

「然而，我無法愛他，因爲我不是同性戀。」

「愛情是無法勉強的，尤其是跨性向的愛情。」我說，「通常，對我們來說，愛上一個不同性向的人，幾乎都是悲劇收場，而且這種例子不勝枚舉。」

「我知道Ned很愛我，」他自顧自的說道，「我也知道他因我而痛苦——其實，我也很不忍。」

「可是若你不能愛他，」我對他說，「那你應該離開他，這樣他會比較好過——你需要殘忍一點。」

「尼克，」我重申道，「我是說眞的——如果你不能愛他，你必須殘忍一點。」

電話裡的他忽而一聲不吭，也幾乎在同時，又出現咀嚼的聲音。

「我想，我得想個辦法讓自己愛上他。」五分鐘後他說，「嗯——沒錯，我得想個辦法。」

□

「Ned，」我問他，「你又在那裡了嗎？」

Ned仍在哭泣。

「你先別哭。」我說，「你聽我說好嗎？」

Ned沒有理會我，仍在電話裡哭泣。因此，我將話筒放下。我無法一直聽他哭泣；並非不耐煩，而是我會心疼。

五分鐘後，我拿起話筒。「Ned。」我說。

「你擱下話筒了？」他問我，抽噎著，「你難道不在乎我了嗎？」

「聽你哭泣，我會傷心。」我說。

「唔。」

「你現在又在那個地方嗎？」我問他。

「唔。」

「別做蠢——」我的話尚未結束，他就將電話掛上了。

Ned每次失意，就會到「洛果酒吧」。洛果酒吧在同志圈裡相當受歡迎，半夜門口屢見絡繹於途的排隊人潮。一些對同志友好的知名歌手經常選擇在洛果舉辦歌友會、簽唱會等諸多活動；正因如此，洛果屢屢在新聞媒體上曝光，知名度不算低吶。但事實上，洛果是一間墮落的同志酒吧，裡頭充斥毒品、骯髒的性愛與罪惡。警方經常臨檢洛果，數次被查出毒品以及性交易，曾被勒令歇業三次。我恨透了那間酒吧，我自認是個光明的人，我不懂爲什麼有些人總要到那種見不得光的地方吸毒、雜交。我覺得這樣墮落是一件很蠢的事吶。

這間酒吧的老闆就叫洛果（事實上他只是掛名老闆，眞正的幕後金主是一個愛戀洛果的同性戀男子）。洛果是個異性戀男子，而且是個身材高眺、長相帥氣的中美混血的美男子。儘管外貌姣好、討喜，洛果卻不是一個好人；他靠毒品牟利，他是個販賣毒品的混帳吶。

Ned之前很迷戀洛果，而洛果也明白。事實上，洛果深知自己廣受同性戀的歡迎，因此支使Ned和其他同志販毒，而代價是上床；他甚至擁有一票同志替他販毒，他稱他們爲「藥票子」。這群藥票子非常死忠，有回洛果被警察臨檢，店內被查出毒品交易，而當時有人向警方通風報信，指控這些毒品全爲洛果所有；洛果因此被帶回警局偵訊。而令人驚訝的是，後來竟有不少藥票子自願替洛果頂罪——更可悲的是，這些藥票子還爭相爲洛果頂罪，甚至指控對方作僞證，只爲得到洛果的愛。

而Ned就是其一。

這種愚愛，我想，是世上最可悲的愛情吧。

「我要犧牲！」Ned那晚對我說，「這樣洛果才會知道我對他是眞心的。」我奉勸Ned千萬不要做傻事，沒想到，Ned隔天就赴警局自首，說店裡的藥全是他賣的。

我請同志教會裡一個法律顧問幫忙，耗了好大功夫，Ned才免於牢獄之災。後來，在我的百般勸說下，Ned才學聰明，打消得到洛果的愛的念頭。不過他仍三不五時與洛果做愛，尤其在他失戀的時候——可憐的Ned總是處於失戀狀態中，因爲他總是愛錯人，總愛上異性戀的男子，好比早先的洛果和後來讓他痛徹心腑的尼克。

與Ned通完電話後，我即驅車前往洛果。

車駛出車庫之際，我才發現那夜很靜。我擔心吵醒街道上的行人（其實整條街道上也只有一個推著運垃圾手推車的老人），刻意放慢速度。也許眞正原因是——我不想見到Ned，那失魂落魄的Ned。每次見到如此的他，我就得傷心好一陣子。我不懂如此可愛迷人的Ned爲何要自我放縱，自我毀滅。他的外表可以讓他取得世界的一半美麗，爲何他還不滿足？……

只因爲這該死的愛？

愚蠢。

還是，這就是現實的悲哀？……

約莫半個小時，我抵達洛果。我開車很慢，因此事實上，眞正的車程應該是十分鐘。那剩下的二十分鐘到哪裡去了？我不知道——也許這是一種過慢的損失吧——因爲我在開車時，總會做白日夢，而這白日夢總是關於Ned與我。

我總是夢到Ned與我裸體交纏。

□

拜賜於洛果酒吧的前科紀錄，這一帶成了警察密集巡邏的重點地區，因此我有點擔心被臨檢。我恨透警察了。警察臨檢我時——尤其是搜身時——總是會消遣我，不是故意大喊：「我這樣不算性騷擾吧？」又或者逕自問我：「你究竟是零號，還是一號？」很多時候，我都懷疑，警察是蠢蛋的化身。

我將車停在洛果前，看看後視鏡裡的自己，稍稍整頓一番後，我才下車。我不想讓Ned看到不整齊的自己；雖然我明白自己與Ned無法做情人，但我仍很在意自己在Ned前的樣子。我不允許自己在Ned面前醜，一點也不行。

我總得深吸一口氣，才能進入酒吧。那些齷齪的黑暗、那腐惡的毒品氣息、那荒誕的愉悅、那放蕩的吵雜、那刺鼻的煙霧（空氣彷彿都被取代了），那潛藏的骯髒性慾，與那無止境的墮落云云，總讓我頭皮發麻，甚至讓我窒息。

來洛果尋歡的每個人看來都像失了靈魂似的，又好像他們靈魂裡已沾上撒旦的色彩；他們宛若一群被上帝拋棄的孩子。我向耶穌禱告，希望他們能早日得到救贖。要不然，總有一天，他們會像Terrian在非洲時，在MSN上向我敘述的那樣：黑人偶爾會全身抽搐倒地而死——當他們背叛上帝的時候。

坦白說吶，我無法理解這些同性戀爲何非得如此摧殘自己，好像在控訴同性戀的身分過於悲哀似的（我從不如此認爲）——吶，就算身爲同性戀很悲哀，也沒有必要如此對待自己，好比若你已經長得嚇人，你就更不該再把自己搞肥是一樣的道理。

「如果你們還想生存，就不該繼續背叛上帝。」我掩著口鼻碎碎唸道，快步走過一樓這墮落的酒吧區，直上二樓。

二樓並非比較高級，甚至比一樓更加令人難以忍受，二樓是「打炮區」。原諒我使用如此鄙薄的語言——我覺得同性戀是高貴的生物，不應使用難看的字眼——因爲二樓門口就這麼寫著：

歡迎進入打炮區

Welcome to SEX AREA

打炮區的房間大多是未闔門的，經過二樓走廊時，我刻意將眼神放空，甚至還將雙耳罩住；我不想聽聞兩側房裡的墮落春色。

206房

Ned一定在裡頭。

我趨步走到206號房前，將門打開，隨即冒出一陣煙霧。裡頭又悶又熱，還充斥著一股精液攙雜汗液的臭味。

「Ned。」我喊，同時揉揉眼睛。約莫過了十秒鐘，我才在這煙幕瀰漫的房間裡，看見房裡的景象。

我看見Ned全身赤裸的、大字形躺在一張水床上。他雙眼微閉，嘴巴微張，而他的老二是聳立狀態的——Ned有一支非常漂亮的陰莖，不管是形狀或是色澤，皆幾近完美；如果上帝有人性，我想祂也會嫉妒Ned的陰莖吶。

「你又注射了嗎？」我坐上水床問他，同時伸手握住他。這不是我第一次握住他——雖然Ned無法愛我，但我們做愛。

「我們做愛無關愛，」Ned曾對我說，「只是發洩罷了。」

「Ned。」我又喊他，伸手撫摸他的臉龐。此刻，我感到肝心若裂，我不知道他爲何要如此傷害自己，就算尼克不愛他，還是有很多人愛他的呀（我不能算其一，因爲他無法接受我的愛）。這幸運的傢伙爲何非得如此執迷不悟？爲什麼非得這麼傻？……

「深根者難自拔。」Ned曾如此說道，「你沒聽過這句話嗎？」

「阿德，你來了。」洛果這時從房外走了進來。他同樣全身赤裸，也許他們倆才剛做完愛吧——這讓我感到有點嫉妒。洛果這傢伙總想將我納入他旗下的蠢藥票子，但我就是不吃他那一套吶——即便他很迷人，身材頎然壯碩、臉蛋俊俏，儘管已四十歲的他，仍保有二十歲的體態；我無法否認，他的裸體眞是好看，幾乎完美——我就是不甩那該死的混帳。

「你別煩Ned了，他還在爽，我剛替他注射了。」洛果說，挨近我的身邊。他刻意將老二貼著我的手臂，同時用食指背輕撫我的臉，柔聲說：「你要不要過來一起幫我？我知道你們同志都很哈我，而且我也很喜歡你。」說完，他將手放上我的大腿摩挲。我將他的手用力拍開——我討厭爛人，就算再怎麼吸引人；如果個性爛，我就討厭！

「Ned，」我再喊一次，「我們走吧？」

Ned此刻眼睛微微張開。「阿德？」

「Ned，」我說，「你不是答應我不再碰毒品了？」

「阿德？」Ned又喊了一次，接著他緩緩的坐起身子，然後抱住我，隨即開始哭泣。我覺得此刻的房裡好灰。

「別哭啦。」我撫摸著Ned的背部，我喜歡他背部傳來的溫熱體溫。「乖，別哭，有我在這——阿德在這陪你。」

我們倆就這樣相擁著，Ned在我身上不斷的顫抖啜泣，持續約十分鐘。在一旁抽菸的洛果盯著我們看；他的表情很奇怪——彷彿帶有歉意，卻也有嘲笑意味。

「那我們走吧？」我對Ned說。

Ned點點頭，緩緩將頭離開我的肩膀。我看見他將雙手放在臉頰上，像洗臉似的搓揉一陣後，抽抽搭搭說：「我想去一個地方。」

「哪裡？」我問，但我八成猜得出。

「教堂。」他說，「我想去贖罪。」

□

我幫Ned穿好衣服——他一旦吸毒就很頹廢，連衣服都無力穿。而且他每次吸毒，下體就會維持在勃起的狀態，我得用力將他塞進內褲裡——力道強得我都擔心自己會不小心將他折斷。我替Ned穿妥衣褲後，將他扶起。站在一旁的洛果此刻企圖幫忙，我一手將他推開；我恨透了這不懷好意的傢伙。

我攙扶著Ned走出洛果到我的TIIDA前。Ned細聲告訴我，他想躺在後座，因此我將Ned扶進後座裡。他一進車就癱倒在座位上，好像死了似的。我看了深感心疼。

此刻已是拂曉時分，我駕車時看見路旁建築物的周邊已經微微發光，路燈也漸漸失去了作用。隸屬大自然的陽光顯露時，人造路燈的明亮就顯得毫不起眼；儘管它在半夜已投射了好一陣子，可是一到朝晨，每個人卻都忘卻了它曾經的努力……好像吶，好像Ned與我的關係，他很依賴我，可是卻從不珍惜我的好；對我而言，他是一個剋扣無度的愛情騙子；然而，我有資格埋怨嗎？……

也許，的確，深根者難自拔。

「Ned，」我將車停在教堂前面，「我們到了。」我聽見Ned微微發出鼾聲，我知道他熟睡了。這是好事，這代表他已從毒品的渾沌裡脫出了。

我打開車門，走到後座，將門打開。我探頭進入，吻了Ned一下——他睡覺的樣子真是好看。「Ned，」我說，「我們已經到了，我們下車吧。」

Ned微微張開眼。「唔。」他說。

「我們走吧。」

教堂裡此刻沒有人。其實我就是這教堂的守護人，一般人沒有鑰匙是無法進來的。其實我們的教堂只是一棟純白的獨棟透天樓房，坐落在一片稻田的中央。很多人不知道這是一間教堂，他們以爲這是我的家——從另一面來說，這的確是我的家，這是我花錢蓋的。

Ned一走進教堂，逕往佈道台的下方走去。他望了一眼佈道台後方的耶穌像，跪了下來，顫抖的哭泣著。我走近他的身邊，我深心同情Ned——他確實愛得太辛苦了。

「我的神啊，」Ned聲淚俱下的說，「爲什麼我愛的人總不能愛我？爲什麼我總得過得這麼辛苦？祢告訴我，神啊！祢告訴我，爲什麼我非得這麼辛苦不可？」Ned說完，趴在地上痛哭。我蹲下身子，輕拍Ned的背部。

一會兒，Ned站起身子，走到講台上。他抱著半身赤裸的耶穌神像，將臉深深埋入耶穌像的鼠蹊部，嘴裡喃喃道：「神啊，我什麼都願意爲祢，只要祢讓我得到眞愛，我什麼都願意做，什麼都願意做……」

而神蹟就在這個時候發生的。

此刻，教堂的門被打開。

我看見尼克站在外頭——全身濕淋淋的。

「Holy Shit!」我不禁喊了出來。

11

我在慢跑。

街道上全是黑人，形形色色的各式黑人——他們各各裝扮豔麗，身上至少都有五種以上的顏色搭配；此外，好幾個女人的頭部頂著物品——有的頂了一盤水果、有的頂了一袋玉米，也有的頂了一堆無法確認本質的物品。

這是個陌生的地方——對我而言；然而，街道卻又有些熟悉感，那滿地紙屑的髒亂感、那股熟悉的尿騷酸臭味、人行道上那積滿污水的小水灘、那些坐在地上、姿態慵懶、散漫的小販，還有街角那間有著發黃招牌的肯德基云云。也許很久以前，我曾在這裡待過，我的潛意識如此告訴我——我曾在這裡存在過；但此刻的我，在知覺上、意識上，卻完全不認識這個地方。

複雜。

顯而易見，這裡絕非台灣（黑人也是證據之一），因爲招牌上頭全是英文字母；儘管並不認眞向學，我畢竟是個英文系的中輟生，得以辨別這些字母，但組合後的字母卻成了全然陌生的字詞；這種感覺很不尋常，好像個別認識一張臉龐上的全部五官，俯觀下卻是張徹底陌生的臉。我想，這不是英文，而是其他國家的語言，只是用英文拼寫出來的。

那，我究竟在哪裡？我爲什麼在慢跑？

I have no idea.

而且，這場慢跑的「出現」有點怪異——我不知道自己爲何在這兒，不知道自己爲何在慢跑，更不知道這場慢跑何時開始、何時將結束。我心裡只有一個念頭，就是——我想跑。

此外，我現在是赤身露體的，卻絲毫未感害臊，只覺得有點涼。突然，我感到左手有些沉，我揚起左手，發現我的左腕上有一只銀白色的錶，時間顯示PM 08:08。就在我得知時間之際，錶瞬間化作紫色煙霧消失了。

我對於周遭這些陌生、卻又熟悉的一切不覺意外；令我現在甚感納悶的是，黑人此刻全是靜止不動的——完完全全、徹徹底底的休止狀態——不管是馬路上正在行駛的車、路邊嘴張開一半、正在狂吠的野狗，我甚至看見一個抽菸的男子所吁的煙霧凝固了，一團白霧擴散在他的面前，彷彿他正拿著白色的擴音器大吼似的。

誰按了靜止鍵嗎？

而黑人全都稍仰面往天空看，好像不這麼看，天就會塌下來似的。就在這時，我發現我的身旁站著一個穿戴怪異的小孩——深紅色的西裝、鮮藍色的帽子和一雙亮金色的皮鞋——他手指著天空，滿臉奸笑，好像在嘲笑人生似的。

整條街道上，只有一個人未望向天空。那是一個躺在我前方約五公尺的人——他將上衣拉起，蓋住整張臉，好像羞於見人，又好像在隱藏什麼秘密似的。

就在這個時候，全部的靜止忽而開始啓動了，好像發呆許久的世界終於醒覺了似的。馬路上的車開始移動，我聽見引擎的錚錚聲、車輛聲，路兩旁的黑人也恢復行走——趕路的趕路，搭車的搭車，購物的購物，街邊的小販也開始招呼，而一向壅塞的肯德基也開始運作；我聞到炸雞的味道。就在此刻，我身旁的古怪小孩突然一把抓住我的陰莖，還用力扯了一下，隨即跑開了。跑開之際還不斷發出奸笑聲。

我不理會他，仍不斷的慢跑著——我可以感到我的陰莖上下擺動著。

而在此刻，我來到那名躺在地上的人身邊。我突然停下腳步。我不知道我爲何停下，我只感覺到有這個必要。我氣喘吁吁、滿頭大汗，可是卻不感到累，不感到渴；我想，我的部分知覺消失了。

不知何故，看著這個躺在地上的人時，我感到一點心疼，好像他是因什麼不得已的原因而躺在這裡似的——他周身散發出一種悲愁感。正當我打算蹲下，仔細看看他的時候——忽而，全部的黑人又靜止了，四周一下子陷入死寂。

我環顧四周，每個人都靜止不動。

街邊一只扭開的水龍頭所湧出的水，也停在半空中——水柱旁迸發著散亂四處、看來像鑽石的亮晶小水珠——彷彿結凍了。同時，四周瞬間暗了下來。我抬頭一看，發現太陽竟黑了。

原來是日蝕。

對於這種全然的靜止與瞬間的黯黮，我感到有點恐懼，我突然想逃奔（儘管我並沒有理由）。我蹲下，試圖搖醒地上的人——我想叫他一起逃——可是他一動也不動，恍若死了。

就在這時，一陣震耳的喇叭聲從我耳邊傳來。我抬頭一看，一輛開著刺眼遠光燈的鮮黃色的車——看來像巴士——從我的左邊遠方緩緩駛來。

喀喀喀，這車發出這樣的聲音。

小龍，醫院床上的筆電前，AM 09:00

呦，意外就是如此的，總發生在你逆料不到的時候，所以意外才叫意外嘛。所以呦，意外其實不可怕的呦，因爲你根本來不及怕——若你連恐懼的時間都沒有，還有什麼好怕的呢？——所以呦，意外不僅不可怕，有時甚至還相當有意思的呢！

我在Skype相識的一個外國朋友曾經告訴我一個十分有意思的意外故事呦。大一時，英文會話課的加拿大籍老師給我們出了一個十分無聊的作業，他要我們上網，與一個外國網友交朋友，然後在期末遞交一份報告——關於該朋友的國家的趣事。而馬受假就是我報告中的朋友，一個被我利用的朋友呦。

馬受假是個黑人，他曾傳照片給我看，他是一個很矮，但膚色確實很黑的黑人。他住在史瓦濟蘭的馬撒吧（Matsapha），也就是他們國家的工業區；馬受假說，史瓦濟蘭百分之七十以上的商業活動都集中在這個置錐的工業區裡，因此若沒有這個馬撒吧，史瓦濟蘭就會崩潰，就像蛋糕少了發粉那樣的，瞬間坍毀呦。而他是一個很有趣的人，因爲他說話不但幽默，且富饒哲學味道。

有回，我們閒談到所謂的意外，他告訴我一個很有趣的故事。他說，去年六月，他們國家發生了一件駭人的意外。一天，一個黑人kombi（廂型私人公車）司機在教堂前招攬乘客——他對著來往的路人碎唸著即將前往的目的地，聽起來好像在叫賣——剛從教堂出來的一群黑人，想要一同返家，於是跟司機交涉，看看能否一次二十個人共乘。司機原本不答應的，一台kombi所能容納的最大乘客數為十二個人；後來這群黑人向司機表示，他們願意每個人多付一塊錢——只要他們能共乘——司機勉為其難答應了。後來，這台kombi因為闖越平交道，而被火車狠狠撞上，整輛車解體成三部分，而車上的人悉數死了。當救護人員在處理屍塊的時候，他們詫異的發現，幾乎每具屍首的臉上（儘管有些難以辨識）都帶著笑容，好像很開心。

「他們當時正在唱著聖歌，」目睹意外發生的黑人說，「他們歡欣鼓舞的向上帝獻唱——意外就突然發生了。」

*一群幸福的人，以快樂姿態，向上帝報到。*當時報紙是如此寫的，馬受假說。雖然我認為信奉上帝很蠢，但至少他們是因自己的愛的信仰而死。我希望我未來也可以因我的愛的信仰而死呦。那可真是幸福的呦。

□

而現在，我坐在病床上，頭裹著繃帶。我的整張臉腫得不成人形，像極了豬頭，好像剛有人拿吸管插入我的頭顱，然後狠狠的吹上幾口氣。今天天氣好，雖然病房裡的窗簾是闔上的，仍可看到光線攤在窗簾上——暗綠色的窗簾被陽光照得有些透明，而在窗底下的窗簾則維持原本的暗綠色，好像這片窗簾本來就是兩種顏色似的。

而我的膝蓋上現在有一台筆電，我正寫著文章——我打算跟你們分享這幾天發生的一切，也就是那晚意外的後續發展。就像小薇之前說過的，每個人都有被了解的欲望吧。可惜現在小薇無法跟你們說了。呦，若這過程由小薇細述的話，我想應該更精采吧，畢竟小薇是這故事的目擊者，而我只是一個被打昏的小孬孬。

一個懦夫。

我不斷的幻想，如果我未被打昏，如果我更強壯一點，如果我不這麼娘娘腔的話——事情會不會有什麼不同？也許就不會有人死，也許就不會有人受傷害，也許……呦，實在是有太多的也許了；因此再談也許也沒什麼意義——人都該接受現實吧，儘管現實總是很糟，儘管現實是一團大便。

我現在的打字速度非常緩慢，因為我不太方便——那該死的王八蛋將我的一顆眼珠子給打爛了。眼科醫生告訴我，未來我必須摘除這顆被打爛的眼睛，因為受損程度太嚴重，已無法補救了。

「不能選擇不摘除嗎？儘管已經不能用了？留著總比摘掉好吧？」當時我問醫生。但醫生跟我說，可以不摘除，但未來我的眼睛會萎縮，整個眼窩會凹陷，屆時我看起來就會像個異形。

「未來不摘除眼球，」他說，「你眞的就會變這樣。」說完，他開始模仿起異形。或許這自以爲幽默的眼科醫生認爲這樣幽默的解釋可以降低我的恐懼——因爲我不僅瞎了一隻眼，未來還必須摘除眼球，這是一件很可怕的事——事實上，這的確有效，因爲他很行的。他模仿異形時，像極了白痴。這還是我長這麼大第一次看見白痴的醫生呦。眼科醫生後來安慰我，他說其實少了一顆眼珠還好，至少不是全盲；而且未來只要裝上義眼，外觀即與正常的眼睛無異了。

「不過，」他補充道，「你一定得好好照顧剩下的這一隻眼。相信我，單眼的世界與全盲的世界絕對不同。」

我想他是對的，我仍可以從一隻眼看見全世界，但我卻什麼也看不見——如果我全盲了。這不單是一隻眼的差距而已，而是零與全世界的差異。我想我必須努力照顧這剩下的一隻眼。

瞎眼的事實讓我憶起以前我家的那隻狗——那可憐的陰柔。我覺得現在的自己跟牠如出一轍，我們都是一種無端暴力下的犧牲者。也許這是我閹了陰柔的一種報應？也許我不該報仇的，我曾如此想道。然而，報應說須在世界有絕對黑白的條件下才能成立吧？但世界只有黑與白嗎？我不如此苟同；空氣裡有太多的灰——所以我們一旦見到灰，絕對就消失了，像雨後積水被陽光蒸發那樣的；若絕對消失，對錯自然就糜爛，報應就像完美一樣，成了一種口號吧。不過說到底，我想，我是幸運的，因爲這一擊可不輕呦，我是極有可能就這樣死去的。

我記得在理智消失的最後一刻前，我的心突然澄明了起來，就像小薇看見她老弟的屍體的那一瞬間吧——你們也知道的，我原本的情緒是極度憤怒的，我甚至想要殺人，把那幾個混帳東西給狠狠的砍死。可是，就在我消失（我是指知覺的我）的最後一刻，我似乎什麼也不在乎了，甚至感到一種舒快感，好像射完精的那一刹那——澄明，未有任何的干擾，彷彿什麼事都變得不重要了。

也許死了也沒什麼大不了吧，眞的，我想道，也許，死亡只是一切回到空白。

□

在住院期，我昏迷了一個禮拜。

昏迷的感覺很奇怪呦，恍若被人偷走很多時間似的。昏迷前，我最後的記憶就是小薇的哭泣的臉（那臉讓我好心疼）——她癱在她老弟的墳上，無力的哭吼著，接著，我的記憶是一片空白，然後再緊接著下一個記憶，就是兩個警察在我身旁做筆錄的樣子（這兩個傢伙在我清醒的第二天就逼迫我做筆錄）。

其中一個微胖、蓄著鬍的警察看來很緊張。我在他額頭上看到豆大的汗珠，儘管室內有空調，他腋下仍濕了一大片，我聞到濃濃的汗味。我想，他是一個菜鳥警察，因爲他的問題都不合情理，他甚至問我：「在墳場做愛的感覺怎麼樣？爽不爽？」我正要回答之際，資深的警察告訴我，沒有必要回答那個蠢問題。事實上，我還挺想回答那個問題呦。就像小薇說的一樣：Why so serious?

警察在調查那晚發生的事——小薇與我的事鬧得很大，因爲出了人命。新聞媒體也大肆報導。聽說小薇和我的照片隔天都被登上《蘋果日報》；阿司和小mic上週四來看我時，還特地帶了當日的報紙給我。阿司打趣的說我的照片很難看，活像個娘炮——還是那種討人厭的娘炮。這傢伙呦……等我痊癒了之後，我一定狠狠整他一頓。

「但小薇的照片很可愛，」小mic說，「以一個受害者的立場來說，她的照片算可愛的了。」我看了一眼報上的小薇照片，心裡有種驕傲感，因爲小薇是我的女人，而她如此美麗。

我後來上網路看，發現PTT上的八卦板也在討論這件事。有一個人繪聲繪影的說，他認識其中的一個受害者——也就是在下我；他說他是我的鄰居，也是我的兒時玩伴，而我本來就是神經病，以前還曾強姦流浪狗。他還說，我大半夜的跑去墳場打炮，最後鬧出人命，所以我也得負部分的責任。

他不是一個眞正的受害者，這網友最後如此寫道，瘋狂的人沒有獲得同情的立場。

他前半部寫的全是鬼扯（我幼時根本沒有鄰居朋友），但我想，他的最後一句話是正確的，我的確不是一個眞正的受害者；眞正的受害者是小薇，而我只是一個懦夫。

「小龍。」我聽見有人喊我。

我將臉自筆電上抬起，看見一個女人和另一個有些男人樣的護士走進我的病房。我聞到一股紫羅蘭的味道。女人看來精神很好，雖已是中年婦女了，仍散發著強烈的女人魅力。她穿著一襲粉紅色的套裝，套裝的整齊與筆直可以看得出她是一個很好整潔、且要求甚高的女人。她雙眼有些浮腫，彷彿眼窩裡躲著兩隻把自己吹腫了的青蛙。然而，她身邊的護士卻非常滑稽——你看得出她是個女人，可是她卻穿男人護士裝——她渾身都是肌肉，簡直快把護士裝給撐爆了。此外，我彷彿在她臉上看見鬍子，還是剛刮過的那種，像收割後的稻田裡的稻茬。因此——我只能稱呼她為護士，因為無論我稱呼她為護士先生或護士小姐，我想我都會被扁吻。

「小龍，今天這麼早就醒來了。」坐在我身旁的中年女人說，她的動作很優雅，「媽幫你熬了一點粥，是你最愛的香菇雞肉粥，你趁熱吃吧！」這中年婦女是我老媽，我在醫院甦醒之際，她就候在我的身邊了。當時她抱住我哭上整整一個小時，然後她直埋怨我，說我半夜幹嘛跑到墓園去，她說半夜到墓園去會衰的；她以前就老跟我說，人別太鐵齒。後來她開始自責，說她不該離我而去，說她如果陪在我的身邊，也許意外就不會發生了。

「嗯，我吃不下。」我說，接著望向護士，「Terrian，妳早。」Terrian是我老媽的戀人，就是那個曾經派人揍我老爸的女壯漢，同時也是一個金剛芭比護士。不過自她從非洲結束義工任務回來後（據說是受了耶穌的薰陶），性格溫和許多。

「早啊，兄弟！」Terrian說。我不喜歡Terrian說話的樣子；我並非討厭她的中性，而是排斥她刻意為了顯露自己的中性，而營造出一種黑社會兄弟口吻——有些過於刻意、過於流氣。

我老媽坐上床畔，握住我的手。她用拇指輕輕撫摸我的拇指背。

「來，兄弟，」Terrian又說，「我來幫你換藥，你的眼睛一定要好好照料，要不然很容易感染。」說完，她靠近我，將我眼上的繃帶輕輕取下，替我清理傷口。在她取下繃帶的瞬間，我聞到一股奇怪的味道。也許是眼睛腐爛的味道吧。

Terrian的外表雖像個中年男人，但她的動作很柔巧，在她幫我解繃帶的過程裡，我幾乎毫無感覺；而在Terrian替我換藥的同時，我從我剩餘的左眼裡，看見我老媽的自責。她幾乎要哭了，我緊緊反握住她的手，告訴她，不管人生怎麼爛，我都會堅強的活下去——我不會向人生認輸的。可是我老媽卻落淚了。也許對於她來說，她寧願瞎了的是她自己吧。

「你的人生還這麼長，」她喃喃說道，「你的人生還這麼長……」

這時，病房門突然響起敲門聲響──聽來急促，彷彿有什麼急事似的。

「你可以直接進來。」Terrian對著門說，聲音裡仍有黑社會老大的味道。

門外未見回應，匆促的敲門聲仍持續著。

「我去開吧。」我老媽站起身子，走到門邊，將門打開。

門一打開，一股酒氣衝了進來。門外候的是我們都不想見到的一個人。他身穿一件白色發黃的汗衫，下身一條看來像四角褲的紫色短褲，再加上他腳上的藍白拖鞋，整個人看來十分邋遢，彷彿已放棄自我似的。他雙腳的濃密腳毛讓他看來好像套著一雙毛襪。他畏首畏尾的走了進來，每個步伐都不穩定，可是卻又能維持平衡──我突然覺得他就像個不倒翁。

我老媽一見他就別過頭。她不想見到他。

「爸。」我喊他。

Terrian瞪了他一眼後，又繼續幫我換藥。

我爸看了我一眼，沒有回應我。今天的他看來落寞，與過去意氣風發的他，判若兩人。突然我有點感傷。

「小龍。」我老爸喊我。他的聲音裡有種很深沉的悲傷，聽來讓人心疼；但也許這只是酒精假扮的悲傷吧。

在這當下，大家都不知說什麼好──整個病房的氣氛尷尬得幾乎就要凝結了。我老媽走向窗邊，將窗簾拉起──陽光即刻透了進來，有點刺眼。Terrian仍清理著我的傷口，彷彿我老爸根本不存在似的。我老爸看了我老媽一眼，眼神透露出一絲渴望的期待感。但我老媽仍面向窗外，雙手抱在胸前；她此刻的呼吸聲特別大聲——我老媽生氣或者極度失望時，就會如此。

「小龍，」他終於開口道，「你還好吧？」

我點點頭。「至少命保住了。」

「嗯。」他說。

「爛人。」我老媽突然說，仍面向窗外，「你是我見過最爛的人。」

我老爸嘆了口氣。「我想，我還是走好了。」

我不知道該說些什麼好，雖然我也曾恨我老爸，但我早將仇恨放下了；我一向不是一個會記仇的人。Terrian用消毒水將我的眼睛擦過一圈後，開始包紮我的傷口。我老媽仍看著窗外——她的背影微微顫抖著，我知道她現在非常氣憤。我老爸轉身，打開病房門，緩緩走出病房。不知道爲什麼，看著他離開的背影，我腦裡突然出現那晚他穿女裝自慰的樣子——有種淡淡的哀愁。

「你的傷口復原得不錯。」Terrian說——這句話其實沒有意涵，她只是想讓病房不那麼死氣沉沉罷了。

「你知道你爸最近怎麼了嗎？」我老媽突然問，

「不知道。」我說。我往我老媽的背影望去，我在窗裡見到她的臉的倒影。

「他前陣子交了個二十二歲的小女友，」我老媽轉過身來說道。她將抱著胸的雙手放下，臉色逐漸從僵硬轉爲柔和，「結果錢全被她給騙走了。」

「是呦。」我說。

「大多數的男人都越老越蠢。」Terrian補充說道，語氣裡有諷刺味道。

「他是打算來跟我借錢的。」我老媽說，「但我想起他以前對待你們的方式，我就覺得好氣，眞的好氣。如果沒有他，你哥不會死，你不會受如此嚴重的傷，我們家也不必四分五裂。我不可能借錢給他，不可能……就算他餓死我也不會借半毛錢給他……」我老媽最後一句簡直是用吼的。我在她額頭上看見突起的青筋，像隻蚯蚓。我還記得那夜，我老媽來7-11找我，她告訴我，不要怨恨老爸，但現在的她，卻被仇恨附身；突然，我覺得人生的變化太大，太蠢。

「也許，這就是人生。」我對我老媽說，口氣像個老頭。

我老媽詫異的看著我。好一會兒後才說：「難道你對他沒有怨恨？」

「以前有，但現在不會了。」我說，「人生裡沒有絕對的對錯，我的世界是一片灰，而且我的記性很差，就算有什麼仇恨，兩三天就忘記了。」說完，我咧嘴而笑。我不知道我爲什麼而笑，也許我是在嘲笑人生吧。

我媽吻了一下我的額頭，將手放在我的臉頰上，輕輕撫摸，Terrian也握住我媽的手，而我將手搭上Terrian的肩膀（男人友情的一種體現）；忽然間，我們三人成了一個圓。

此時，我的手機響了。我的手機鈴聲是麥可．傑克森的〈Beat It〉——自從意外發生後，我就將這首歌設爲我的手機鈴聲。

「我去接。」我老媽說，走到病床邊的白色矮櫃前，將櫃上的手機拿起。她看了一眼手機，說：「是小薇。」

□

我自菜鳥警察那裡聽說，那三個混帳的死因是嗑藥。他們三人離開墳墓時，精神狀態不大穩定，因此騎車墜入大池塘而滅頂。至於爲什麼他們三人會跌入池塘……原因不明，沒有人清楚意外的始末根由。

現世報的應驗？我記得報紙上是這樣寫的。

我在小mic那裡聽說，小薇平安無恙。那三個混帳未能來得及強暴她就落跑了。小mic說她問過小薇，那晚後續究竟發生了什麼事？小薇只淡淡地表示她忘記了——她只記得他們三人落荒而逃的樣子。

「彷彿見鬼了似的。」小mic轉述小薇的話。

我住院期間，小薇僅來探視過我一次。那晚，她打扮得相當標緻，粉紅色上衣搭配鮮紫色的窄裙，臉上也化了濃妝，彷彿有什麼喜事似的。她一進房就將手上的一袋蘋果擱在白色矮櫃上，然後爬上病床，躺在我的身旁。我聞到她身上有一股男人用的古龍水味道——我知道這味道是怎麼來的，只要她與「他」相見後，就會有那個味道——我說的「他」就是咖啡廳的老闆（沒有必要隱瞞）。坦白說，我知道她與咖啡廳老闆藕斷絲連，我知道他們的感情並未結束；我一直都知道。

當小薇爬上我的床，將頭靠在我的肩上時，我迫不可耐的想問問小薇在我昏迷之後的情況——那些混帳究竟爲什麼會死？以及她究竟有沒有被強暴？我見小薇心中毫無掛礙的樣子，感到寬心。也許什麼事也沒有發生吧！我心裡暗自想著。

「我很高興你醒了。」她說，「你知道我多擔心嗎？」

「對不起，」我說，「不過不用擔心的，我沒事呦。」

「這樣還叫沒事嗅？」小薇轉過身來，摸摸我的臉頰，「你的眼睛……」

「沒事的。」我又說。

小薇將手伸進被窩裡，輕輕握住我。「你眞的沒事？」

我點點頭。「那妳呢？比起我自己，我比較關心妳呦。」我吸了一口氣，說：「妳——好嗎？」

小薇將臉貼在我的胸前，我感到她臉上的蜜粉沾染到我的皮膚上——她深深的吸了幾口氣，聽來像嘆息，又好像對我的問題感到煩悶。她用食指與拇指圈住了我的龜頭，然後稍加用力，彷彿試圖將我的陰莖勒死，又彷彿打算像拔香檳木塞子似的將我的龜頭拔除。接著，她坐起身子，看了我一眼後，俯身吻了我，然後將我的衣服拉開，親吻我的乳頭——她似乎不想回答我的問題。她在逃避。

「那晚後來……」我又問，「究竟發生了什麼事？」小薇握住我的陰莖的手開始上下抽動，我感到自己漸漸勃起了。

小薇一面替我自慰，一面開始說明當晚的事。她說，當晚，就在我昏迷後——這些大男孩有了齟齬。企圖強暴小薇的紅T恤男孩看見我躺在地上，很是驚訝，於是痛斥藍T恤男孩。他將小薇身上的紫色毛毯一把扯下後，從落到腳踝的褲子裡，掏出小刀。他用小刀將紫色毛毯割下一片，塞進小薇的嘴裡，又再扯下一條，將她的手腳給綁了起來，最後他一腳將小薇踹倒在墳墓上——他的動作流利、順暢，絕非第一次做這樣的事。接著，他走向藍T恤男孩身邊，狠狠的踹了一下他的鼠蹊部。「媽的！」紅T恤男孩吼道。

藍T恤男孩痛得立刻抱著老二跪了下來，手上沾滿我的血跡的球棒從他的手上掉了下來，發出鏗然尖響。

紅T恤男孩又吼道：「你他媽在搞什麼！你若把他打死，我們可能得蹲一輩子的牢啊！」說完他又踹了藍T恤男孩一腳，這次直往他的腦袋踹去。

「我不是故意的，哥，我眞的不是故意的……」藍T恤男孩哀號道，嘴裡流出鮮血，「是他——他他媽的罵我，我才失控……是他先罵我的，哥，你別怪我……」

「還有你也是！」紅T恤男孩往黃T恤男孩看去，接著揚起拳頭，準備往他那兒走去之際，卻被腳上的褲子給絆倒，摔了個狗吃屎。

「幹，你們去確認一下他死了沒有？」摔在地上的紅T恤男孩惱羞成怒的對他們吼道。藍T恤男孩與黃T恤男孩相互看了一眼，眼神滿是驚恐的遲疑。

他們二人默默從命，緩步挨近我，接著合力將我翻了過來，然而就在此刻，三個大男孩都大吃一驚，因爲我的樣貌十分怵目嚇人——七孔噴血、滿是血紅的一張臉，就像憤怒、復仇意味十足的一顆破爛西瓜似的；他們驚呼連連，以爲我死了、以爲自己殺了人，因此害怕得急竄逃跑，其中的紅T恤男孩奔逃時連褲子都未穿上。

「我當時很害怕，」小薇說，同時加劇手部動作，「我也以爲你死了。」

我緊握住小薇的手，更劇烈地抽動我的陰莖——我深深的吸了一口氣——然後射了。可是我卻一點也不舒服，好像我只是拉出一點精液尿似的。

「後來，我第一時間打電話給Terrian。對了，我昨天才知道Terrian跟你媽的關係——」她頓了一下，望著我的眼睛，好像期待我做出驚訝的表情。我沒有多做反應，Terrain的朋友一向很多。

她將另一隻手伸進包包裡，拿出一包面紙，說：「半小時後，警察與Terrian趕到，救護人員即刻替你檢查，發現你沒死，我才安心。」

小龍，出院後第一天的愛的小屋，AM 09:00

在醫院關了一個多月，總算出院了。出院後，我馬上返回愛的小屋——我以爲小薇會在那兒等我——滿心期待的。然而，此刻的我卻一個人孤零零的坐在沙發上，手上拿著一瓶啤酒，另一隻手的食指與中指間則夾著一支點燃的菸。儘管醫生曾經告誡我，在還沒完全復原以前（我都瞎了，還能有完全復原的一天嗎？），我不能接受任何刺激的intake——如咖啡、菸、酒等——然而，人生若少了這些刺激品，豈還有意思？呦，醫生老愛嚇唬人，我就是不信這些刺激品能對我造成什麼影響……唉，再說被影響也沒什麼大不了的，反正人生本來就是如此呦！

出院令我神怡心曠，好像我的人生終於掙脫了什麼。呦，出院之後，我最想做的一件事，就是跟小薇狠狠的做愛，直到屋頂都掀開爲止。可是這幾天我打給小薇，她都沒接，我覺得她好像在迴避我似的——這讓我想起，那回她來院探視時的樣貌；她的整身裝束顯而易見是費心打點的，而在離開我的當晚，她的表情不比尋常，有些罪惡，有些不捨，聲音也有氣無力，彷彿在向我做最後一次的道別似的。

她在迴避我嗎？我不禁想道，但我想不透她必須逃避我的理由？還是她不想見到只剩一隻眼睛的我？若我是她，也許我也不想見到我自己吧。不僅是因爲同情，也有一種不忍吧，沒人喜歡看別人受難的——每個人看到他人痛苦時，內心總會滋生一種內疚感——儘管那痛苦跟自己一點干係也沒有。

我將手機拿起，撥起小薇的號碼，然而回應的總是語音信箱，後來，我甚至厚顏地打電話到小薇家裡。是她母親接的，她起初沒有認出我的聲音——直到我說，我找小薇時，她開始尖叫，同時說，她家裡沒有這個惡魔。我猜小薇的母親應該是瘋了——被她兒子的早夭，以及自以爲的女兒背叛給壓瘋了——我感到些許同情。

後來我打電話詢問小mic是否知道小薇的下落，可是小mic也不知道她去了哪裡。她說她上次見到小薇時，我仍在住院，她們倆在一間pub喝點小酒。

「她有透露她去哪裡了嗎？」我問。

「沒有。」小mic說，「她只說她最近心力交瘁，想去度假而已。」

「嗯。」我說，「我有點擔心，這是小薇第一次這麼久沒和我聯絡。」

「我想應該沒事的。」小mic說，「她已經是大人了，也許她只是想要有一點自己的時間吧。其實，每個人都需要一點自己的時間，因爲你也知道的，人生太緊湊是會勒死人的，所以你別太擔心——她也許只是去放鬆一下吧。」

「希望如此。」

「小龍，」小mic說，語氣有種關懷感，「你還好吧？你聽來很疲累。」

「我想——應該還好吧。」我說，但事實上我不確定。

「明天我們出來吃個飯吧。」小mic突然說，「阿司有車——我想，我們明天三人一起吃頓飯。噢，應該說，我請你吃個飯，去去霉氣，好嗎？」

「好啊。」我說。

坦白說，我並沒有外出餐敘的興致，尤其在這個當兒——我現在想見的人只有小薇；然而，現在的我不是一個會拒絕別人好意的人，馬受假曾跟我說，在非洲，拒絕他人的好意是非常無禮的，甚至會傷人；我從此改變了自己的態度，因爲，我不想傷害人——我從來都不想傷害人。

從來都不想。

與小mic結束通話後，我將菸捻熄，一口飲盡啤酒，然後起身，脫下全身衣褲，走進浴室。我看著鏡子中的自己。我的右眼看起來有些嚇人，眼窩的瘀血未退，眼皮掉了一塊，最令人感到不適的是，我的瞳孔與眼白已經糊成一塊，好像才有人拿根木樁插入我眼睛，然後瘋狂攪了好一陣子似的；再過些許時日，這顆可憐的右眼就會開始萎縮了吧，再過一陣子，我就會成了獨眼龍。

接著，我扭開水龍頭——蓮蓬頭的細口裡開始篩噴出一串串的冷水——自我頭上澆下。我開始自慰，腦袋同時出現當晚小薇與我在墳場裡做愛的畫面。天好冷，我全身起滿雞皮疙瘩，雨水像冰雹似的不斷的從天落下——突然，我感覺我們倆就像一對被世界狠狠拋棄的愛侶——身躺在黑暗無垠的極地裡——做著最可悲的一場性愛似的。不到一會，我射了，可是卻感受不到任何的快感。

是啊，沒有快感……

□

慢悠悠、開著遠光燈的黃色巴士停妥在我的面前。遠光燈的光線從我的左側射來，貫穿到右側，看來像一條沒有盡頭的光的隧道，而在巴士停下的那一瞬間，車門打開了。車門開啓之際，發出哧——的長氣音。乾冰似的霧氣從巴士裡飄出，我感到一股寒意。

巴士上有盞紫色的燈，因此儘管此刻四周伸手不見五指，我仍可以看見車上的景況。裡頭有不少的黑人，有穿著莊嚴的老人、華麗打扮的女人，也有時尚嘻哈裝扮的年輕人，甚至還有胖嘟嘟、僅包著尿布的嬰兒。每個人的表情略顯一致——板滯、帶點善意的傻笑，好像空姐正在他們面前詢問餐點，可是他們卻遲遲無法決定究竟要吃牛肉或是豬肉。

「上車嗎?」我聽見有人喊。我向聲音來源望去，發現車上有個光頭黑人司機。他看來和藹，下頦有著滿滿的鬍鬚，好像頭髮全長到下巴去了。

「可是……」我說，「可是我沒錢。」全裸的我，身上沒有任何地方可以放錢。

「沒差，」他說，「這是免費巴士，每個人想搭都可以搭。」

「那讓我想想。」我又說。

「好的。」司機說，「但我可不能等太久。」

我點點頭。「這個人，」我手指著躺在地上的人，問司機：「躺在地上幹什麼？」

司機聳聳肩。

就在此刻，躺在地上的人忽然將上衣自頂上拉下——原來他是黃種人——接著曲起雙腿，坐起身子，緩緩的站了起來。他用手撣了撣周身，隨即冒起一陣不小的紫煙。

他對我微笑，說：「這車你不能上。」他的微笑不但友善且熟悉。

「爲什麼不能上？」我說。

「一時也說不清楚。」這個人回答道，將手放上我的肩膀，「欸——我要離開啦！」突然，我覺得這個人好面善，好像他是我生命裡的一個很重要的人。可是我就是憶不起來。

「你是誰呀？」我問他，「我怎麼覺得你看起來好熟悉？」

「你這個傻小子！」他輕拍我的臉頰，「我是誰你都忘啦？這樣可不行啊……」

我感覺我的雙眼裡流出淚水——臉頰濕濕熱熱的。「你是誰呀？」我又問，「我眞的想不起來呦，但我覺得我好像認識你很久、很久似的。你到底是誰？」

「傻小子！」他又說，「你眞是個傻小子！」說完，他咧嘴而笑。他的笑容看來柔軟、溫暖，然後他抱住我，同時告訴我：「傻小子，我很抱歉，我太自私，從未考慮到你們的感受——而且我也太無情，竟然不告而別，現在想想，我覺得很懊悔啊……」

「什麼？」我滿臉疑惑。

「這是我人生裡唯一後悔的事……」他補充說道，口氣慨然。

「你們倆要不要上車？」黑人司機又問。我看見他正拿著紫色手帕不斷的擦拭臉上的汗水。

「我眞的不能等太久……」

「我得走了。」這個人說，然後輕吻我的額頭，「很抱歉啊，我當初不告而別，你一定不好受吧？眞的很抱歉啊。」

我仍一臉疑惑的看著他。接著，他再一次緊緊擁抱我，我也緊緊抱住他。突然之間，我不想讓他走——我不想讓他就這樣離開。

「我一定得走。」他說，然後走上巴士。在門關上之際，他轉身微笑，向我揮手道別，車門隨即關了起來。

此刻，日蝕結束。我看見耀眼的光線從太陽的邊際迸射出，我不禁瞇起了眼睛，呼吸也不由自主的急促了起來，也幾乎在同時，我才憶起，原來他是我哥——我那個自殺身亡、且沒有向我道別的哥哥。

12

阿司，愛的小屋，AM 05:15

我記得天剛亮，力有未逮的朝暉尚未能發揮其效能，氣溫因此有些微寒，再加上昨晚的一場雨，空氣顯得十分濕潤；小mic跟我就這樣離開小龍的家前往火車站。原本小薇和小龍堅持送我們到火車站的，但我們拒絕了。小mic跟小薇說她想要安靜一下。

一種只與我存在的安靜，我感到有些受寵若驚。

在微亮的早晨裡，城市的空氣有宿醉的味道，街道上的些許垃圾，看來像昨晚狂歡後的傑作。

「我們打赤腳吧。」小mic走出小龍公寓大門時對我說。

「哦？」我說，「打赤腳？」

小mic點點頭。「你有沒有試過在大街上打赤腳走路？很舒服的，好像一種毫無拘束的感覺——我最討厭拘束了。」

我搖搖頭。事實上我喜歡拘束；有時候放得太鬆，人容易著涼。

小mic將腳上的高跟鞋脫下。她的腳掌很大，像男人的腳掌。她將鞋拿起，拎在雙手上，說：「你不脫？」

「脫。」我說。我將腳上的運動鞋脫下，再將襪子脫掉。我發現我的襪子有破洞，頓時感到些許不好意思。我將襪子放入口袋裡，然後也學小mic那樣，將鞋拎在手上。

「那走吧。」小mic說。

一開始，我不大習慣光著腳丫子在大街上行走，而且路上很多碎石子，扎得我的腳很疼。但後來我卻逐漸喜歡上這種感覺，的確，有種解脫的感覺。

「阿司，」走在我前面的小mic喊我。

「哦？」

「你說，」小mic頓了一下，然後轉過身來，開始倒著行走，「你說你談過兩次戀愛？」

「是啊。」我說，「妳小心一點，倒著走容易跌倒的。」

「這沒什麼，」小mic說，「我很靈敏——不會跌倒的。兩次的戀愛裡，你有什麼體悟？」

「體悟？」我說，加快腳步，平行走在倒著行走的小mic的身旁。我害怕她跌倒。

「對啊。」她說，「體悟。」

「我覺得——」我想了一下說：「愛情很愚蠢。」

「愚蠢？」小mic重複道。她此刻將身子轉回。我鬆了一口氣——我很害怕倒著行走的她，就這麼摔死了——有時候，我對於現實人生的想像總是有些誇張，好像我的思緒是哈哈鏡下所映照出來的，不僅扭曲、誇張，也十足可笑。

此刻，我們又經過一間7-11。我心中突然出現一陣莞爾——我們的邂逅開始於7-11，在分享完彼此的人生後，我們又遇見7-11——7-11的密度也太大了吧？我不禁想道。

「你要買東西嗎？」小mic看著我。

我搖搖頭，說：「是啊，愛情本來就很愚蠢的。人從不知道爲何而愛，愛得如此瘋狂、如此傻，然後當愛情消失時，人更不知道愛情爲何消失。我想，很多人爲愛情而哭不是因爲痛，而是因爲自己的愚蠢吧。而且我覺得，愛情其實毀了很多人的人生——我是說眞的——我甚至覺得愛情就像上帝，只是一種很崇高的精神，不管你信不信愛情，總有可能被愛情毀滅；上帝也是一樣呀，不管你是不是祂的信徒，當祂要毀滅一個人的時候，祂可不會手軟的。」

「原來你對愛情這麼悲觀啊？」小mic說，「我想去買瓶啤酒——但其實你說得也沒錯，愛情的確可以毀滅一個人的——我就是受害者。你看，我爲了Nicks，整整當了一年的行屍走肉，直到今天我才稍稍——」小mic說到此刻頓住，好像不小心透漏了什麼秘密似的。

「哦？」我說。

小mic看了我一眼，將高跟鞋交給我。「我去買啤酒──你要嗎？」

「我？」未等我的回答，小mic走進7-11。在門打開的瞬間，我聽見歡迎光臨──聲音聽來制式得好像是預錄似的。

我走近7-11前的一台摩托車，坐上去。我看著小mic走進7-11，她的背影看來有點寂寞。

一會兒，她拿著兩瓶米黃色標籤的Miller走出來。她將一瓶遞給我，我無奈的笑了，因爲我沒有手接。她將我手上的高跟鞋拿回，將酒塞進我的腋下，然後她將高跟鞋穿上，啪一聲拉開酒環，狠狠的灌了一口。

「走吧。」她說。

我將鞋快速穿上，也啪一聲拉開酒環。但我的第一個動作卻不是狠狠喝一口，而是小心翼翼的嗅了一下──我不記得我喜歡聞酒的習慣是從什麼時候開始的──接著，我們就這樣一人一口啤酒的安靜走在街上。路上此刻沒有半台車，馬路頓然成了廣場，平素的危險意味就這麼消失了。

「我們做點刺激的事好不好？」小mic停下腳步，對我說。

「刺激的事？」

「嗯，」小mic說，「刺激的事──我們在大馬路上奔跑好不好？反正現在沒車。」

「可是……」我說。萬一剛好有卡車來把我們倆給撞死怎麼辦？……

「可是什麼呀……」小mic話音未落，逕往馬路衝去，然後將酒瓶豪邁的往後一拋，我看見酒瓶從她身後成一順暢的拋物線落下，然後伴隨一種極爲清脆、爽耳的撞擊聲響，接著碎裂在馬路上。剩餘的啤酒在地面吐出一灘白色泡沫，像酒醉失態的人在路邊嘔吐似的。當一個女人喪失理智的時候，當男人的職責就是保護她吧，我想道，所以我也往馬路衝去，也將酒瓶往後拋，可是我的酒瓶卻崩潰，在半空中時將餘下的啤酒全灑在我頭上，好像臨死前還踹了我一腳似的……

小mic跑得好快，我幾乎跟不上她，而且她在跑的過程裡，不斷的大笑大叫，眞的，有那麼一瞬間，我以爲她瘋了。眞是，我招惹到一個瘋女人了，我想道。不過，在靜謐、適意的破曉時分，奔逸在無人的大馬路上，還眞是舒坦！我的人生——自從與阿歡分手之後——已很久沒有如此快活的放鬆了。眞是！我突然替自己感到不值，我之前那些失戀的墮落眞的太傻！何必呢？人生有太多的美好值得追求——就像在馬路上狂奔、渾然忘我的狂奔——在汗水與喘氣的雙重極端下，我看見美好的力量。

所以，衝吧！無論發生什麼狗屁倒灶的蠢事也勇往前衝——衝吧！

瞬霎，小mic停下腳步，我緊急煞車，可是卻重心不穩，整個人往前跌了個狗吃屎。

小mic開始狂笑。我坐在地上注視她大笑的樣子。我覺得我的這一跤有價值——啊，這女孩笑起來太可愛了。可愛的女孩啊，別再憂鬱，妳笑起來好像天使。

小mic趨前過來扶我，她彎腰時，我幾乎看見她的整對乳房。「你沒事吧？」她臉上仍堆著笑意。

我拉起小mic的手——她手上的微溫一下子竄入我的靈魂——站起身子。「沒事，沒事。」我說，「我沒那麼脆弱的。」

在我站立時，小mic仍沒有鬆手。她緊握著我的手，看著我——表情裡帶有一種莞爾感的心疼。突然，我覺得我們之間已有什麼了，但這所謂的「什麼」其實難以定義。我只是覺得我與她之間眞的有些什麼了。其實，當兩個人處在單純的二人世界時——無論是同性或異性——那種潛藏的慾望很容易突然顯現；有時是很嚇人的。

「妳可以放手了。」我說。

「你管我。」小mic說，「我要鬆手我自然會鬆手。」說完，她才將手給鬆開。

我揮了揮我的雙腳，才發現膝蓋有些破皮，有點疼。「我們還是走回路邊吧？」

小mic點點頭，往路邊走去。跟在她腳後跟的我，緊緊的盯著她；我擔心她又做出什麼瘋狂的舉動。

「欸！」我聽見我們的後面有人喊道，「前面的人淡幾咧！」

我停下腳步，小mic也住腳了。我轉過身子，可是什麼人也沒看到。

「幹嘛？」小mic說，口氣不耐煩。

此刻，我才發現我們的前頭站著一個小朋友，身高不及我的腰際。這小孩的裝束十分怪異——深紅色的西裝、鮮藍色的帽子和一雙亮金色的皮鞋——有點怎麼說，不與年紀相符的過分嚴肅吧。後來，我定睛一瞧才發現，原來他不是個孩子，而是一個矮不啦嘰的阿伯，而且疤麻歪嘴的，非常醜陋；此外，他還是一個禿頭，但他頂上只是一個圓圈少了頭髮，看來像一個光圈似的。他表情裡有種說不出的感覺，好像他已在這兒等我們很久似的——突然，我覺得他好像《木偶奇遇記》裡的木偶，只不過老了點。

「沒速。」矮子阿伯說，同時嚼著檳榔，「我只訴覺得你們跨起來速乎很累。」他有濃厚的閩式國語腔。

「是啊，」我說，「我們一整晚都沒睡。」小mic看了我一眼，似乎埋怨我不該透露昨晚的行蹤。

「難怪。」矮子阿伯說，吐出一口檳榔汁，我聞到一股濕熱的檳榔味道，「那要不要企我那裡住一下？」

我與小mic互看一眼，感到狐疑。

「住一下？」我問。小mic用手肘推了我一下。

「速啊，」矮子阿伯說，「偶速經營吼貼魯的。」

□

「這首歌是我的最愛。」單耳裡塞著一個耳機的她說。此刻的小mic正全身赤裸的側坐在我的身旁，部分頭髮披散在我的肩上——才洗完澡的她，髮絲香得好像本身就具有香味似的。

「妳在聽什麼歌?」我問。

「〈不能再等待〉。」她說。

說了你們一定不願相信——此刻的我才剛跟小mic做完愛。這事離奇得就連我自己也無法置信。我怎麼會有如此的好運?我也自問了好幾次。但人生啊,有時就是如此離奇,你不能因爲誇張的現實就否認人生的一切的戲劇化是不存在的。我舉個例子,就像中樂透頭彩那樣的;雖然中樂透頭彩像一場機率微乎其微、幾乎無法碰上的夢,但總有幸運的傢伙會中的吧!而我們這些不能贏得頭彩的人,就只能呆站在投注站、握拳透爪的埋怨自己爲何沒有如此好運。但人生就是如此。很蠢。很不公平。

我們在馬路上喝了啤酒且瘋狂的狂奔後,就走進阿伯的小旅館——就是那矮子阿伯的旅館。很奇怪,我們進入這間旅館的感覺很自然,小mic給了我一個眼神,我即刻明白她的意思,再過幾個小時,我們就一絲不掛的在這香水味很重的旅館房裡。

「陳奕迅的嗎?」我問她。

她點點頭。

「我可以聽嗎?」我試圖拿起另一個擱在床上的耳機。

「不行。」小mic突然說,口氣有點凝重,彷彿我問了什麼禁忌的問題似的。她將擱在床上的那個耳機拿起,死揣在拳頭裡。「我只喜歡一個人聽歌,而且我也只喜歡聽單邊的耳機。」

「爲什麼？」

「不干你的事。」小mic說，同時轉過身看著我。她的乳房很美。「別以爲你跟我上了床，你就有知道我的一切的權利。」

「嗯。」我說——我的確認爲兩個人一旦做了愛，就必須深入了解彼此。但顯然是我想太多了。

「這次——」小mic說，她將耳機摘下，把耳機的線捲在MP3上，然後把MP3擱在一旁。她拿起床邊的白色襯衫，穿了起來——她當晚未穿內衣（我想你們也知道的），說：「這次什麼也不是——你別認眞了。我只是有點沮喪，所以才找你進來。但你可要知道——這只是一夜情，什麼也不是。」

「嗯。」我回應道。

我們倆後來在床上躺了約莫兩個小時。這兩個小時光景，我們沒有多說話，也未再有肢體碰觸。我們像兩具屍體般的躺在床上——小mic仍聽著音樂，我則盯著天花板發呆。我們後來陸續點了幾瓶酒，也叫了些外頭買的炒麵，而在不知道第幾瓶的啤酒時，小mic突然自我介紹了起來。

「我是小mic，」她語調平板的說，「我是一個很可悲的存在，我不但書讀得差，能力也糟，而且我來自一個破碎的家庭。我最愛的母親被酒駕的王八蛋狠狠撞死，而我爸是一個蠢蛋；他什麼也不會，唯一擅長的就是對人生發呆。他這輩子做的任何事——我想除了娶我媽之外——都找不到任何一絲意義的痕跡。而最近他談了戀愛，我不知道他爲何談戀愛，因爲這場戀愛將他這輩子做的唯一一件有意義的事給徹底毀滅了，好像你買了一堆很爛的食材打算煮一碗麵——唯一正確的是你買對了麵條——可是最終你卻把麵條給煮爛了那樣。但他，這個蠢蛋，卻算富有，那是我爺爺遺留下來的，所以，我人生至少不可悲的是——我不是太缺錢。你呢？你的人生可悲嗎？」突然，我覺得她的人生裡，有種受了摧殘的美。

「誰說毀了？」我說。

「什麼？」

「我不認爲談了戀愛就會毀了人生。」我說，「我覺得人得不斷戀愛，才會有活下去的欲望——嗯，之一，對，應該再加上『之一』。」

「我不需要你來評論我的想法，」她說，「你應該學著聆聽別人說話——我剛才的問題是，你覺得你的人生可悲嗎？」

「嗯……」我說。我很認眞的思考這個問題。「我想，這個問題很難回答，畢竟我的人生尚未結束——」我打了個嗝，聞到啤酒的味道，「不過至少我能肯定的是，到目前爲止的人生裡，我是可悲的。我跟妳一樣，同樣來自單親家庭，但我是少了爸爸，比妳更慘的是，我完全沒有爸爸——我的意思是，我歷來沒有爸爸——也許我是複製人，被我媽給複製出來的。而我媽是個瘋子，她從來不正常，而我家也不富裕，但也不窮就是了；至少，我還活著，沒餓死。還有一點，我媽最近也談了戀愛——我不知道是眞是假；我媽說，這是她人生頭一遭的戀愛。」

「嗯。」小mic說，然後又把耳機塞回耳裡。對於我到目前爲止的人生短述，她的確一點評論也沒給。不過，我卻覺得自己被忽略了。

不知道過了多久，小mic突然對我說：「該走了。」當時我的嘴裡塞著滿滿的麵條，不知何故——在小mic跟我說「該走了」的時候，我頓時憶起阿歡跟我提分手的那晚——老二被熟透的泡麵麵條裹上的感覺。我有點慌了手腳。

在大廳check out時，我的目光四處掃視尋找那矮子阿伯的下落，可是卻沒見著他。

「旅館老闆呢？」我問櫃檯小姐。

她是一個年約四十歲的臃腫女人，臉上堆著好些肉；她的眼袋很厚，看來好似剛睡醒似的。櫃檯後方有一張孤零零站在樹幹上的貓頭鷹畫像，牠的雙眸死命牢瞪著畫外盯著牠看的人，神秘帶點惡意，好像會趁人不注意之際，偷取人類靈魂似的。貓頭鷹的下方有一台小電視，正重播一個時事評論節目，討論的主題是轟動一時、引發輿情譁然的新聞事件——三個男孩姦殺一個女孩，並將其拍成紀錄片的駭人謀殺。

「什麼老闆？我就是老闆娘，沒有老闆。」她說，聲音聽來有倦意，又彷彿不耐煩似的，「一共一千八，啤酒和炒麵四百五，全部兩千兩百五。付現還是刷卡？」

「刷卡。」小mic說，從牛仔褲裡掏出信用卡，將這筆帳給結了。

我摸著口袋裡的五百元大鈔，感到鬆了一口氣。

免費上了一個美女。嗯，就是如此的戲劇化。

阿司，家裡，現在的PM 06:03

有人說，人生是平衡的。噢，就比如說，好像一旦失去某種東西——當然這東西沒有絕對的正面或負面——必定會有某種東西回來。回來的東西未必是一種補償，你知道的，甚至有可能是另一個惡夢，也許是被大怪獸追逐後，接下來又被吸精女鬼恐嚇要吃掉自己的陰囊那樣的。但不管怎麼樣，總是會回來的。我想，人生裡有一種類似天平的機制，它會精確、好好的控制人生裡不同面向的重量；因此不管怎麼樣，我們總可以取得一種平衡吧。

小mic剛打電話給我，我正好在房間裡手淫（不好意思，我的需求量很大），她跟我說，今晚她跟小龍約好一起吃飯，所以我也得出現。

「妳在邀約前已把我概括進去了？」我在電話上問她，口氣有點急，因爲我即將高潮。

「你難道不關心小龍？」小mic在電話說，「你聲音聽起來怎麼這麼奇怪？」

「沒什麼——吧。」我呼吸急促的說，然後射了。我腦袋頓時一片空。我覺得自己飄起來了。

「你怎麼了？」小mic說，「你怎麼不說話？你不想去嗎？」

「不是啊。」我說，抽起衛生紙。今天狀況有點糟，他媽的，我把電腦鍵盤都給搞髒了。「我只是想知道，是否妳在邀約時，已經把我算進去了？」

「是啊。」小mic說，「怎麼樣？」

「沒什麼。」我說，「我只是有點高興妳將我概括進去了，這樣也許代表，呃……代表妳與我的關係已——」

「你別想太多。」小mic說，「對了，我跟小龍約好在『Guava Gallery』——你知道那間餐廳嗎？」

「『Guava Gallery』？」我問，口氣有些驚訝。人生太巧。我憶起香草豬排。

「嗯。」小mic說，「不好嗎？」

「沒什麼。」

我沖完澡後，走入客廳。我老媽正在看電影——你也知道的，自從我老媽跟口臭王交往後，我家裡就有很多的電影，而她正在看的電影是《海角七號》；老媽說口臭王強烈推薦她看那部電影——因爲太感人了。據說口臭王重複看了十遍，而且每看必哭；然而我卻覺得那部電影很蠢、很糟，不但矯情，又十足荒謬。我想喜歡那部電影的人，基本上智商都不高，而會爲那部電影落淚的人，基本上也是情感膚淺的白痴。

「媽，車鑰匙呢？」我問她。她手上抱著一盒面紙。

「別吵。」她說，我看見她的眼裡噙著淚水。眞蠢，爲了這部蠢電影掉淚。她從口袋裡掏出鑰匙，扔到桌上。

我拿了車鑰匙後，就到車庫，將我媽那輛十多年的老車開出。車有些難發動——我想引擎已快報廢了吧。剛在電話裡，小mic要我接她和小龍一同前往餐廳，但現在我才想起，原來我並不知道小mic住哪兒；後來我再打給小mic，電話又打不通，而我到小龍家時卻又空無一人，所以我直接到餐廳去。

到餐廳時，小mic與小龍已在這餐廳外的人工造景花園裡散步談心。這花園跟我上次來訪時已有很大的不同，多了搭建在淺塘上的木頭小橋，數十盞鵝黃色的燈光從淺塘底部探射出，好像淺塘下方藏著一台巨大的飛碟；兩旁也多了好幾座的動物雕像，有豹、獅子與大象等，而淺塘中央有一座小山樣的噴泉，水不斷自小山頂上落下，水流聲清晰可聞。不過，我不喜歡這樣的人工裝飾，令人感到虛僞難耐；相形之下，我比較喜歡之前與我前前女友來訪的樣子（也就是分手夜的那晚），有簡單、俐落的美麗味道。也許人總認爲過去美好吧，儘管眼前有美景。

今晚，本來打算在人工造景花園裡吃飯的；但此刻實在太躁熱，蚊蟲也很多，我們因此決定在餐廳裡用餐。

小龍的外貌看來比我想像中還理想，他用粉紅色的眼罩將右眼罩起，看起來雖奇怪，卻也有一種理所當然的感覺，好像小龍本來就是單眼似的——又好像他是海盜，只不過很娘罷了。小mic一見我，就牽起我的手——自從第一晚我們做愛後，我們就成了一種類情侶，接下來的時間裡，我們好幾次約出來做愛，但卻不談情；但她不是所謂的「炮友」，這實在不堪入耳，應該說，我們是兩個互相生理安慰的好朋友吧。

我們選擇角落的包廂位置。小龍說他不想看見那麼多人，我們也特別讓他坐裡面的位置，希望昏暗的燈光可以將他的特殊掩飾。這晚餐廳並不多人，因此很安靜；若沒有食物的味道與杯盤碰撞的聲音，我們幾乎就像在圖書館——讀著桌上的菜單。

服務生很遲才來，而在期間，我們三人沒有多說話，僅噓寒問暖，大多在於小龍的傷勢。好像人總是這樣的吧，當你看見別人受苦時，你總會試圖表現關心，好像不這麼表現，自己就是一個無情的王八蛋似的。而當時，我在小mic的眼神裡看見一種深深的憐惜，那是一種很深刻的同情，而且是藏在靈魂最深處的。小mic所以能有如此的同情，我想就像她自己所敘述的，她並沒有一個愉快的人生（至少到目前爲止是如此的）——眞的，人生裡若沒有受過摧殘的人是不可能有如此的眼神的。而小龍——我想無論是誰也都一樣，在受難後卻表現得一派輕鬆——好像他只是掉了一片指甲，又或者他的眼睛有一天會像指甲一樣自己長回來。

「至少沒有全瞎，還剩一隻眼睛。」小龍說。我可以感受到他語氣的刻意，好像癌症病人告訴親友自己只是患有小病那般。他將桌上的牛排切開，說：「一隻眼睛仍可看見全世界，但若是全瞎，整個世界就消失了，所以我該慶幸。」

「是啊。」小mic附和道，喝了一口柳橙汁，「不管怎麼樣，只要還有一隻眼睛，世界仍是你的。」

我啞聲以對，我不是一個善於安慰人的人，而且我也不喜歡這種不同角度下的悲觀、樂觀論；無論如何，失去一隻眼睛是件很可怕的事。我覺得失了一隻眼睛，自我的世界會開始失衡，從此我們得從一個彎曲的角度看待世界——如果不能平衡、中肯的看待世界，那麼人心也會跟著扭曲吧？但或許也未必，就像失了一顆睪丸的男人仍具有生育能力那樣的，也許一切沒有什麼不同。

「小龍，」我刻意轉變話題，我對於「安慰」的話題很感冒，「你跟小薇聯絡上了嗎？」今晚我點了香草豬排。我想複習花瓣撒豬的感覺。

「沒有。」小龍說，「我一直試圖打電話給她，可是她一直不接我的電話——我想她是在躲避我吧。我現在變成如此，我想她應該也不會再想見——」

「不是這樣，」小mic突然說，近素食主義的她點了蛋餅。她已將蛋餅切成一塊一塊的，但尚未開動。「我昨天與小薇通過電話了。」

「眞的？」小龍很訝異，我感覺他眼罩下的眼珠子都快掉出來了。他放下刀叉，著急的問：「她說了什麼嗎？——關於我……」

「沒有。」小mic說，「但我告訴她今晚我們會在這裡，她說她會來。」

一瞥眼，小薇乍然現身於我們的面前，好像她已藏在我們身後良久，又彷彿她是隻有僞裝能力的動物，只在該露面的時刻，我們才得以看得見她似的。小薇看來氣色很差，臉色蒼白，身形也明顯變胖，好像老了幾歲似的。但這是情有可原的，人在經歷意外後，我想都會有些改變吧——也許有人從此更樂觀，以一種豁達的眼光看世界（很有可能是表面的）；然而，也許有些人得從此活在意外的陰影下，好像世上的快樂已不再屬於他們，他們注定得永遠禁錮在陰鬱的監牢下。我想，此刻我眼前的小薇，是屬於後者——很明顯的後者——儘管她的臉上掛著微笑，顯露出灑脫，我卻看見最深刻的悲傷。

「小薇——」心急的小龍霍地站了起來，一不小心碰著了桌子，桌上的柳橙汁灑了一些出來。

小薇沒有理會小龍，逕擠進小mic坐的長型沙發椅上。她神情一派輕鬆，好像她才從廁所返回似的，然後她刻意朗聲的向我們問好：「你們好噢——很久不見了，你們應該都還好吧？」落寞之至的小龍緩緩落坐，也許他期待的是一個巨大、熱情的擁抱。

「妳先點餐吧。」

我突然說，不知道爲什麼，我總喜歡在尷尬或者其他附帶有強力情緒的時刻裡，做最正常的事，好像遇上車禍時，若有人躺在地上呻吟——爲了不妨礙我當日的行程，我想我會直接輾過去。我記得以前讀過一本小說，好像叫《西線無戰事》之類的，裡頭不是有個叫米勒的白痴傢伙，試著跟受重傷的同袍A靴子？我想，我跟他多少有些類似吧；但我們不是沒有同情心，就像書中所說的，我們只是不太懂得區分罷了。

「我不餓，」小薇說，「阿司，你怎麼還是這樣噢，總搞不清楚狀況。」

「搞不清楚狀況？」我問，「可是妳眞的不餓嗎？」

「不理你了。」小薇說，「對了，這裡可以抽菸嗎？」小薇從包包裡拿出菸。

「小薇……」小龍又喊。我注意到小薇瞥了小龍一眼——在那一瞬間的眼神裡，她的表情閃過一絲極爲深刻的思念——但隨即又將眼神抽離，好像小龍不存在似的。

「可以抽啊，這裡是吸菸區。」我說，「我就是爲了抽菸才到這裡的。」

「可是……」小mic面有難色的說。小薇看了小mic一眼，小mic立刻噤口，兩人好似有什麼見不得光的秘密似的。小薇拿出菸，點燃，狠狠的吸了一口。她在吐菸時，眼神矇矓，好似在吸毒似的。小薇拿起小mic桌上的叉子，叉了塊蛋餅，放入嘴中，些許蛋餅餡掉落在桌上。

「要不要嚐點豬排？」我也問。發胖的小薇看起來頗能吃，「香草口味的，好像豬身上撒了花瓣那樣。」但我想他們不會懂我的比喻。

小薇又死瞪了我一眼，什麼也沒說。她將蛋餅狠狠的吞下，然後又吸了一口菸，好像試圖用煙霧潤滑食道，好幫助下嚥似的。

「這陣子妳去了哪？」小龍問，口氣有些急，也帶有點埋怨的味道，「爲什麼不接我的電話？」

小薇沒有說話，用拿著菸的左手撐著臉頰，滿臉不耐煩，嘴還發出嘖嘖的聲響——但這不耐煩是刻意的，我有能力分辨；我認爲自己有種天賦，我可以看出世界上所有的刻意；當然很有可能只是我一廂情願。

「薇，」小龍又說，口氣激動，「我在跟妳說話。」

小薇仍緘默不語。

「小薇，」小mic也說，「妳難道沒什麼要說的嗎?昨晚妳在電話上不是說——」

小薇冷眼瞪了小mic一眼，小mic硬是將到嘴的話給吞了進去。

「眞的不嚐點豬排嗎？」我也說，我不知道我怎麼了。「味道不錯的說……」

此刻他們三人全都往我這兒瞪來，好似要用眼光殺死我似的。突然，我看到一隻赤裸、長著白色翅膀的小豬飛翔在我的眼前，花瓣從天空緩緩落下……

「小龍，」小薇突然說，又吸了一口菸，「我有些事要跟你說。」

「什麼事？」小龍伸手想握小薇的手，但小薇冷漠地將手移開。

「我要跟你分手。」小薇淡漠地說。

□

小龍後來與小薇大吵了起來。小mic當時給我一個眼神，要我與她先離開，可是我以我的香草豬排尚未食畢爲藉口，想再拖個五分鐘，順便看這場精采大戲；然而，在小mic堅持之下，我們倆還是先結帳，然後離開了。

幾天後，我在小mic那裡聽到，小龍對於小薇分手的要求感到憤怒；他以爲小薇離開他是因爲他少了一隻眼。

「難道不是嗎？」雙手環抱著小mic小腹的我說。我的小拇指碰觸著她的陰毛，而小mic

的臀部緊緊貼著我赤裸的下體。我將鼻子貼近小mic的頭，深深嗅了一下；她頭髮的味道十足誘人。「不管怎麼樣，我覺得瞎了單眼已構成分手的條件了。」我不清楚這是我們第幾晚在這間汽車旅館做愛了。房內仍有濃濃的香水味，而我們也總見不到那怪異的矮子阿伯。他眞的存在嗎？我不禁懷疑自己的記憶。

「你怎麼這麼說？難道愛情眞如此禁不起考驗？」小mic說，握住我的手，「我很喜歡你的錶帶的味道，也許我是喜歡你的味道吧？我覺得愛一個人最先出現的徵兆就是——你會迷戀一個人的味道。」她將我的手腕拿起，湊近鼻尖聞了一下。

這麼說小mic是愛上我了？我內心暗自想道。

「我也很喜歡妳的味道——哦，問題的癥結點並非在於禁不起考驗，」我說，稍稍移動身子，小mic的臀部壓得我有些疼——這晚我們雖已經做過兩次了，但小mic的味道仍會讓我勃起，「以我的立場而言，我是說以我一個男生的立場來說——我會要女方離開我，畢竟我已殘廢了，我不想害她一輩子。」

「你眞奸詐。」小mic說，她將我的手拉下——我整個手掌埋入小mic的陰毛裡，害得我的勃起又更劇烈了。「若你眞如此告訴女方，我想沒有任何一個女人可以離開你吧——畢竟現實生活裡，人人都喜歡扮演好人。你這樣的說法，根本就是強迫別人當好人——這樣太奸詐，從根本剝奪別人當壞人的權利——心機太重了吧你。」

「我不太懂呢——我不太懂這與好壞有何關係。」我說，「我是眞的希望她離開我嘛，因爲我愛她，我希望她好，所以我不希望她跟一個可悲的殘廢過完下半輩子。」

「好吧。」小mic說，將我的手拿開，坐起身子，接著俯身從床頭櫃上的包包裡拿出MP3，然後照例，只聽一個耳機。

「我還是不能聽嗎？」我說，拉起小mic的手放在我勃起的陰莖上，「握住，好嗎？——我喜歡這種感覺。兩個人分享音樂不是一件很美的事嗎？」小mic輕輕握住我，然後躺下，一邊聽音樂，一邊看著天花板。

「是很美。」她說，「但我還沒準備好。」

「準備？」我問。我不懂聽個音樂爲何要準備。

「不說了，」小mic搖搖頭。她從握住我的姿勢改成用手掌捧著我陰囊，「對了，你知道小薇爲何提分手嗎？」

「哦？」我說，「我想小龍是對的吧。對我而言——我這麼說不是貶低小薇的意思——只是我覺得，對於小薇這樣的女孩來說，愛情的裝扮很重要吧。如果一個人的外表髒了、臭了、爛了，她大概不會再跟他在一起的。」我感到小mic此刻正玩弄我的睪丸，彷彿在檢查我是不是有睪丸癌似的。

「你錯了，徹徹底底的錯了——小薇絕非你形容的如此。」小mic說，「就我所知，她是一個堅強的女孩，而她並不重視情人的外貌；然而，這麼說卻也不完全正確，怎麼說呢，我想，她是一個感覺派的人。你應該也知道小薇之前另有一個男友吧？那個已婚的男人——也就是我的姨丈，如果單從外貌來看，你絕對無法想像小薇竟會愛上他，而且愛得如此深切，他們兩人的差異實在太大了。我想，小薇這種女孩，只要感覺對了，她會爲愛情奉獻一切的——她是很傻的那種女孩。」「眞的呀。」我說，「基本上，我覺得我也是這種人，只要感覺對了，眞的只要感覺對了，我也會奉獻一切的——那小薇究竟是爲何提分手呢？」

「好吧，我覺得跟你說也沒關係——」小mic說，可是又停了下來。

「哦？」

「你不能跟別人亂說喔。」小mic轉過頭來看著我，表情嚴肅。

「當然。」我說。

「我可是認眞的喔。」小mic說，「如果你亂說，我就把你的蛋蛋捏碎。」我嚇了一大跳，我的睪丸可是還在她手裡。

我點點頭。

小mic俯身靠近我的耳朵，將手掌拱成圓圈擱在我的耳朵旁，然後以說悄悄話的聲氣說道：「小薇懷孕了。」

□

過去我們做完愛從旅館回去時，小mic總自己招呼計程車返家——她有一個專屬的計程車司機。可是這晚她的計程車司機生病了，所以小mic就要求我送她回家。事實上，我很樂意；當你迷戀一個人的時候，你總會想看看她的家是什麼景況，你會想知道是什麼樣的地方窩藏著你的愛情。那絕對是個偉大的地方，你會如此想道。

上車後，小mic大致向我說明她家裡的方向。接下來，我越走越感熟悉，心裡同時大感不妙。後來果真，我們竟到了口臭王的DVD店。

「這是妳家？」我將車停在店前時，問她。

小mic點點頭。「很奇怪嗎？我爸就開了這間DVD店，畢竟他什麼也不會。」

「實在太巧。」我說，「我媽的男朋友就是這間店的老闆耶。」

「你媽的男朋友？」小mic訝異的問。我點點頭。「所以說，你媽就是我爸的新女朋友？」

「妳爸就是我媽的新男朋友。」我轉成肯定句。突然間，我有了嘔吐的欲望。小mic的手一直掩著半開的嘴，不敢相信這巧合。

後來我送小mic進店內，很不幸，我們看見一對中年情侶在店內舌吻。我們相視而笑，臉上滿是無奈。

13

阿德，教會二樓房間，現在的AM 01:01

我們教會裡有個固定的活動——懺悔茶會。

我想，每個人在人生裡或多或少都曾犯錯吶。正常人——我是說有良知的人——若犯了錯，大多會想盡辦法彌補。每個人在心裡都自認是好的（也許基因裡就鑲著此元素也不一定）——好是一個包容甚廣，且面向很大的形容詞；我明白好略顯粗糙，但我找不到其他任何更精確的形容詞——也正因如此，每個人都習慣當好人；所以，我們一旦犯了錯，本能上就會去彌補。

然而，並非所有的錯誤都可彌補的吶——我想；甚者，大部分的錯誤是無法彌補吧。吶，就算真正彌補某項錯誤，在某種程度上而言，都只是一種事後措施，如果傷害在第一時間已然造成，我們又如何能夠將傷口完全撫平呢？

頂多，只是在傷口上貼片膠帶吧。

所以，我們提供懺悔服務。

我們同志教會有個很大的好處，就是當你在懺悔的當兒，你不會受到歧視眼光的襲擊；絕大部分的同志在人生裡已遭逢很殘酷、變態的歧視，因此在與其他人（異性戀者）相形之下，更顯得有包容、同理心；即便你做了什麼傷天害理的事（當然不以殺人放火爲前提），你仍可在我們的教會裡得到救贖——尤其是在愛情裡犯的錯。

有個明顯的例證是，有個平日素行良好的異性戀男子來到我們教會，他說自己深愛一個女同事不可自拔，然而卻無法擄獲她的歡心。他已經向她表白，女子雖拒絕仍甚有風度的視他爲好朋友——她對他說：「戀人是一時，但朋友是一輩子的。」這男人這輩子已經聽過這句話太多次；他認爲這是最狠的拒絕宣言。

因此有晚，他趁他倆獨自在辦公室加班時，在招待她喝的可樂裡，放了迷藥，以及自己的精液——他不但企圖得到她的人，更想得到她的心——吶，這蠢蛋以爲讓女孩喝了自己的精液就可得到她的心。後來，女孩的確暈厥了，可是他卻臨陣後悔了，因此嚇得哭了。女孩醒覺後，感到頭暈，可是不知自己被下藥，甚至還向他道謝，她以爲他顧了她一晚；這男人因此羞愧得想自殺。

「你很下流、無恥，我瞧不起你，如果我是你，我會去自殺，留在世界上眞是丟人現眼，」副會長Terrian如此狠批道，「但精蟲衝腦的男人一概如此吧——至少你的最後一步沒走錯。去耶穌面前懺悔吧，只要你誠心悔過，耶穌以及我們都會原諒你的。」

男子的懺悔結束後，我們逐一向前與他擁抱，代表我們原諒他的錯誤，接納更生後的他；這就是懺悔茶會的旨趣所在。

□

這大半年，我想，是Ned人生裡最愉快的時光吧。

他終於擁有了尼克。

在這半年，他幾乎不曾打電話給我，我有時甚至還會懷念他的歇斯底里呢。但他每週仍固定來教堂，他說，是耶穌讓他得到尼克的；他眞摯的感謝耶穌。尼克有時候也會跟他一同前來，吶，坦白說，我不喜歡看見Ned與尼克出雙入對，儘管我明白Ned永遠無法愛我；但愛情可沒這麼簡單，你仍會吃醋，就像當你看見自己最喜歡的名牌包包被別人拎在手上，你會不服氣，你會覺得那個包包若拎在自己身上，一定更出色；然而，你就是沒本錢買，你在愛情上不夠富裕，怪不了別人。

不過，尼克這傢伙很難讓人討厭，他有種天生討喜的魅力。他的那張臉——他不算帥，我這裡必須重申，跟Ned比起來，簡直可稱醜了——但無論他出現什麼表情，總是討喜。每個人看見他，都會覺得他是自己的多年好友；尤其在他抽菸之際，煙霧從他的嘴裡緩緩吐出時，你會覺得那個男人似乎有很多的故事，你會想坐在他的身邊，然後跟他好好聊聊——儘管他很冷漠，鮮少對你有所反應。我常覺得尼克就像醇厚的黑咖啡，儘管苦、澀，卻最有味道。

此外，我覺得他根本不是正常人，也許是外星人吧。吶，我覺得他永遠活在自己的世界裡，有時候他來教堂時，我試圖跟他交流，但他總視我爲空氣。吶，你別誤會，他把我當空氣絕不是因爲他在吃醋（我沒這個能耐讓他吃醋）；他事實上對任何人都視若罔睹。好比那晚，我們一群人在閒聊，突然有人問他：「尼克，你最喜歡的休閒娛樂是什麼？」我也附和道：「是吶，尼克，跟大家多聊聊自己嘛，大家都想多認識你吶。」尼克看著大家，憨笑了一下。我看見他嘴唇在動，可是我無法看出他究竟在說什麼。後來，他轉過身去，狠狠與Ned激吻。接著，他告訴Ned：「你去禱告吧，我去後面畫圖，我在這裡等你。」然後掉頭就走。當時，我們有種完全被忽略的感覺，好像我們是一旁的垃圾桶。

吶，我好像忘了告訴你們，尼克自奉爲畫家——是Ned說的。但我想「畫家」這個頭銜對於尼克來說，似乎有點太早或太重吶，好像一個成人的頭裝在小孩身上似的。畢竟他沒有賣出任何作品，而且據說，他也把自己所有的畫給燒了；他認爲他到現在爲止，仍沒有畫出一張令人滿意的作品。

「誰說畫家一定得賣畫的？」Ned快快的說：「我覺得我的尼克是最棒的畫家！」吶，我想這是一種一廂情願；當我深愛一個人時，若對方向我坦白，他的眞實身分是神時，我想我也會催眠自己相信吧。「噢，我的神！祢幹得我好爽！」當我跟他做愛時，我還會這麼喊。

某種程度上而言，我不勝感激尼克，因爲有了他，我最愛的他才有機會快樂——我不是偉大，只是企圖避免悲傷。我希望我所愛的人快樂，如果他不快樂，我會痛苦，我會無奈，我會比他更不快樂；而且一個人一輩子若沒有因愛情而快樂過，我想這是人生最大的悲哀。吶，我們同志尤其如此，一輩子找不到愛情的機會甚高——吶，你想想，如果同志的機率是百分之十，等同於我們的愛情對象比異性戀的愛情對象整整少了百分之九十，然而，這百分之十的稀有動物還得再扣除躲藏在櫃子的同志——相信我，櫃子的同志爲數不少；而如果異性戀找到愛情的機率爲百分之六十（我想這是高估的），那麼我們同志找到愛情的機率又是多少呢？吶，我已不敢再去算，所以，孤獨終老嗎？連死了都沒人發現，也許屍骨還被自己養的寵物給啃食，好可怕吶。

□

我覺得人生的各個面向好像轉圈圈的蛇。牠們不斷的追逐著自己的尾巴——大小、速度、方向，甚至形狀都會因人生裡所產生的無限變數而改變著，而且吶，蛇裡還有其他的無限小蛇，大家都不斷的旋轉。吶，一直轉一直轉，轉到最後我們都暈頭轉向，轉到沒人搞得清楚自己究竟爲何而轉。也許有一天，蛇們終於不轉了，可是我們卻仍搞不清楚狀況，甚至還沒得及問一聲：「欸，究竟爲何不轉了？」我們即遽然的消失了。所以若哪一天，你甚有自信的告訴我，你知道人生的意義——吶，我才不信！等到你能歸納出那些無限的蛇轉圈圈的原因，也許屆時我才會考慮相信人生有所謂的意義吧！

那一次的懺悔茶會裡，我正忙著張羅咖啡、茶水等，是呀，我們茶會免費提供咖啡和茶水，而且還非即溶包呢！我們懺悔室裡有一組咖啡機具，因此在懺悔的時刻，我們是沐浴在咖啡香味裡的；這是其中一個教友建議的，他說這樣可以舒緩懺悔人的情緒，可以讓懺悔更有意思。我覺得的確有效——我不是指讓懺悔更有意思，懺悔茶會可是很莊嚴的——咖啡確實有舒緩壓力的功效。

我在研磨咖啡豆之際，Terrian突然走到我身邊——像幽靈似的悄然——猛然的拍了一下我的肩膀。我被她嚇得尖叫了一下，全身還像突然走進冰庫還是北極似的劇烈的顫抖一下。「真沒用！」她對我說，然後遞給我「懺悔時刻表」。我驚魂未定的跟她說：「下次別再鬼鬼祟祟。」

「呿。」Terrian不屑的說，眼睛同時往上吊（這是她唯一女性化的時候）。

我看了一眼時刻表，詫異的發現，懺悔主角之一竟是尼克，而他的主題是濫情。我先前在Terrian那裡得知，今晚的懺悔主題之一是濫情，並不明白該主題的懺悔人的身分——竟是尼克！我太訝異了，如果尼克談濫情，那麼是不是代表他出軌了？吶，我的Ned，我可憐的Ned……

七點一到，我們準時開始懺悔茶會。每個人的桌上都有一杯黑咖啡，旁邊小茶几上有奶精包、糖包，和攪拌棒（重複使用的），但眾人都甚有默契選擇維持黑咖啡的純然；我也不明白箇中原因，也許懺悔太苦澀，大家潛意識裡都想呼應現實吧。

「各位好，」茶會開始時，我看著手上的懺悔時刻表，對著圍攏成一圈的大夥說。我的口氣較平時還要男人，且一板一眼；太女人的聲調會削減茶會的正式感。而且我試圖讓尼克明白，今晚的我不開心——他太可惡！「今天又是我們一個禮拜一次的懺悔茶會，而今天的懺悔人有三個，第一位是小周，第二位是尼克，第三位則是孝宗。我們先替他們的勇氣鼓掌一下。」大家開始溫暖的鼓起掌來。懺悔人向每個人點點頭，有點羞赧，只有尼克一個人畏畏縮縮的看著地上，且不斷的搓著手。

「那麼，按照老規矩，我們先傾聽懺悔人的故事，同時再次提醒各位，請待懺悔人結束故事，再發表『建議』。」我說。有些教友不甚禮貌，老愛打斷懺悔人的故事；此外，也有一點很令我反感吶，有些教友的表情總太多（好像在演戲似的，一下挑眉、一下捂嘴什麼的），也發出太多狀聲詞——嘖、啊、嗚諸如此類；我尤其痛恨連聲發出的「嘖」；我認爲這是人類所能發出的最可怕的聲音——他們也許以爲自己身處電影院吶。

我繼續講下去：「然後也請記住，當給建議時，請客觀、公正，也請盡量降低殺傷力，我們不是法官或劊子手——畢竟他們今天是來懺悔的，我們提供的是解決辦法，不是審判與處罰。」但今晚，我想當純粹的劊子手。

「那我們就請第一位，小——」我還沒說完，尼克突然舉起手，打岔道（頭仍看著地上）：「我是一個濫情的人，我不是同性戀，可是我強迫自己愛上一個同志。」尼克說到此時，大家突然安靜了下來。我看見一個平素痛恨異性戀的娘娘腔挑眉了。

「而且我成功了，」尼克將手放下，「我眞的愛上了他。」眾人面露訝異。大多數的我們皆初次聽聞異性戀男子愛上同志的；現實生活裡，百分之九十九以上的機率都是同志愛上異性戀，且都以悲劇收場；曾經，我的一個朋友甚至爲不愛自己的異性戀男子自殺呢，傻吶。

「然而，我有一個多年的女朋友，我很愛她，愛到可以爲她死的地步……」他繼續說道，又開始搓起雙手，「我覺得自己很該死，我不知道自己該怎麼辦，我眞的太濫情，我很爛……」說完，他停了下來，搖惑的看著地上，「請問我該怎麼辦？」

大家一陣寂然。

嘖嘖嘖嘖……

此刻，我聽見這個聲音，頭皮不禁發麻了起來。我覺得自己的卵蛋被人給狠狠的攫住，我想放聲尖叫。

「兄弟，該死倒不至於……」穿著一套正式、深藍色西裝的Terrian說。她一隻手壓著桌上的黑色筆記本，另一隻手用原子筆頂著自己的臉頰，口氣、姿態與她平素一致——男性化，且冷靜。「你的確得做些什麼，但你先得告訴我們你的想法。」

「是啊。」另一個戴著粉紅色粗框眼鏡的男教友說。他的聲音粗啞，但音調相當女性化，「那兩個人知道彼此的存在了嗎？如果尚不知道，那麼傷害就還沒造成呀！如果你想避免傷害，你一定得做些什麼。我也贊成Terrian的說法，你得先告訴大家你的想法，大家才好給你建議。」

我沒有說話。這是我初次遇到熟識的懺悔人。此刻我若表示意見，我相信我的意見不會中肯，甚至會毫無理智。我想叫他直接去死！我現在很氣憤，那個混帳傢伙搶走我最愛的Ned卻不好好珍惜。我覺得他好爛，他真的該死吶！

「對呀，你先說說你的想法嘛。」其他教友附和道。可是尼克仍低頭緘默著。此時，我聽見嚼口香糖的聲音，但我不確定是從哪兒傳來的。

「阿德……」尼克突然抬起頭，這時我才發現他的淚水都已沾襟。「你覺得我該死嗎？……」大家此刻全往我這兒看來，我一時語塞，好像喉嚨被人掐住似的。

你該死吶！我心裡怒吼著，你的確該死！你背叛我的Ned，我會向上帝祈禱吶，處罰你這個爛傢伙……

「先別談該死不該死，在耶穌的心中，沒有人是該死的！」我強壓住憤怒說道，「你應該設法解決問題，而第一步就像他們所說的，你應該先談談你心中的看法。」

尼克此時突然站起身子，趨步向我走來，接著他在我耳邊細聲問道：「可不可以跟你單獨談一會？」我尚未答應，尼克就拉起我的手往教堂門口走去。我轉頭告知Terrian，請她繼續懺悔茶會；她向我比出OK的手勢。

是要我扁他嗎？我想道，我可是很樂意的吶（儘管我不是他的對手）。

走出教堂外後，我使勁甩開尼克的手——他的手不僅大，且十分有勁——然後我刻意走得比他慢一些；我不願意跟他並肩同行。我看了一眼手錶，此刻是PM 08:08。水稻目前已採收了，田野間有種泥土乾涸的味道。涼風吹著，稻田邊的竹林發出惱人聲響，聽起來像彈簧床不斷被壓下又放開的聲音。細長的上弦月上方有顆星星特別明亮，看來有些跋扈，就像尼克吧，這臭屁的傢伙！

現在氣溫有些涼，但情緒激動的尼克此際體溫甚高——我甚至感覺到一股鬱悶的熱氣像光芒似的從他的身體內部向外擴散開來。懺悔茶會上的淚水已讓我明白尼克並不好受，但我不願意同情、體諒他；這傢伙已得到我的Ned，已拿走我這輩子的最愛，他爲何不珍惜呢？我好氣吶，像他這種人也許永遠不會感到心痛，我甚至想狠狠往他的下體踹去，讓他感受一下什麼叫痛吶。

尼克沒有說話，僅在我前方低頭、沉默的走著。我看見他不時揚起手摸臉頰——也許他在拭淚吧。我靜靜的看著他走路的姿態，樣子雖男人，卻也十分沉重。我彷彿在他每踩過一步的痕跡裡，看見一灘淚水似的悲傷。

望著他如此落寞的背影，不知何故，我不感到氣憤了（我也十分詫異於自己那如電光石火般的忿怒），甚至心生憐憫（吶，遇見悲傷的男人我總如此，我想這是一種母性吧）——他的樣子太無辜，好像一個小男孩，因爲剛犯錯而不知所措的樣子。

吶，我終於明白尼克爲什麼吸引人了！原來在他的世界裡，我們看不見一點骯髒，甚至可以直視他的靈魂——是一種透明的純白。他爲了讓Ned好過，強迫自己變成同性戀，而他的內心卻又因有可能傷了另個女孩而感罪惡、而錐心泣血。他有錯嗎？尼克有錯嗎？錯的也許是耶穌吧——耶穌別再用愛情迷亂人類了。吶，對不起，耶穌，我不該批評祢。請別懲罰我。

就在此刻，尼克遽然蹲下身子，然後咬著拳頭哭泣。他哭泣的聲音很男人，悶悶的，彷彿長了鬍子似的，不一會我看見鮮血從他的拳頭裡淌下。他不斷顫抖。

「尼克，」我也蹲下身子，將他的手拉開，「別這樣……」

「我該怎麼辦……？」尼克淚眼滂沱的問我。我在他嘴角看見一絲血液。我不忍心看他傷害自己。我將他那隻被自己咬傷的手包裹在我的白色襯衫裡，血即刻渲染開來；突然我感到心痛，感到不捨。

原來痛的人不只Ned——尼克也痛吶。有時候，愛情旁觀者永遠只看得到愛情的一方，卻忽略了另一方的感受。原來在不平等的愛情裡，沒人好受；原來我一直是一個不稱職、不公允的愛情法官。

「阿德，」尼克潸然，「你說我該怎麼辦？我該怎麼辦？」我這輩子最害怕的就是哭泣的男人。

「別哭，尼克，別哭了，回去再說，」我抱住尼克對他說。他身上有股很好聞的淡淡的汗水味道。可憐的他渾身發熱，且抖得好厲害，彷彿靈魂都快抖出身體了。「別哭，我們回去再說。」

後來，我把尼克帶回到教堂。此刻，懺悔茶會已結束，眾人已離開，教堂又回歸到我的家，寂寥得有些可怕，彷彿耶穌已被撒旦給謀殺了。進門時，我不小心與佈道台上的耶穌雕像對眼相望，不禁感到些許諷刺——有那麼一剎那，我憎恨起耶穌來。我將情緒仍激動的尼克帶到我的二樓臥房，並請他坐上我的水床（這可是我花大錢爲Ned買的吶）。

我從冰箱拿了瓶啤酒給他。可是尼克不喝，不斷的碎唸著「我該怎麼辦……」事實上，我也不知道他該怎麼辦……維持現狀嗎？反正這場愛情的另外兩個主角都不知道對方的存在；那未來呢？犧牲Ned還是他的女朋友？誰比較cheap？誰可以隨手丟掉？耶穌祢說。

「尼克，」我對他說，「你要我怎麼幫你？如果你要我幫你，我想你應該要冷靜下來，然後跟我談談你的想法。」

「我該怎麼辦……」尼克嗚咽著說。

「尼克，」我坐到他的身邊說，「你要我幫你的話，你就得聽我說話——如果你連話都不聽我說，那我怎麼幫你呢？」

尼克總算鎮定下來。他雙眼望著我，我看見他的雙眼裡滿是淚水。我忽然感到心疼。我將手放上他的肩膀，輕輕的揉搡了幾下。就在此時，尼克卻突然強吻我，力道強得我的嘴唇都發疼……我嚇了一大跳，趕緊將他推開，並甩了他一巴掌。漲紅一張臉的尼克連聲跟我道歉，並跟我說「我不是故意的……」我驚魂未定的坐在一旁，拿出口袋裡的Salem，抽起菸來。

尼克，你究竟是什麼怪物？……我不禁想道。

約莫過了五分鐘，抽完菸後，我對尼克說：「剛才的事，我們就當沒發生過。」我看尼克情緒稍稍平靜了，才問他爲什麼將自己搞到這步田地？爲什麼有了Ned還與其他女孩交往？尼克坦言他與那女孩在一起很久了，他很愛很愛她，只是後來碰上Ned後，他被Ned的眞情感動，竟也愛上他。他說，他無法控制他的愛情欲望；他也說，他的愛情很專一，只是太濫情；而他濫情的原因是——他不想讓人失望。

原來，他只是不想傷害人。

我拿起剛才尼克拒飲的啤酒，打開，喝了一口。我酒力甚弱，但喜歡淺酌。尼克見狀，問我這兒是否有別的酒。我說有些威士忌以及白蘭地。尼克說他想來點威士忌；他說他不喝白蘭地，因爲那是女人喝的酒。接著我們倆開始對飲。在酒酣之際，我答應尼克，自己會盡量幫他掩瞞事實，無論是針對男方或是女方；不過這只是權宜之計，我強調，最終他還是得做出決定，不然傷害會更大的。尼克似懂非懂的點點頭，接著突然熊抱我——在酒精的威力下，我失去推開他的力量——像個孩子擁抱母親似的。醉倒的尼克接著癱軟在我的懷裡，我不捨的摸摸他因酒精而顯得緋紅的雙頰，突然我覺得尼克好俊。不一會，懷裡的尼克突然喊冷，於是我將他的衣褲褪去，抱著他躺下床，並且蓋上被子。不久，我聽見他鼻息間傳來細小聲響——那聲音讓我一度以爲他只是個孩子。

隔天早上，尼克給了我他女朋友的電話。兩天後，我與他的女朋友當上好友。

阿德，市區租賃房間的電腦前，現在的PM 10:33

那晚，我剛設計完一張小說封面，便將封面寄給主編——我這人的個性是如此的，我是個完美主義者，因此在工作時，我會給自己最極端的壓力，甚至會自虐，如捏睪丸之類的；但我一旦交差，就會徹底放鬆，因爲別人喜歡與否，我無法控制。吶，我一向僅控制我所能掌控的部分；人生無法自我控制的部分佔了絕大比例，倘若將別人的眼光視爲壓力的一種，那豈不太累了？

吶，眞的太累。

而我放鬆的方法就是自慰，如果有情人的時候，就是做愛；然而說實在的，解決工作壓力的最佳方法是自慰，因爲做愛你得顧慮好多，你得在意對方的感受，此外，你也會在意自己的表現。有時候，甚至只是稍稍的胖了，我就完全不想做愛；我可不想讓情人以爲他在跟一隻豬做愛。

在房間裡看同志A片，然後徹徹底底的舒服一下，我想這是人生裡最大的享受。我準備了熱毛巾與潤滑油，此刻，我全身脫光，坐在播放著同志A片的電視前的沙發椅上；這是我特地爲自慰購買的沙發。

不斷的搓揉，再搓揉，我們就可以抵達天堂；其實，人生要愉悅並不困難。然而，就在我抵達天堂之際，我聽見手機響了，我猜想也許是主編打來「指點」了。未免也太快，我抱怨道，接著站起身子，伸手拿起隔壁書桌上的手機，我看了一眼螢幕，發現是許久未與我聯絡的Ned打來的。我接起電話，聽見他在哭。我問他發生了什麼事，Ned的聲音朦朧恍惚，彷彿浸在水裡與我通話似的；我側耳傾聽，似乎聽見他不斷唸著尼克死了，最後我恍若聽見他說：「我殺了尼克……」話音落下之際，電話也隨之切斷了。

太震撼！

我立刻回叩他，可是他的電話卻關機了。我一時慌了手腳，打算穿起衣褲時，卻發現自己已然射精。我用衛生紙胡亂的擦了一陣後，套上衣褲，抓起桌上剛買的粉邊墨鏡，奪門而出。

我飛奔下樓，直衝到對面的DVD店——尼克的女友就在那兒上班，然而我因爲太急而撞上玻璃門，才買的粉邊墨鏡都摔到地上了。我拾起墨鏡，接著打開門，衝進店內，在櫃檯卻沒看到尼克的女友，只看到一個蠢蛋宅男和胖妞Marie（當時我不認識她）。我問他們知不知道尼克的女友上哪去了？可是他們兩人傻愣愣盯著我，好像我不存在似的。好一會他們才告訴我，他們不認識尼克的女友。我趕緊打電話給尼克的女友，好不容易接通後，我問她是否知道尼克發生什麼事？她說不知道，然後我告訴她尼克死了，她嚇得當場掛上電話。

後來接連幾天，我都找不到Ned，我希望這只是一場玩笑——那晚剛好是愚人節——可是Ned的口氣如此認真，我不相信這是玩笑；然而更令我擔心的是，Ned與尼克的電話都停了。

這晚的懺悔主題只有一個，而且很聳動，是「殺人」。Terrian跟我都十分害怕，我們甚至有隨時報警的打算。「殺人」主題的懺悔人就坐在角落，穿著紫色連帽T恤的他將頭完全蓋住——他整個身子拘縮著，彷彿很冷，又好像被罪惡感壓得不能喘氣似的。

沒有人知道他是誰——也沒有人知道他是何時出現的。這個人出現得相當詭異，宛若鬼魅一般。我詢問了每個人，大家都說，在來之前就看到他了；然而，沒有人知道他是如何進來的。我們整頓好相關佈置後（時間稍遲了一點，因爲我們大家都在拖），我像往常一樣主持會議（開場時，我渾身顫抖），然後我請那個人開始懺悔。

「是他要我殺了他的。」那個人開門見山的說，頭仍低著。聽見他的聲音，我嚇了一大跳——我知道他的身分。「那個被殺的人，是我的男友。」我倒吸了一口氣。

後來懺悔人開始敘述。他說，那晚，他與男友剛做完愛，兩人正在浴室沖澡。浴室裡水氣氤氳，白霧裡滿是性愛的味道。正替他抹上肥皂的男友突然對他說，他最近找不到畫圖的靈感了；他說先前他所畫的一切都是虛假、膚淺的，而他打算嘗試畫出所謂的人生眞貌。

「你覺得你可以看見人生的眞貌嗎？」他男友問他，拿起蓮蓬頭替他沖洗沾滿泡沫的身子。他男友雖口拙，但一雙大手卻很懂得觸摸，而他也很享受被他男友觸摸的感覺；有時候他甚至覺得是上帝在觸摸他。

他搖搖頭，說：「人生無所謂眞貌吧！若眞要談眞貌，我想我們得先知道人生的意義吧，但人生有所謂意義嗎？」雖然他們才剛做完愛，但他又被他男友摸得起了反應。

「有人說，」他男友繼續說道，「人若瀕臨死亡，就可以見到人生的眞貌——雖很有可能只是幻覺，但不管怎麼樣，我想試試。」他男友將蓮蓬頭往他勃起的陰莖沖，同時替他自慰。

「試試？」他不解的問，「停下來吧——我有點疼，我不想再射。」

「是啊。」他男友答道，仍不斷幫他自慰，「我想試試。」

「你要怎麼試？」他問他男友。

他男友微笑的看了他一眼，沒有說話，僅蹲下，然後一口將他含下。

後來他男友告訴他，他打算進行「窒息式性愛」——他將用塑膠袋套著自己的頭，在脖子上緊緊的綁上繩子，然後與他做愛。他還說，人在進入窒息性愛所造成的瀕死階段，高潮不但可加倍，更可以看見人生的眞貌。

「就像突然衝出雲端，而看見浩瀚宇宙的那種感覺吧！」坐在床畔、全身赤裸的他男友說。他手上拿著一支抽了一半的菸——精壯的他，身上沒有一絲贅肉——剛洗完澡的身子還有點濕濡，帶有沐浴乳香味的熱氣四溢。

「聽起來好危險。」站在他男友面前、裹著白浴巾的他說。

「不會危險的。」他男友說，抽了一口菸，「但你必須狠心，其實我要的不僅是加倍的高潮，我希望自己能夠進入瀕死階段，看見人生的眞貌，然後我會描繪出那景象——我要畫出人生的眞貌。」他男友將菸拿到他嘴前，他搖搖頭。

「可是……」他說，解開身上的白色大浴巾，裸體坐上他的大腿。他將頭靠上他的肩膀。「可是……我會怕。」

「別擔心。」他男友說，用他的大手掌握住他整個下體，好像在保護他似的，「你不會讓我死的——我相信你不會讓我死的。」他看了一眼他男友的雙眼，他看見的是一種徹底的信任。

「可是我讓他死了。」懺悔人繼續說道。

「是……意外嗎？」Terrian問。我感到此刻她的口氣帶有惶悚，這還是我頭一遭見Terrian緊張。

大家面面相覷。

「是意外嗎？」Terrian又問。

「也許是，」他說，「也許不是。」

此刻，我聽見很深的吸氣聲此起彼落。

「在進行窒息式性愛後沒多久，我感到他在我體內高潮了。」他說，「當時我想趕緊摘下塑膠袋，可是——」他突然停頓了下來。我們每個人都屏息了；我發誓我聽見在場每個人的心跳聲。

「我突然想到他另有女朋友的事實——他一直以爲我不知道……但若你深愛一個人，你怎麼可能不知道他背叛你呢？我沒有這麼傻，我沒有這麼傻……」他說，「傻的人是他……傻的人是他……他傻到把我當個傻子……」說完，他開始啜泣。他啜泣的聲音聽來讓人心疼，就像一隻虛弱，又身負重傷的小鳥似的。我的心好痛。

「我最深愛的人竟背叛我，我好氣好氣，所以我故意不摘下他的塑膠袋，然後，我看見他開始掙扎，我卻失去理智了——我扣住他的雙手，壓在床上。他越掙扎我越氣，於是更用力的扣住他，後來，他像即將滅頂而奮力求生的人一般，使盡全身的力氣掙扎，同時我也瘋了，我卯足全力扣住他。不知道過了多久，他不再動了——我感覺到在我體內的他再次高潮——整張臉逐漸發白，我才嚇了一跳，於是我趕緊摘下塑膠袋，可是他……可是他……」此刻，整個環境鴉雀無聲，眾人的表情皆僵住了。就在此時，咖啡機突然嗶——的一聲，嚇了大家一跳。女性化的男教友們紛紛尖叫了起來。我也嚇了一跳，甚至把桌上手機都給弄掉了。我拾起手機，發現時間是PM 08:08。

過了好一陣子，惴惴的Terrian才說：「這已超過我們的懺悔範圍，你是殺人兇手，我們應該要報警……」其他教友開始交頭接耳，不斷的竊竊私語。我聽見懺悔人開始放聲嚎哭。

「Ned！真是夠了！我知道今天是你的生日，你別再鬧了。」我喊他，「各位教友，今天是我最好的朋友Ned的生日，所以我故意叫他來整整我們的，反正今晚也沒有人來懺悔嘛。」說完，我故意拍桌大笑，然後站起身子，將不斷啜泣、顫抖的Ned帶離現場。

14

小薇，愛的小屋，現在的AM 08:30

「將腫瘤養大可不是一件簡單的事，」小mic跟我說，「妳確定妳要留下腫瘤？我覺得妳實在還太年輕，要好好考慮一下。」

「沒什麼好考慮的。」我說，「Why so serious?」

噢，這不是一場悲劇。

這件事對我而言就像長了一顆良性腫瘤。該怎麼說呢，我雖不知道這良性腫瘤從何而來，但也沒什麼大不了，反正這腫瘤不會永遠留在我身體裡，所以沒什麼好擔心的。你知道嗎？我的這顆良性腫瘤甚至還引起眾人非議，有些人說我放蕩，不要臉，所以才長出良性腫瘤。

噢，眞是神經病，世上長了良性腫瘤的女人爲數甚多，難道她們都是不要臉的賤貨？也許啦，只要多了一張紙，良性腫瘤就可以從得到別人的咒罵改爲祝福，但少了這張紙眞有如此嚴重嗎？我眞是搞不懂噢，而且良性腫瘤是自然生成的，人造的這張紙有得比嗎？……眞是噢。

很多人叫我割了這顆良性腫瘤（就連小mic也這麼說），他們說我還太年輕，所以最好不要長久帶著這顆腫瘤，因爲我沒有能力承受，更沒有能力負擔；有些人甚至囉哩囉嗦的恐嚇我，說腫瘤一旦脫離我，就會是我人生最沉重的負擔——我會很累，很辛苦。他們都認定我不夠成熟、不夠堅強，且認定我的肩膀太軟，無力承擔，甚至有些人說我日後一定會拋棄這顆腫瘤，讓它像流浪狗一樣，在街上自生自滅噢。

我聽了很冒火，眞是干他們屁事？爲什麼有些人老愛給人意見？我從未向他們徵詢，也從未要求他們替我擔心或者照顧我諸如此類的。這是我的人生！我就是打算把腫瘤留下，干他們屁事噢！而且這腫瘤是從我的身體內部長出來的，我就有必要承受，不管這腫瘤是從何而來，也不管腫瘤未來會長成什麼樣子——我就是打算留下。

噢，你別誤會，我打算留下腫瘤的原因不是因爲我懼怕割除手術，或者認爲割除腫瘤有罪什麼的（我覺得腫瘤在未成形前都未具有生命；它只是性愛的副作用，就像不戴套做愛時，精液總是很難處理，所以精液也是性愛副作用之一，而且還很臭！）。事實上，我贊成割除腫瘤——就像我之前向你們提及的，我割過三次腫瘤噢——如果妳的年紀還太小，如果妳還太懵懂，如果妳還是嫩嫩的小白痴，妳就不該留下腫瘤。然而，我已二十一歲了，我也自認比其他同齡的女孩來得成熟、懂事。我覺得我的肩膀已夠硬——而未來，我會獨自面對這顆腫瘤，不論它長成什麼樣子；我會用我最大的勇氣去面對它，我也會給它最大最大的照顧。你們別小看我，別以爲我蠢，其實小薇我一點也不蠢噢，一點也不弱。我是最有韌性的一個女孩，就如拉不斷的口香糖那樣的。

噢，的確就像拉不斷的口香糖那樣。

噢，你知道嗎？有一個人卻出乎我的意料。就是我那神經病老媽。我不知道她是怎麼得知我長了腫瘤的。反正有一天她打電話給我，問我是不是長了腫瘤。

「關妳屁事。」我對她說。

「妳得把腫瘤留下，以後生出來要給我——我昨天夢見妳老弟，她說他已經投胎了，而且就投到妳的肚子，所以妳得把孩子還我。」她又說。

「妳白痴。」我說。

我十足痛恨投胎什麼的說法。我跟小龍一樣不信「靈魂說」；人類擁有的就只有我們肩上這顆空洞的腦袋，而這顆腦袋很猾獪，它欺騙你有靈魂，但實際上我們眞正有的，就是一堆腦細胞。如果有一天腦細胞意外壞死了，我們就會成了白痴；所以，白痴就是靈魂不存在的證據，而世上眞有白痴噢——我老媽就是最典型的例證。那瘋婆娘日後還是不斷的打電話騷擾我，跟我要腫瘤，我因此換了電話。清靜多了，從此。

而我所以選擇分開的原因，噢，是因爲我他媽的受夠男人了。我現在很討厭男人，男人眞沒一個好東西，他們在注射前總是對我很好，細聲軟語的，而且我要什麼他們都會竭力滿足我；但就在他們在我身上很爽的結束注射後，大多數的男人就跑了，完全不管我的死活——有些人甚至因此得到報應，他們實在是在太壞了。活該噢，我一點也不同情他們三個，我希望他們就此下地獄，下到最底層給閻羅王雞姦去吧——眞是太壞了他們。

沒錯啦，小龍是不一樣，是個難得的好男人，但就是因爲他太好了，所以我才想離開他。噢，我這麼說不是打算博取你們的同情，也非企圖讓你們以爲我好像聖女似的；我這麼說只是想告訴你們，我不想傷害小龍，我不想獨眼的他再照顧我——照顧我與我身上的這顆良性腫瘤——如此拖累他一輩子。噢，他沒必要，更沒理由去承擔。

然而，小龍一直哭一直哭，他已經剩一隻眼睛可是他還是一直哭噢。我很擔心他因此將僅存的眼睛哭瞎了，如果眞落到那般田地，那麼他就會被全世界給背叛了，而我也會成了罪人——永遠——因爲又是我這個臭婊子將他的最後一盞燈給滅了。

「你爲什麼這麼好？」那晚小mic和阿司離開後，小龍與我在餐廳獨處時，我問他，「値得嗎？」我看了一眼桌上。阿司的香草豬排還剩好大一塊，突然我好餓噢，我平常不是一個愛吃的女孩，但腫瘤眞的讓我失去理智；我變成一個大食女妖。

「因爲我愛妳。」小龍說，「我眞的好愛妳。」我注視著他的臉，突然覺得戴著單眼罩的他還挺帥的噢，好像《神鬼奇航》裡的瘋癲船長，個性也像吧，我想；畢竟他也很瘋，居然還要求跟我這個不要臉的賤貨在一起。「我找不到不愛妳的理由。」他又說。

「噢。」我說。這句偶像劇台詞讓我有些害怕。

「我跟你說過了，」我對他說，「我不知道我究竟懷了誰的種——我被三個爛人強暴，我跟你做愛，也跟咖啡廳老闆做——噢我很髒，是個爛女人。我想，這腫瘤未來也會很髒，也會很爛——噢，奇怪，我好餓噢。」說完，我拿起桌上的刀叉，切了一塊香草豬排，放進嘴裡嚼。

「妳一點也不髒！」小龍說。我發現他哭了，就連受傷的那隻眼也流出淚水——我看見淚水從他的眼罩下淌出，是紅色的。「妳別再說妳髒，妳這樣說讓我很難受，眞的很難受……」

「小龍，」我說，不捨的摸摸他臉頰。豬排很香，香草的確美化了豬——眞如阿司所說，我看見從天而降的花瓣緩緩落在豬身上。「你別哭了好嗎？你知道我是一個堅強的人，但我眞是爲你好才打算離開你——我也不想離開你啊。你沒必要當一個可能是強暴犯爛種的父親，你絕非如此沒價值的噢。小龍，我說的是眞的——你沒有如此廉價。」

「如果失去妳，」我看見小龍抓起袖口，將臉頰上的紅色淚水揩去，「我會死去的……」

「噢。」我又說，然後切了第二塊豬排。「你知道嗎？這豬排眞的很好吃。嚐一點？」

□

我已經離開這兒好一陣子。很奇怪，熟悉感卻不會因時間的過去而改變。噢，我說的熟悉感並非單指心裡頭的感覺，甚至也涵蓋了嗅覺——我一直聞到那種我很迷戀的味道——好像我根本不曾離開這裡似的。如果你問我那是什麼味道？噢，其實我也不太清楚那究竟是什麼味道，也許是小龍和我的性交味吧，文雅一點，我想你也可以說是我們倆的愛情味道；不過這兩者本質上是相等的。

你知道嗎？也許時間根本是假的、是虛幻的噢，並不能眞正改變什麼的。現在的我雖不算不快樂，情緒的震盪幅度還算正常（之前常撞得破表），但只要我獨處時，我老弟死亡的模樣就會忽然跑進我心裡，很清楚的——清楚到讓我以爲他是昨天才死亡似的；而當他出現在我的心裡時，我就會有一種很不舒服的感覺，很燙、很尖銳的，好像有人煮了一鍋滾燙的油倒進我的心裡似的。也許那就是心痛吧。噢，若時間眞如此懦弱的話，我卻覺得有點害怕，如果愛情——噢，我是說不好的、變態的愛情——不會隨著時間而弱化，就好像不會融化的冰一樣，會把我給冰死，又或者像強度不會削弱的颱風，會把我給搞爛吧。好可怕噢。

這晚小mic與我待在小龍與我的小房間裡，小龍找他母親去了——他母親熬了他最喜歡的粥——而我們在喝咖啡；事實上，只有小mic在喝，我只喝牛奶，我不想再虐待我肚裡的這顆腫瘤。噢，好吧，坦白說，是小mic要我別喝咖啡的；我崇尚自然孕育腫瘤，畢竟現實世界咖啡因本來就太多，我們不該逃避（逃避太消極），而應該是早點學會解離的方法。

「咖啡對小孩不好。」小mic對我說。

「只是腫瘤，」我說，「沒必要美化我肚裡的腫瘤，也許它是個雜種，是強暴犯的爛種。」

「別再這麼想了。」小mic說，嘆了一口氣。

「爲什麼不這樣想？畢竟它眞有可能是雜種。」我說，「但不管怎麼樣，小龍跟我已打算用最大的愛將它養大。我們不在乎它究竟是什麼種噢，我們也一輩子不會去檢驗，那沒意思。」

「這樣很好啊，很成熟。」小mic說，「說實在的，我很欣賞小龍，謙沖大度——現在要找到像他這樣的眞正的男人很難了。」

「我也這麼認爲。」我說。

「他工作找得如何？」小mic又問。

「不是很順利，」我說，「妳也知道小龍才大學肄業，又丟了一隻眼，實在不好找工作，不過Terrian說，噢，Terrian就是——」

「我知道，阿司有跟我說過，」小mic說，「她是小龍媽媽的女朋友。」

「阿司怎麼會知道？」

「他跟小龍現在是好朋友。」小mic說，「他們倆成天都通電話，每天都在『談心』，妳難道不知道？」

我搖搖頭，說：「這樣也很好。我跟妳是姊妹，而他們成了兄弟。這樣的關係很好啊。」

小mic點點頭。

「總之Terrian說，她會替他找份工作，反正就順其自然吧。」我說，「那妳——跟阿司現在還好嗎？」

「還可以。」小mic說。

「你們到底是不是——」我問。

「妳想呢？」小mic淡淡的笑了，「我們很好，但我還不想這麼早定義我們之間的關係——時間還沒到吧，我想。」

「不管如何，」我說，「我覺得阿司還算不錯，雖然有點呆。」

「我覺得適合的形容詞是『蠢』。」小mic喝了一口咖啡說。咖啡杯雖擋住了她的臉，但隱藏不住她的幸福。

「對了小mic，」我說，「我很謝謝妳的體諒——我指我跟妳姨丈的事。」

小mic愣了一下，然後她順了幾下自己耳際的髮絲。「不管怎麼樣，妳是我最好的朋友，」她說，口氣慨然，「但這麼說不代表我贊同妳了——只是愛情絕不是單方面就可成立的，我姨丈也得負責任，而且他老是對我阿姨說謊，他真的很糟。」我喝了一口牛奶，沒有說話。

「不過小薇，」小mic直視我的雙眼，好像打算用眼神攫住我的肩膀，要我仔細聽似的，說：「妳必須要把事情導正，妳不能跟我姨丈再這樣胡搞下去了，我也希望妳也不要告訴我姨丈關於妳懷孕的事。我阿姨已經夠累了——真的。」

「我沒打算告訴他。」我說，「我想我再也不會見他了吧，我現在痛恨所有的男人，除了小龍以外。」

「不，」小mic說，「我還想替妳做一件事。」

「替我做一件事？」

小mic點點頭。「我想替妳討回公道。」

小mic當晚騎車載我到咖啡廳。那晚天氣很差，又冷又濕，毛毛雨像冰絲似的不斷飄落；然而，像兩頭怒沖沖的獅子的我們，卻絲毫未感受到嚴寒。我看見小mic的雙頰被冷風吹得紅紅的，我不確定她是因低溫，或者因我們下一步的動作太興奮而發紅——反正我想，她現在瀕臨瘋狂，如果再多跨過去那麼一點點，她就會成了瘋女人了噢。而我也好不到哪兒去，我全身血液沸騰，我心裡並非有恨，只是很激動，好像要去搶劫似的——是噢，我的確是去搶劫的，只不過我搶的不是錢，而是愛的公道。

我們倆站在咖啡廳前好一陣子。透過咖啡廳的透明玻璃，我看見他和他老婆都在。他們都在忙——我們倆想趁沒有客人時再闖入。也許是天冷的關係吧，來買熱咖啡的客人絡繹不絕。小mic跟我因此像兩個傻老似的，站在咖啡廳前呆站了好一陣子。等待的時間總是緩慢，我幾乎感到肚裡的腫瘤長大了不少（當然，這是誇飾，我不是懷了外星人的小孩）。在等待期間，我們倆甚有默契的靜默，像兩個躲在暗處偷窺敵營的小兵，彷彿只要我們一出聲，就會暴露身分，然後登時被一槍打死似的。好不容易，客人全部消失。小mic抓緊這個空檔，立刻拉著我一個箭步衝進咖啡廳。

站在櫃檯前的老闆看見小mic與我的出現，很是驚訝。他隨即將眼神望向自己的老婆，好像害怕她發現什麼似的，又好像現在的我是全身赤裸站在他的面前，求他與我做愛似的；而他老婆正在整理咖啡壺，未察覺我們兩人的出現。

小mic悄然的走到她阿姨的身邊，然後輕拍她的肩膀；她阿姨嚇了一跳，但轉過身見到小mic後，臉上即刻顯露類似慈母的笑容；板著一張臉的小mic在她耳邊細語幾句後，將她帶到椅子坐下。然後，她趨步向她姨丈走去，同時以一種極冷峻的眼神狠瞪著她姨丈。我看見雙頰極度緋紅的她雙肩微微顫抖，彷彿行將噴火似的，接著，她一句話都沒有說，狠狠的甩了他一個巴掌——這巴掌響亮、清脆得悅耳，卻也讓我的心狠狠的揪痛了一下——四周一瞬間闃然了下來，只剩我自己的心跳聲咚咚——咚咚的震撼著……

很奇怪噢，小mic說她即將做的事會讓我開心，然而，我真正看到時，卻感到心痛。這代表什麼?我痛恨他——真的!我現在痛恨全世界的男人，可是當我真正看到他被傷害、被污辱時，我卻覺得心疼——原來我真的是犯賤。

我想小mic的阿姨亦是如此吧。她見到小mic的舉動，驚訝得用手摀住了嘴。我想，她現在也跟我一樣有那種複雜的情緒吧。噢，女人都犯賤。

「我這巴掌是爲阿姨打的，」小mic說。她姨丈勃然變色，惡狠狠地瞪著她，彷彿隨時就會抓起她的頭往蛋糕玻璃櫃砸去似的。然而，小mic毫不退讓，她的雙頰此刻紅得看來就快出血——我想她已然理智崩潰了，接著，她又狠狠的甩了他一次巴掌，吼道：「這次是爲了小薇打的，姨丈你好爛……」

此刻，我看見他的雙頰又紅又腫，五指掌印清晰可見，彷佛被火燙過似的。我不知道該說些什麼好，我的喉嚨好乾，乾到好像喉嚨內壁已龜裂似的；我甚至感到雙腿微微發軟。眞的，我不感到舒服，我並不覺得自己取得了小mic所說的「公道」；我反而覺得我好壞，我爲什麼要傷害他呀？……我沒有資格、沒有立場。這場臭氣熏天的愛情儘管爛透了——但我從中也獲得很大的快樂，甚至可以說是我人生中最大的快樂——而讓這場愛情「爛」的原因也不只有他，也包含我吧。

小mic也應狠狠的甩我這個賤貨一巴掌。

當小mic第二次的巴掌聲結束後，我們四人就這麼佇在咖啡廳裡，就像一張定格的照片；只是突然，我覺得好冷。

□

稍晚，我與小mic回到愛的小屋。我們倆都沒有多說話，各自洗澡睡覺。可是我翻來覆去總睡不著；側睡在我身邊的小mic很安靜，一動也不動的，但我知道她也沒有入睡。我腦裡不斷出現小mic甩他巴掌的模樣。他那不知所措、帶有強烈被羞辱意味的表情好像一張燒紅的鐵板似的貼在我心裡，真的，我好心疼。我甚至有點怪罪小mic。我覺得她不該如此對他；她沒理由更沒立場。

後來好不容易我睡著了，可是我做了一個夢。我夢見自己坐在一葉乾淨明亮的白色小船上——船身是瓷做的，而且是圓的，船尾則是一個圓弧狀的把手——沉浮在浩瀚的咖啡海裡。迎面吹過來的風不僅溫暖、令人感到舒服，且帶有香濃的咖啡味。我抬頭望天空，發現天空有一顆顆的方糖雲，而幾隻海鷗在把手後方盤旋。牠們正用蜻蜓點水的方式喝咖啡，每喝一口就發出啊——的長氣音。而這個世界沒有太陽，海平線的上方只有一隻巨大、和煦的眼睛，不時的眨呀眨。

我拿著巨大的乳黃色攪拌棒不斷的划著船——我急不可耐趕著去某個地方，然而，我根本不知道自己要去哪；我只知道我很急很急，一定得去一個地方。

就在此刻，我在遠處看見一個人，他似乎在呼救，可是聲音很微弱。

就算急也不能見死不救！我腦裡出現這句話，因此我將船划到他身邊。我看見一個肥胖、滿臉鬍鬚，身上套著一個油膩的甜甜圈的赤裸男人，正載浮載沉的漂在咖啡海面上。

好醜，這個人。我心裡想道。

「你在這裡幹嘛？」我問他，「你的臉怎麼還是這麼腫？還疼嗎？……」我摸摸他的臉，燙得嚇人。

「很疼啊。」他說，緊握住貼在他臉上的我的手。我嚇了一跳，趕緊抽回手，可是他卻哭了。他將雙手擱在眼前拭淚，像個孩子似的嗚嗚咽咽。此刻，一隻海鷗忽而義無反顧啪——的一聲撞進咖啡海裡，爆出不少咖啡水花。我感到若干咖啡液滴沾上我的臉，是溫熱的。

「別哭，」我說，「我帶你走。你上來——我帶你走，我們一起走。可是要快，我現在很急。」

「不行啊。」他說，然後指向隔壁。我順著他的手勢望去，在五公尺光景處看見同樣套著油膩甜甜圈的女人和孩子，一臉悶悶不樂。他開始伸開雙臂滑水——他那雙巨肥、長滿毛的雙腳不斷打著水，濺起不小的水花，赤裸的肥臀接著露出水面——滑向那女人和孩子。抵達她的身邊時，他仍在哭。女人與孩子露出微笑——有點淡漠、有點陰險。

「真的不跟我走？你真的不跟我走？」我向他喊道，「快噢，就快沒時間了。」剛才那隻海鷗此際從海裡衝出，唰——的一聲直往穹蒼飛去，嘴上叼著一隻看來像魚的生物。

他搖搖頭，然後哭得更大聲。我刻意別過臉，才發現我的雙頰佈滿淚水——同時我感到好心痛。可是我很急呀，我不能再等待——所以我還是划開了。在划船之際，我仍不斷流淚。可是我很急很急呀……我一定要去那個地方，真的很急。後來我轉過身，想看他最後一眼——我發現他一邊哭，一邊盯著我看，表情裡有種深刻的不捨。

都說不了又何苦露出那種表情？我想道。「很急很急……要快要快……」我嘴裡不斷碎唸著。我用力划。

遠方，又一隻海鷗啪——的一聲撞入咖啡海裡。

我放下手邊的攪拌棒。

等待。

——可是海鷗卻沒有衝出水面。

我醒來時，發現枕頭上都是淚水。小mic已買好早餐，坐在我身邊喝著咖啡。她替我買了一份鮪魚蛋餅；那是我過去很喜歡吃的，可是不知道何故，懷孕期間的我，一聞到鮪魚味，竟然想吐。我覺得像屍臭味。

「剛才我朋友打電話給我，他是阿德，他說他要來找我，並要給我一些東西。我跟他說我在這裡，他說他一會兒送過來，妳應該不介意吧？」小mic說，「喏，鮪魚蛋餅。」她遞給我鮪魚蛋餅。

「噢，當然不介意。」我說，「妳吃吧，我現在不想吃鮪魚蛋餅。」

「爲什麼？妳以前不是最愛吃鮪魚蛋餅？還記得高中時代，妳最喜歡學校外的那間早餐店——妳老說那間店的鮪魚蛋餅好好吃。」小mic說。

「不知道噢。」我說，「也許是受肚裡的這個腫瘤的影響吧——也許它討厭鮪魚的味道。對了，阿德是誰？」

「那妳吃漢堡吧，豬肉的——應該可以吧？」小mic說。我點點頭。「阿德是我的一個好朋友，我是因Nicks認識他。他有天突然打電話給我，然後跟我自己介紹，後來跟他出去吃幾次飯，看了幾場電影，也就熟了。」

我接過漢堡。「噢？」我說，「是男孩子？這樣Nicks不會在意？」

「是啊，是男孩子。」小mic露出微笑，「不過他不會對我有企圖的。」

「怎麼可能？」我說。咬了一口漢堡。番茄醬太多。我不喜歡。

「他是同性戀。」

「同性戀噢。」我說。

小mic點點頭。「十足的同性戀，所以跟他看電影時倍感自在，完全不用擔心他吃我豆腐。」

我笑了。我記得我初次跟小龍在電影院看電影時，在黑暗裡，他要我握住勃起的他。眞是噢，那部電影可是《冰原歷險記》耶。

「昨晚——」小mic突然說，「我——會不會太過分了？」

我沉思了一下，說：「我也不知道，但怎麼說噢，我感覺並不很好——並不像妳說的那樣。我想，我並沒有很想討回公道吧，又也許，愛情裡根本不存在公道這兩個字。」

「嗯。」小mic說。過了一會，她又說：「我也有點後悔，畢竟他是我的長輩，不知道阿姨現在會怎麼想。」

「啊，別再說了，應該沒事的。」我說，「一旦做了我們就別後悔，後悔是最愚蠢的事，因爲於事無補。總之，小mic，謝謝妳。」小mic看著我，表情裡有種罪惡感。

此刻，電鈴響了。

「我去開吧，」小mic說，「我想是阿德。」

沒一會，小mic領著一個男孩進來。這男孩十分帥氣，唯一缺點就是妝扮太豔麗——他穿了粉紅色的T恤，搭配一條淡綠色的七分褲，臉上掛著十分誇張的粉邊墨鏡。我在他臉上彷彿看到淡淡的妝。小龍雖然也娘，但沒這麼誇張就是了，而且小龍舉止像個男人，不像他這般，說起話來就像個少女，而且吶吶吶的，聽得我差點害喜。

「妳就是小薇吶。」阿德一進來就抱住我，「我聽說妳的事了——我覺得妳好勇敢吶。」

「勇敢？」我問。

「是吶。」阿德又說，他將臉上的粉邊墨鏡拿下。噢，他竟然有畫眼線。「妳不是打算將孩子生下？妳這麼有勇氣，耶穌會照顧妳們的。」

「去你媽的。」我說。

「阿德，」小mic說，「說好你跟我在一起時，不談宗教的。小薇不喜歡宗教，而且我們都很堅強，不需要宗教。」

「不好意思吶。」阿德說，「好吧，那我就不再說了，我可不想像街道上那些黏人的、囉哩囉嗦的摩門教徒一般吶，到時讓妳們討厭吶。」

「對了，」阿德說，他從手上的鮮紫色大手提袋裡，拿出一個黃色包裹，「小mic，這是Nicks的包裹，我在他另一個朋友那裡拿到的吶。」阿德將包裹交給小mic，「我們一開始不知道這是給誰的，後來見到裡頭的信的署名——才知道原來是給妳的吶。」

「Nicks?」小mic喃喃自語道，同時接過包裹。我感覺她情緒十分激動。小mic將包裹放在地上，然後小心翼翼的將包裹拆開，彷彿害怕這是個炸彈包裹似的。

裡頭是一幅畫。小mic將畫拿起。那是一張女孩的背影，站在類似櫥窗的櫃子前面——她的四周籠罩著陰暗的憂鬱藍光，看來令人感到悲傷。

「我記得這幅畫，」小mic說，「我當時還問Nicks這幅畫的主角究竟是不是我……」後來阿德將信交給小mic。小mic讀著讀著就哭了起來。

15

未知的敘述者，未知的地點，未知的時間

夜闌的此刻，天氣很好，氣溫也舒適。唯一的路燈下，有許多昆蟲聚集，它們在燈罩外不絕的飛來繞去，好像燈罩裡正窩藏著它們的戀人，它們卻進不去，故在外頭來回盤旋似的；而翅膀震動的聲音，聽來就像它們的嗚咽聲，似乎正好說明了它們的無奈。有隻患了皮膚病而脫了毛、皮膚呈現粉紅色的流浪狗正趴在田野，頭望著夜空，彷彿在思考宇宙的奧秘。今夜是滿月，因此並不是全然黯黜的，暗夜中彷彿存有金粉，四處熠熠發亮，好像穿著豔麗的天使或是什麼的才在這兒旋舞好一陣子似的；當然，也有可能僅是幻覺——無論是誰的。

田野中的那棟房子很熱鬧，音樂放得震天價響，也不時傳出人聲喧鬧的聲音。如此熱鬧的夜晚在這一帶很不尋常，其實這兒是「早睡之地」，晚上約莫九點，這裡的一切就會逐漸邁入深刻的沉睡。而這棟房子不總是這麼鬧哄哄的，雖然每週固定會有一大群人簇合在這裡——據說它的另一個身分是教堂——但維持到凌晨，且如此喧鬧還眞是頭一回，或許未來也

恐難再有呢。

聽說這是一場「慶祝派對」。

稱其爲「慶祝派對」也許不太妥切，畢竟慶祝總要有個主題，好比孩子出生啦，或者某人生日啦，又或者敵人死亡等諸般因素，但這場慶祝派對的主題是什麼呢？我們並不太清楚。有人說是慶祝小龍的手術成功──恭喜他不用當異形了；有人說是慶祝小薇懷孕順利，八個月的她即將臨盆；也有人說是慶祝小mic終於走出情傷，當一年多的活屍也夠了；甚至還有人說是慶祝阿司終於擺脫單身呢──這理由是最扯的。

但也許，這根本不是一場慶祝，而只是一個聚會，就像阿司所說的：「很多時候，派對主題只是爲聚會而掰的理由。」他雖是個被延畢的蠢蛋，但說話偶爾是有幾分哲理的，也許這就是小mic被他吸引的原因吧。

然而，每個故事都需要一個終點吧！而終點不一定是美的，很多故事或者電影早已有這種體認，但終點終究是必需品吧，就像生活裡的一切都需要知覺的維持，又像打開一本書，若沒有讀畢，你就不能說自己讀過那本書那樣的；如果一篇故事沒有終點，就像做愛或自慰沒有完成般，甚至會傷身呢。

我們準備了很多食物──烤雞、披薩、炸雞、漢堡、薯條、三明治，大麻蛋糕（這是小薇的ABC朋友搞來的），還有酒，啤酒、烈酒，還有其他許多不勝枚舉的酒；而地點我們選在阿德的教堂──原本我們是考慮小龍和小薇的「愛的小屋」，但後來人越來越多，因此只能換地點，要不然這「愛的小屋」可能會炸開，像非法爆竹工廠發生意外般——碎裂的屍首遍佈。

在派對前，阿德說，耶穌不愛見人墮落，因此我們需要一些特殊佈置。可是最討厭宗教的小薇立刻頂了他一句：「去你媽的耶穌！」不過後來大家仍選擇尊重阿德的考量——不是我們尊敬耶穌，而是阿德就快哭了——對於我們這些曾經「見證」阿德的哭聲的人而言，娘娘腔的哭喊可是比耶穌的懲罰還令人恐懼。因此，我們用一張深紫色的毛氈將耶穌像給蓋起來了——這即將是個放蕩不羈的派對，不但有菸，有酒，有大麻，還有一票不信耶穌的懷疑論者——為了避免讓吝嗇、愛假正經的耶穌生氣，我們還是決定讓耶穌先安息，反正祂隨時都可以復活。

這晚——每個人都好開心。

裝上義眼的小龍，與過去的他並無二致，他還是一樣帥氣，一樣的娘——拿起酒瓶仍會翹起小指。但即將當爸爸的他，現在卻多了穩重的味道。也許就像小龍自己說的吧：「男孩一旦見到自己心愛的女孩懷孕，就會從男孩進化成男人。」

而挺著肚子的小薇看來像一個飲食失調、異常發胖的少女，她在聚會裡不斷的吃喝——也許她肚子裡的腫瘤是個吸食怪——貪饞地將食物逕往肚子裡送。她甚至吃了大麻蛋糕，因此情緒高漲的她，整個人蹦蹦跳跳的，像隻進食過量、又嗑了藥的小兔子；她一下跳入現實，一下跳入虛幻，她正在半真實的渾沌裡旋舞——也許剛才就是她在外頭旋舞也不一定呢；同時，她還不斷的訴說自己未來會如何當個好媽媽。

阿德見半脫離現實的小薇如此，不禁搖搖頭，也很爲她肚裡的腫瘤擔憂。但當阿德要小薇小心一點時，小薇卻說：「去你媽的，去幹你的耶穌去吧！」說完，她像隻崩潰的章魚誇張擺動四肢，同時哈哈大笑，接著又搖搖晃晃的走到耶穌像前，將紫色毛氈一把拉下，然後中指指著耶穌的老二，用嘲笑的眼神看著阿德，說：「來吸吧，反正你們這些宗教狂老愛拍耶穌的馬屁！」阿德見狀，嚇得又差點哭了出來，要不是小mic及時安撫他，大夥就得受折磨了。

小薇的肚子不大，但很尖，每個人都猜測腫瘤是個男孩；但除了小薇的主治醫生知道腫瘤的性別外，其他人一概不知曉。小薇說：「當天揭曉才有意思！」因此，小薇給腫瘤取了兩個名字——若男的話就叫「小小龍」，女的話就叫「小小薇」。很多人說這名字蠢、沒創意。「噢，誰問你的意見了？」很有主見的小薇總如此回應，還會附贈一雙白眼。

你看，小龍與小薇現在好開心呀！不管你在哪一個瞬間按下暫停鍵，你都可以在他們身上看見恍若玫瑰色般的歡快。他們的未來充滿美麗的幻想與希望，他們有著偉大的夢想藍圖，不僅如此，他們亦自信的認定，未來迎接他們的，將會是最美好的日子；然而，諷刺的是，這些美好其實毫無根基，且脆弱——就像從塑膠圈裡吹出的泡泡般——

而三個月後泡泡將遽然破裂，小龍會全瞎，而小薇則行蹤不明。

小小薇與世界僅有幾日之緣，笨拙的新手媽咪不知道在餵奶後，須替小小薇細心拍背，而在餵完奶後，自己倒頭大睡，小小薇因而溢奶嗆死。很多人認爲，小小薇所以死亡是因小薇懷孕期間太過放蕩，不但酗酒、抽大麻，也成天做愛——小小薇是因體質孱弱而死的；小薇因此一輩子都背負著「放蕩」的罪名。

阿德未來會在教會如此告誡教友：「千萬別猥褻耶穌，我見證過報應的。」小mic後來會因阿德的此番言論與他斷交。「其實小薇比誰都善良，」小mic冷冷的對阿德說，「如果上帝眞如此小氣，那祂就不配當上帝！」聽見小mic如此嚴峻的評論，阿德又是放聲大哭。「哭聲像鬼被閹似的。」當時站在一旁的阿司雙手掩住耳朵，如是抱怨。

沒有人知道在孩子死後，蠢蛋小薇去了哪兒？她再次消失了——這次她未向任何人說明——徹底的消失了。有人傳說她接受一份外派的工作而到非洲的史瓦濟蘭了，後來嫁給當地的一個白人牧師，成了虔誠的基督徒，並與夫婿同心戮力經營愛滋孤兒院；也有人傳說她已經死了，因失去孩子而崩潰自殺。不過後者應爲誤傳，除了小薇像拉不斷的口香糖般具有生命韌性外，另一個證據則爲小薇老弟墳前間隔半年出現的鮮花和一堆的《壹週刊》——只有小薇才知道自己老弟的興趣是閱讀《壹週刊》。

然而，死了女兒又丟了老婆而鬱結愁悶的小龍卻很慘。他在小薇消失的隔天，酒醉駕車，卻因單眼視線差，而發生車禍，而在車禍後，他又丟了第二隻眼——小龍僅餘的一盞燈被關上了——他被世界的光明給徹底背叛了。對於有些人而言，愛情是生命的全部，在安養院待一陣子的小龍後來毫無預警的意外猝死；護士表示，他死前雙手呈擁抱姿態，嘴裡不斷碎唸著小薇，而在邁入死亡的那一霎，他面露幸福的微笑。也許小龍先前的說法並不浮誇，沒有了小薇，他確實會死去的；他因自己的「愛的信念」的消失而死了。而在小龍的葬禮上，小龍的父親帶著他懷了孕的新小女友喜氣洋洋的現身，而小龍的母親則誇張的拍桌大笑——那是一種極度哀傷、佈滿淚痕的大笑——讓在場的人倍感唏噓。

小mic與阿司這晚也好開心。小mic雖未承認阿司是她的男朋友，但他倆的關係已不言而喻——在聚會上兩人不只牽手，也常眉目傳情。每回有人問起小mic與阿司的關係時，小mic總笑滿腮的說：「你說呢？」很多人調侃像阿司這種蠢宅男竟能把上像小mic那樣可愛的女孩——他們直說阿司眞是太幸運了。就連阿德也說：「阿司可眞是中了樂透頭彩啊，他應該要好好感謝上帝的。」

但這樂透頭彩可是帶有附帶條件的——半年後，阿司與小mic的父母將會不和。阿司的蠢老媽騙了口臭王一大筆錢後，打算帶阿司逃跑，但有情有義、深愛小mic的阿司無法就此割捨與小mic之間的感情，因此在離開的前一晚，打了通電話給小mic，並在電話裡跟小mic

道歉。小mic聽了很感動，並表示這一切不是他的錯，而是他老媽的錯。

「在你離開前，我可以跟你見最後一面嗎？」小mic在電話上深情的問，阿司很感動的答應了。然而阿司萬萬沒料到，他們的「最後會面」卻搞得他狼狽不堪——小mic帶上爸爸以及一群領薪的臨時打手，將阿司狠狠的揍了一頓——像隻軟腿狗似的阿司躺在地上，滿臉淚水的望著佇在身旁、雙手抱胸，失去理智的小mic。小mic接著蹲下，抓住阿司的頭髮，將他拉起，並問他錢究竟到哪裡去了？阿司莫可奈何的搖搖頭，說他根本不知道錢的下落。阿司所言不假，錢是他老媽詐走的，他又如何知道錢的下落呢？而他不斷的叩他老媽，結果卻是一通又一通語音留言，最後小mic親自狠狠甩了他一巴掌洩恨。

阿司被傷得太深，因此他不再信任女人——他成了一個性格乖僻、不跟女人說話的怪異科技新貴——可是三年後，他再次遇上小mic。小mic的父親當時已死亡，孤苦無依的小mic生活不好過，阿司不計前嫌（他事實上自頭到尾不曾怪罪小mic，他無法原諒的是從不檢點的母親），再次與小mic交往。隔月，他們結婚，婚後生了三個小孩。

而阿德呢？他今晚也好開心！阿德終於跨越這不可能跨越的愛情軌道，而與Ned連接起來了。你看派對上的阿德神色自滿的向在場人士介紹自己的男朋友，好像在炫耀自己最新擁有的名牌包包似的，而Ned的確沒有讓阿德丟臉——俊俏的Ned可是場內最好看的人類。阿德將此歸功於偉大的耶穌，他明白若尼克沒死，他是永遠得不到Ned的；他甚而認爲耶穌是被他全心的信仰給感動了，因此替他殺了尼克；但每每他腦裡出現這個念頭，就會感到窘迫不安，好像耶穌正惡狠狠瞪著他，埋怨他不該有這個念頭，好像這是耶穌與他之間的秘密協議，因此不能再提起，就連在腦中浮現都是一種背叛。

然而，阿德的快樂不會持久的，再美的高潮也有弱化的一天。Ned雖將尼克的屍體埋入深山，也寫了封血書企圖矇騙他的家屬，秘密仍被無心的登山客給披露了。也許埋身之地鑿得過淺，也許是尼克死不瞑目而從土裡浮上，但也許只是報應吧（若你這麼說，小龍一定會反駁的）。Ned未來將面臨十年的牢期，八年後獲得假釋。當天出獄時，仍戴著誇張粉邊墨鏡的阿德來接他，兩人後來相知相守直至阿德四十六歲死於愛滋病。

啊，不再談感傷的事了……人生的未來可不像小說創作般可以隨意預測，所以當下他們是開心的，你看他們現在多愉快，彷彿他們才合資中了樂透頭彩似的！小龍撫摸著小薇的肚子，揚揚的對大夥說：「誰說我是娘炮呦！我還是有能力讓小薇懷孕的——我就要當爸爸啦！」說完，他拿了一瓶啤酒就往自己頭上倒。大家狂吼一陣，阿司後來也加入，也拿一瓶紅酒往小龍頭上倒。小薇見狀，大喊：「你這蠢宅男，別欺負我的老公！」說完，就拿一個大麻蛋糕往阿司臉上砸去。眾人笑得好像今晚是人生裡唯一的高潮。

「敬！即將當爸爸的小龍！」滿臉蛋糕的阿司大喊，眾人也跟著喊了起來。阿司啪的一聲開了一瓶啤酒，聞了一下就爽快飲盡；阿司平日不太喝酒，但這晚實在太開心，一連喝了五瓶Miller。就連一向拘謹的小mic也放開了，手捧紅酒的她雙頰紅通通，走起路來搖搖晃晃的——看來她已徹底走過情傷——讀過信的她此際已明白自己過去的男朋友，原來是別的男人的男朋友，不過她已釋懷了。在聚會前一晚，她才向阿司說：「我上一場的愛情是一場騙局，我當時好傻！」事實上，小mic現在仍傻乎乎的，她不知道自己過去深愛的男朋友是被好朋友的愛人殺死的；她甚至祝阿德與Ned愛情幸福——祝屠殺自己愛人的兇手幸福。

Ned則躲在一旁抽著菸，他是全場唯一冷靜的人。現在的他，下巴頰上多了點鬍子，有日本型男的味道。最近他抽菸時，手偶爾不由自主的發抖；自從尼克死了之後，他就如此。他不清楚手抖的原因，但他知道自己心裡並沒有罪惡感。這是一場意外，他總如此告訴自己。但他有些愧疚，因爲他不僅殺了自己的愛人，也殺了小mic的愛人，更殺了小龍的哥哥；他的一個錯誤接連造成了很多人的痛苦。不過說到底，這是他的錯嗎？也不至於吧。也許是耶穌的錯，這話可是出自阿德之口呀，祂不該用愛情迷惑人，所以是耶穌的錯。

不過不要緊，因爲在場除了阿德外，無人知曉Ned的秘密。愛死Ned的阿德又豈可能洩露呢？所以享受吧！這晚的歡愉是最美的。敬——這令人愉快的酒精與朦朧！

此際，阿歡也出現了。這回，她的裝束有種怪異的正式感，是一襲上面繡了很多小壁虎的紫色旗袍（但阿司認爲這旗袍很有味道）。來自史瓦濟蘭的黑人仍伴同她身邊，他手上抱著一個大紙箱。他將大紙箱擱上桌，並告訴大家，盒子裡裝的是lipapa——用玉米粉做成的一種食物，來自史瓦濟蘭。大家嚐了一點，覺得味道還不錯。黑人對於眾人的捧場感到欣慰，轉身與阿歡舌吻。結束後，黑人褲襠搭了好大的帳棚。正在興頭上的大家一點也不在意，只歡呼，開心的大聲歡呼。

「人生就得慶祝！」阿歡突然說，接著從口袋裡拿出一條紫色的蛇——活生生的喔，還不斷的吐著蛇信。她接下去說道：「人生恍如劃過天際的流星，轉瞬而逝，而消失的方法大抵是變態的悲劇——其實啊，我們都是在等待人生悲劇的蠢蛋！不過也正因如此吧，在悲劇來臨前，我們就得多多慶祝、多多享受！所以大家好好享受吧！」語罷，她將紫蛇往上一拋，蛇抵達至高點後，砰的一聲爆出紫色的火花。大家訝異得歡呼了起來，小mic甚至尖叫了——她可是很怕巨響的。

黑人此刻突然大喊一聲：「噗——沙！」而後他告訴大家「噗——沙」是史瓦濟蘭語「享受喝酒」的意思，大家於是一面喊著「噗——沙」，一面一瓶接著一瓶的灌起啤酒。此刻，整個教堂看來就像某黑暗街道上的一處墮落酒吧。

聚會直到隔天早上六點才告結束。眾人顯然都累癱了，隨意交疊的睡躺在教堂的佈道台下，看起來像一具又一具的屍體。

原先罩在耶穌身上的紫色毛氈仍蜷成一團的躺在佈道台上。這晚換耶穌見證了奇蹟——「人類的瘋狂」。

□

草原的另一端有兩顆巨大如房子的上下交疊巨石。阿司從來想不透，那巨石是如何交疊的。上一回他們來此時，小mic說，交疊的原因她不清楚，她只知道巨石不分開的原因。

「那是因爲它們捨不得彼此。」小mic說。

「你知道嗎？」小mic對阿司說，「以前我很喜歡跟Nicks到山上聽音樂，然後做愛——就像現在的我們這樣。」此刻，他們正全身赤裸、以雙手爲枕的躺在綠茸茸的草地上，看著天上不斷飄動的白雲。阿司忽然覺得天空就像一台巨大的捲棉花糖機，只不過有些單調。如果不都只是原味就好了，他想道。

「眞的嗎？」阿司說。呈大字形的阿司的老二是勃起的狀態。

「是啊。」小mic說，「Nicks以前還告訴我，人生一切都是虛幻的；若我們想看到人生的眞貌，就得用力的往藍天裡瞧。」說完，她將手掌拱起，形成一個圓圈狀的手勢擱在眉稜上，瞇起眼睛看藍天。

「哦？」我說，「能看到什麼真貌嗎？」

小mic聳聳肩，將頭靠上阿司的胸膛，側身將大腿蓋上阿司勃起的陰莖上。「坦白說，我什麼也沒看過——不過阿司，你可以試試看，你現在試著仔細看吧，你看到什麼了？」

「我？」

小mic點點頭。

「不就藍天白雲嗎？」阿司說，「不過此刻雲少了些就是了。」剛才一陣風，把雲給吹散了。

「不是現實，」小mic說，「我說的是你的心裡——現在你的心裡，你看見了什麼？」

阿司瞇起眼睛，用力的往藍天裡瞧。太陽有些大，他覺得有些刺眼。一會兒，他搔搔頭，一副苦思的樣貌。小mic看了覺得好笑。此時一陣習習微風吹過，小mic覺得風裡有股她很喜歡的味道。這味道讓她想起Nicks，只是現在的她身旁躺的是阿司，也許這就是愛情的味道，她暗自想道，心裡漾起一陣甜蜜。

好一陣子後，阿司開口道：「哦……我想……」他頓了一下，然後又搔搔頭，說：「我想……我看到妳了——我看到好大的妳的一張臉——飄浮在我的心裡。」

小mic此刻坐起身子，拿起身旁捲起來的MP3。她將一個耳機塞進耳朵，按了幾下按鈕後，躺下，將另一個耳機塞入阿司的耳朵裡。

終曲

PM 08:08

會議結束後，我漫無目的地駕著黃色巴士晃晃悠悠到處亂逛。天很黑，下著傾盆大雨；雨刷不斷的左右擺盪，還發出咿咿哦哦的聲音，好像老舊A片的女星發出的叫床聲。視線很差啊，所以我開得很慢，時速約維持在三十上下。鄉下的路不好開啊，除了細碎的砂石很多之外，路也凹凸不平，幾乎讓我以爲自己在月球上駕車似的。我盡量避免沿途的水窪，但只要一個不留神，水花仍啪的一聲在我的窗邊激起；儘管這錯誤是無心、無法避免的，一股莫名罪惡感仍在我心裡油然而生。此外，兩旁的竹林亦不間斷的隨風左搖右擺的，我很擔心就這麼有隻不長眼的狗或白痴衝出來被我輾死之類的。

「真被撞死了，我可不負責！」我自言自語道。

電台正播放廣播劇，劇情很蠢，目前女主角的孩子死了。她不斷尖叫，好像試圖用尖叫吞下自己或聽眾似的。我覺得好吵，於是伸手將廣播關掉。

我從襯衫口袋裡的菸盒子抽出一根菸，叼在嘴上。我摸摸自己的褲袋，他媽的，我忘了帶打火機。恰好，前方五公尺外的路邊站著一個男人——這種鬼天氣竟沒穿雨衣，也沒打傘的——八成是個瘋子。

「他想證明什麼嗎？」我碎唸道。

我將車停下，看看他需不需要幫忙，也打算順勢問問他有無打火機。我從車窗裡望出去，發現他原來不算是個男人。他看來像尚未發育完全的青春期男孩，白淨的臉上看不見鬍子的痕跡；儘管身高很高，我猜超過一百八十公分吧。他呆站在那裡，也正透過車窗看著我。我將車門打開。

「你有沒有打火機？」我問他。他沒有回應，僅瞅著我看，眼神裡有種癡呆。此外，他正渾身顫抖著，也許是因爲周身濕透太冷的關係。我把菸從嘴裡拿下，再問一次：「先生，你有沒有打火機？」

他的眼睛眨了一下，彷彿醒過來似的。「沒有呦。」他說。

他媽的，我想著，沒菸抽可不是件好玩的事。雨下得可眞大，我滿臉都是水，也許是我的汗水也不一定。我拿出紫色手帕，擦拭臉頰。

「你在這裡幹嘛？等人嗎？」我問他，「欸……你的眼睛……你的眼睛流出血了呀……」我看見他的左眼又好似右眼（我沒有分辨左右的能力）流出鮮血，一定很疼吧。

「我不知道呦。」他說，將袖子拉長握在手裡，一把將臉上的血液擦去。「我迷路了——我找不到她呦。」說完，他開始哭了。

「迷路？她是誰？需要我幫忙嗎？」我說過了，我樂於助人。

「我眞的不知道呦。」

「不管怎麼樣，先上來再說吧——雨越來越大了。」我說，然後用雙手絞轉紫色手帕，可是奇怪的是，沒有水流出，反而飄出一陣紫色煙霧。

他思索了一下，一面哭一面迷惘地左顧右盼，好像在期待誰來似的。一會兒，他走上了黃色巴士。

後記

或許每個人的人生都有那麼一點點的關聯；當我在看著你時，也許我也看見了一點點的自己。

一個人或許不是那麼的絕對；當我們的手上拿著一支點燃的菸，打算瀟灑的跟別人說「自己是一處孤島」時，才發現也許在底下，我們的雙腳踩著彼此。你的鞋子或許還因此有些髒污了。

史瓦濟蘭的黑人總是悲喜形於色；當人生的情緒誇飾很足夠時——或哭或笑、或喜或悲——也許就能過得比別人輕鬆。

總之，這部小說是在非洲的史瓦濟蘭完成的；在出版社的建議下，有了這篇短短的後記。或許沒有那麼與我自己有關，但我將這部小說獻給曾經被我踩過，以及踩過我的那些人。

畢竟，我們都在世界的馬克杯裡，等待下一次咖啡的沖泡。

二〇一〇年七月冬

馬卡

於史瓦濟蘭

HE YELLOW BUS
迷走巴士

圖書館出版品預行編目資料

巴士／馬卡著；一初版.一臺北市：春天出版國際, 2010.12
978-986-6345-52-4（平裝）

7 99020670

新文學 46
迷走巴士

作　者 ◎ 馬卡
總編輯 ◎ 莊宜勳
主　編 ◎ 鍾靈
行銷企劃 ◎ 胡弘一

發行人 ◎ 蘇彥誠
出版者 ◎ 春天出版國際文化有限公司
地　址 ◎ 台北市忠孝東路四段303號4樓之一
電　話 ◎ 02-2721-9302
傳　真 ◎ 02-2721-9674
E－mail ◎ frank.spring@msa.hinet.net
網　址 ◎ http://www.bookspring.com.tw
部落格 ◎ http://blog.pixnet.net/bookspring
郵政帳號 ◎ 19705538
戶　名 ◎ 春天出版國際文化有限公司
法律顧問 ◎ 蕭顯忠律師事務所
出版日期 ◎ 二〇一〇年十二月初版一刷
定　價 ◎ 240元

總經銷 ◎ 楨德圖書事業有限公司
地　址 ◎ 台北縣新店市復興路45號3樓
電　話 ◎ 02-2219-2839
傳　真 ◎ 02-8667-2510
排　版 ◎ 浩瀚電腦排版股份有限公司
印刷所 ◎ 鴻霖印刷傳媒事業有限公司

ISBN 978-986-6345-52-4
Printed in Taiwan